U0092416

時／空的重組與再現

——臺灣文學與城市論述

■許秦蓁　著

序

他鄉與故鄉的辯證：在城際網路無國界時代的臺灣研究

康來新
（國立中央大學中文所教授）

亂哄哄你方唱罷我登場，反認他鄉是故鄉。

戚序本《紅樓夢》第一回

即使是近近去個市區，薩依德（Edward W. Said，1935～2003）仍會包包塞滿滿，唯恐不再回到原處。這位以《東方主義》替後殖民論述奠基的「知識份子」，在他的回憶錄《鄉關何處》中，一方面坦承了他的害怕，害怕空間的位移；另一方面，又將此視為成就自我生命的絕對必要。

誕生於「哭牆」所在的聖城耶路撒冷，巴勒斯坦裔的美籍薩依德，自更能感同身受《舊約》語境下的「流離失所」。事實上，此一四字成語，才更接近他回憶錄英文原名 Out of Place 的直譯。不過，日暮鄉關何處去？煙波江上使人愁！就讓中東的一神宗教、東方中國的抒情詩，讓這兩種異地的文化傳統、來一番空間位移的旅行吧！讓「流離失所」與「鄉關何處」的兩組翻譯，雙雙交會於離散學大師的記憶世界吧！雖然在城際網路無國界的時代，流離往往得其所哉，鄉關更是大為改觀。但正因如此，我們的論述才可能更增挑戰、創新與多元。

以薩依德為例，流亡與錯置所導致的疏離，有助批判距離的形成，提供認知事物的另類觀點，同時可兼及今與古，此地與他方雙重視角的打造。薩依德的「害怕」有道，是「剋」但更是「生」，啟示我們文學研究的遠近拿捏。

歷史學者李東華（1951）稱前輩方豪（1910-1980）院士，每因從事「近身之學」而有功學林，如以「神父」之職而治宣教史觀的東西交通史，又如渡海來臺而鼓吹臺灣史研究。誠然，身邊人處理身邊事，確有地利人和之便。但，學術要求的客觀、批判所需的距離、他方與此地缺一不可雙重視角……，凡此種種，會不會與「近身」的「地利」、「人和」相斥呢？現代主義小說家施叔青（1945）繼「他鄉」的香港三部曲後，再接再勵「故鄉」的臺灣三部曲，首選是她至親原生地的「鹿港」。那麼，難度呢？故鄉自是更難於他鄉！美術史學者謝理法（1938），無法認同被學術論文化的臺灣美術前輩，所以反其道而行，以所謂「虛構」的小說體，來真名真姓編寫特定世代臺灣美術家的生命歷程。題曰《紫色大稻埕》的這部研究心得，顯然想要「復活」多采多姿、有血有肉的典型在宿昔。從論文到小說，其中所涉虛／實的策略、近／遠的位置，頗堪玩味。

秦蓁的臺灣文學研究，始於位移上海、活躍臺灣境外的「個案」劉吶鷗，進而「群體」屬性的位移記憶及其書寫，又進而臺／滬間的抵／離、往／返、聚／散、心／物、記／忘、彼／此、我／他的穿越與辯證，正是薩依德「鄉關」說的臺學實踐。有別中文學門文獻分析的主流模式——在學門的內室，靜靜皓首窮經，早在碩士生階段，秦蓁便空間位移不已，秦蓁由內而外，化靜為動，出走再回歸；她勤於田調、問卷、口述歷史、敘事探究，又精於第一手史料的蒐尋整理。「上窮碧落下黃泉，動手動腳找東西」，五四典範的科學與實證精神，秦蓁倒是成為渡海的傳人。二十世紀後期的新人文學，也擴大了秦蓁臺灣文學研究的視野，如文化地理學、物質文化、視覺文化、記憶等等。而所謂的「科學」精神，發展至今，更增資訊高科技的介入，這一點，亦是秦蓁的強項，每每使她研究與教學增色不少。

日本學者山口守教授（Yamaguchi Mamoru）論及戰後臺灣的現代主義興起，結構性揭示世變下文學歷程的名同實差，實差如：五四中國的「現代主義」V.S.六〇臺灣的「現代主義」，五〇臺灣的反共「鄉愁」V.S.六〇臺灣的現代「鄉愁」，現代臺灣的「鄉土文學」V.S.鄉土臺灣的「鄉土文學」……儘管現代主義地理學的首要關鍵字是「城」而非「鄉」，但「鄉」頻頻出現於「現代」論述中，理由不難理解。此「鄉」非行政地理學界義之「鄉」，乃心靈認同的所在。準此，山口守稱《臺北人》為白先勇的「鄉土之學」，實不為過。同理，葉石濤認為《紅樓夢》是「鄉土文學」的經典，亦能自圓其說。哈佛校訓有云，人無法決定血緣之故鄉，卻可以選擇心靈的故鄉，而心之鄉者，與經典為友也。眾口說「鄉」，意實相近。

秦蓁自認是城大於鄉的成長經驗與人格形塑。她的人生版圖，值得一提者應為文學家人的驛站，文學家人？是的，文學世界的師友手足，他們行經的地點，秦蓁總是亦步亦趨，所以新感覺派的上海、東京、巴黎，是心動加行動的當務之急。林文月（1933）的虹口公園，對秦蓁來說，和自己父親的大稻埕，一樣都具有可觸可感的質地與溫度。心之所在即是鄉，故租界上海當然是新感覺派的「鄉土」。秦蓁在以「城市／新感覺派」為主的「鄉土」，精耕勤耘，禾苗欣欣，穀實纍纍。我這個如姊亦友的忝為人師，和女弟攜手，分紅不少。合編《劉吶鷗全集》的金鼎獎光環外，後續的回饋不已，才真是獻身校園者的得其所哉。因為秦蓁的劉吶鷗研究有成，所以我們得以與更多「無國界」的文學家人，相互切磋，其中先進如黃仁先生（1925）、藤井省三教授（1952），新秀如里昂大學博士生 Cutivet Sakina，華沙大學碩士生 Pavel Byzov。秦蓁和我還首開現代文學教研先例，合開了以「新感覺派」為名的城市與文學專題研究課程，更蒙諸碩博士生不棄，在教學評量上給足了面子。展讀來自校方的賀函，不免陶淵明歸園田居的「願無違」之感，深信秦蓁亦然。

薩依德重視空間位移帶來的疏離感受，更善用疏離感受轉化而成的批判距離與力度。說到「批判」，實非信奉溫柔敦厚之詩教與知音遇合之文心的中文學門所長。對於「近身之學」的臺灣文學研究，秦蓁的這本文／史新書，承襲了前面所提的三個示例，也就是方豪的臺灣史、施叔青的臺灣三部曲、謝里法的紫色大稻埕——三位前輩知／感交融的模式，這種「知感交融」也是秦蓁學術理念的實踐準則。截至目前為止，我以為秦蓁「知音」型的角色認定，仍是臺灣研究不可或缺的活水源頭。

在城際網路無國界的時代，流離往往得其所哉，鄉關更是大為改觀。如此，則《紅樓夢》第一回的「亂哄哄你方唱罷我登場，反認他鄉是故鄉」，也可以學術場城的正面轉喻。首先，戚序本的「亂哄哄」，因「口」之故，所以較之庚辰本的「亂烘烘」，更富於問學論道的眾聲喧嘩感，其中的「亂」，本來就有「治」之意，正是辯證歷程的寫照。至於「唱罷」與「登場」一下一上，不就是後浪推前浪的世代交替與典範轉移嗎？很自然呀！還有他鄉是故鄉，幸好秦蓁能設身處地，每每將他鄉認作故鄉，否則，怎麼會有這本好書讓我寫序呢？

目次

I　城市・作家

——從「我城」到「他城」

租界區與殖民地
——新感覺派作家[1]筆下的城／鄉

壹、醞釀「新感覺」——當「城市文明」遇上「天災人禍」

1999 年 9 月 21 日，距離新世紀僅僅百餘天的臺灣，出現了相當於芮氏七點三級的驚人大地震，人類文明與城市科技不得不面臨與大自然搏鬥的強烈衝擊，霎時間地牛翻身、天地變色，隨之而來的是房屋的坍塌、家園的摧毀與家破人亡的慘劇……，當災難過後，人們在心有餘悸之餘，除了開始反思到科技文明與大自然並存的課題之外，亦面臨到現實生活的考驗、城市的重建，以及人生價值的再反思、深思。

重回歷史現場，回溯歷史教訓，我們可想而知的是 1914 年第一次世界大戰後的慘狀：殘破的城市、荒涼的街景……，西歐知識份子

---

[1] 本文對於「新感覺派」所指涉的範疇有二，其一，包含二、三〇年代以上海為創作素材的劉吶鷗、穆時英、施蟄存等「海派」作家，雖然施蟄存在多次訪談中否認「新感覺」這個名詞，強調「新意識」（見李歐梵以降，如鄭明娳、林燿德、許秦蓁等人的相關訪談），然一般學者在研究方面，仍將「新感覺派」（見嚴家炎、李歐梵等人的研究）或「上海新感覺派」（見許秦蓁〈「上海」新感覺派與「臺灣人」劉吶鷗〉，淡江大學第二屆「文學與文化」研討會論文，1998 年 5 月）作為約定俗成的文學流派概念；其二，指涉在臺灣三〇年代中葉，走向「感覺世界」、「另類」或具有「頹廢」意識的作家，如：翁鬧、巫永福、龍瑛宗等，此部分可見施淑〈感覺世界——三〇年代臺灣另類小說〉、〈日據時代臺灣小說中頹廢意識的起源〉，《兩岸文學論集》（臺北：新地，1997 年 6 月），頁 50-120。

面臨災後重建的新危機，由於戰後的亂象，使得詩人不再信奉主義，於是歐美便隨之興起現代派，其中包含憤怒、心靈空虛、反對戰爭，厭倦現實生活和都市文明的情緒，尤其是除了藝術與生活之外否定一切意義的「達達（Dada）主義」[2]，至於「未來派」[3]，則肯定資本主義為城市與工業帶來的變化，都市景觀、機械文明、速度和競爭儼然已成為時代的主要特徵，此一矛盾現象，在新感覺派作家筆下所展現的城／鄉處處可見。

西風東漸，達達（Dada）主義東移，來到二〇年代慘遭關東大地震的日本，作家們興起「新感覺運動」作為對於城市文明的反動。

大正 12 年 9 月 1 日（1923）關東大地震後，一群厭倦傳統文學創作技巧的日本作家，為了滿足重整後的新興都市景觀與新文藝思潮的激盪，與歐美戰後的詩人一樣唾棄主義並不再信奉理想，以橫光利一、川端康成、片岡鐵兵、今東光等人為首的作家，在創作上主張打破日語日常用語的習慣，結合不同性質的句子，創造新的文體，刺激讀者的感覺[4]。這項文學改革運動事實上是藉由一九二四年橫光利一等十四人創辦的《文藝時代》來落實，作家們不願意單純的描寫外部現實、注重直覺和主觀感受，反而企圖把主觀的印象投進客體中，以創造所謂由智力構成的「新現實」。同年，日本文藝批評家千葉龜雄針對發表在《文藝時代》的作品發表了〈新感覺派的誕生〉一文，將這些作家的作品命名為「新感覺派」，此名稱便約定俗成的成為一個有指涉有意義的符號與語碼。

---

[2] 達達主義為二十世紀初第一次世界大戰期間出現的一個文學思潮流派，其主要倡導者和領袖是出生於羅馬尼亞的法籍詩人T‧查拉。

[3] 未來派於二十世紀初興起於義大利的文藝思潮和流派，後傳入俄國，並在英、法、德等國產生一定反響，創始人為義大利詩人、劇作家F‧T‧馬里內蒂。

[4] 見劉崇稜《日本近代文學概說》（臺北：三民，1987 年 3 月），頁 167-168。

在日本求學期間，親自經歷過關東大地震的城市危機後，劉吶鷗帶著與日本當時文壇同步的「新感覺氣息」來到上海，根據施蟄存回憶：

> 劉吶鷗帶來了許多日本出版的文藝新書，有當時日本文壇新傾向的作品，如橫光利一、川端康成、谷崎潤一郎等的小說，文學史、文藝理論方面，則有關於未來派、表現派、超現實派，和運用歷史唯物主義觀點的文藝論著和報導。在日本文藝界似乎這一切五光十色的文藝新流派，只要是反傳統的，都是新興文學。劉吶鷗極推崇弗里采的《藝術社會學》，但他這喜愛的卻是描寫大都會中色情生活的作品。在他，並不覺得這裡有什麼矛盾，因為，用日本文藝界的話說，都是新興，都是尖端。共同的是創作方法或批評標準的推陳出新，各別的是思想傾向和社會意義的差異。劉吶鷗的這些觀點，對我們也不無影響，使我們對文藝的認識，非常混雜。[5]

劉吶鷗所帶來的書籍與文學意見，對於戴望舒、施蟄存等人也「不無影響」，於是興起一陣「新感覺派」創作風氣，除了穆時英受到最大的鼓舞之外，使得在文學思想上強調寫實的徐霞村也以租界上海為小說背景，以日本舞女為小說主角，寫出他「新感覺式」的處女作「modern girl」[6]。

二〇年代末由於劉吶鷗帶著「新感覺旋風」進駐上海，使得「城市」成為小說場域的中心／主流，而三〇年代臺灣文學的切片，則可說受到日本文學直接或間接的影響：

---

[5] 〈最後一個老朋友——馮雪峰〉，是文收入施蟄存《沙上的腳跡》（遼寧：教育，1995 年 3 月）。

[6] 收入嚴家炎編選《新感覺派小說選》（北京：人民文學，1985 年 5 月），頁 30-35。

> 三〇年代中以西川滿為首的在臺日人文學的唯美傾向，日本本土的私小說、新感覺主義，經日文傳譯過來的十九世紀末歐洲的頹廢文藝風尚，二十世紀的現代主義文學思潮，都有直接或間接的影響和作用。（施：P.119，1997）

私小說、新感覺主義的風向球，隨著臺灣留日學生、文學翻譯或同步的西方文藝思潮吹入臺灣，小說的場景無論是臺灣或日本，均傳達出日據時期臺灣知識份子不同面向的困境（愛情、婚姻、傳統、事業、離鄉等），三〇年代中以文學創作發跡的翁鬧，深刻的表達出當時臺灣知識份子被殖民的尷尬處境與心態，一心想要與日本人並駕齊驅，即使離鄉背井來到東京，接踵而來的同樣是苦悶與無奈：被殖民的身份、親友的牽絆、南國的召喚、情感的空虛……，城市與娛樂之於異鄉的遊子，只是一個個遙不可及的夢幻，此外，巫永福、龍瑛宗等作家，除了因講究小說創作技巧而屬「另類」之外，亦傳達了當時臺灣知識份子的的困境與頹廢。

貳、租界上海：小說的「鄉土」是「城市」

五四運動（1919）的發軔，使得西方文明對鄉村中國舊有的文化進行一次全面性的衝擊，中國現代文學的第一個十年，仍以鄉土為文學主流。

以北方／北京為文化中心／重心的現象，一直到二〇年代末經濟與文化的逐漸結合，才漸而轉向以商業與經濟發展為優勢的都會區，屬於中國的城市／都市文學於是在中西文化融合以及迅速現代化的上海興起。

相對於中國現代小說的鄉土／寫實主流傳統而言，以劉吶鷗為首的新感覺派正是代表著另一個視野——當時唯一的城市／都會／都市：上海——小說中的城市即是「現實」的城市。二、三〇年代，儼然成為租界區的上海，無論在建築與經濟方面，已發展為一個略具規模的現代都市：

> 到了二十世紀二、三十年代，現代派的高層建築在外灘出現，像百老匯大廈，中國銀行大樓等。外灘的豪華高層建築，使當時上海成為繼紐約、芝加哥之後的世界第三個有高層建築的現代都市……[7]

二、三〇年代的上海，實際上就是一個「熱鬧的不夜城」，白先勇筆下的「百樂門」，劉吶鷗小說中的「探戈宮」，施蟄存筆下的「巴黎大戲院」，穆時英筆下的「夜總會」……作者筆下與當時社會文化有著相當的互動，夜上海本身即是一個中西文化交流與互動的「混血兒」，具有海派風格的《婦人畫報》上介紹了瓶瓶罐罐的巴黎香水，而擁有豐富日本經驗的劉吶鷗則帶來日本的名牌香水「4711」：

> 開門進去就有一陣濃厚的空氣觸鼻。No. 4711 的香味，白粉的，子的，汗汁的，潮濕了的皮包的，油脂的，酸化鐵的，藥品的，這些許多的味混合起來造出一種氣體的 cocktail。（劉，P.29，1930）

同樣的，在著名影星李香蘭的回憶中，上海儼然是一個東方巴黎：

> 傍晚，百老匯大廈（現上海大廈）的燈火輝煌，一直可以照到外白渡橋那邊的外灘（黃埔江沿江馬路）。黃埔江流入楊子江

7 唐振常編《近代上海繁華錄》（臺灣：商務印書館，1993 年 9 月）。

> 口，像海市蜃樓般地映在水面上，看去就像十九世紀歐洲的大街，這裡就是上海的租界。[8]

多元的上海代表繁華租界的各項特徵，上海新感覺派作家所認同的上海社會則實踐於小說中的各個角落，租界區是多元與中西融合的，作家在小說中透露出他所看見的人物與事物，其中包含生活在都市裡的聲色娛樂、物欲、縱欲、人性的苦悶與壓抑緊張的情緒，外來思潮的激盪與外來文化的刺激、衝擊與融合，勾勒出當「上海新感覺派」筆下的「都市風景線」。

翻開上海近代繁華錄，實際上與當時新感覺派小說中的上海／都市的確是接近的。城市規模的擴大，不僅是空間的拓展，還包括時間延續，時空節奏步調的改變與頻率加寬等現象，實際影響了城市文學的論述。城市的出現助長了小說的延續與發展，城市的寫實面實際上正是虛構小說的搖籃與助力，在中國歷史的脈絡裡，不難發現宋代小說蓬勃發展的基礎，正是在於「城市」、「瓦舍」的興起：

> 《夢華錄》卷二說酒肆瓦市「不以風雨寒暑，白晝通夜，駢闐如此」，夜市雜賣則是「每五更點燈，博易買賣衣物圖畫花環領抹之類，至曉即散，謂之鬼市子」……宋人隨筆中的瓦舍，無關功名與責任，但城市的消費與休閒活動因「瓦舍」的沿革，便帶了渴情欲望與敗德的色彩。其實也並不離譜，宋人筆記所規模出來的城市，確實充滿了飲食／男女的人之大欲，口腹聲色欲望的滿足，是城市相當重要的功能……文學世界的城市中心，雖殊難定論，但瓦舍的出現，畢竟還是改觀了文學

---

[8] 李香蘭著，金若靜譯《在中國的日子：我的半生》（臺北：林白，1989 年 1 月），頁 235。

史的風景。時效與移情重點的瓦舍小說主張，也開創了小說學的前所未有。[9]

宋代因「瓦舍」的出現改變了文學史的風景，同樣的，二、三〇年代城市的興起亦帶動了新文藝的思潮，第一份由劉吶鷗設計封面並取名的文藝刊物《無軌列車》[10]於一九二八年九月誕生，而位於中國地界北四川路橫濱橋東寶興路口一四二號的「第一線書店」[11]，也由劉吶鷗親自設計並掛起招牌開始營業，沒有固定方針與主義崇拜信仰的《無軌列車》誕生，雖以「同仁雜誌」現身，卻有著這樣的理念：

新聞紙說柏林、北平、上海間將有航空路了，地球的一切是從有軌變無軌的時間中……[12]

「上海新感覺派」作家群於一九二八年首先透過《無軌列車》向租界上海發聲，如同「達達」(Da-Da) 的沒有軌道（或以「無」為軌道）[13]，世界的一切起了劇烈的變化，科技文明急速的發展，因此，「上海新感覺派」具備獨特的城市性格：「對於速度的追求，機械都會的耽溺、逾越尺度的慾望、空虛慵懶的姿態……[14]」，走在「異味十足」的上海，映入眼簾的獨特「都市風景」還包括：

---

9 康來新《發跡變泰——宋人小說學論稿》(臺北：大安，1996 年 12 月)。

10 劉吶鷗等編《無軌列車》(上海：第一線書店發行，1928 年 9 月 10 日-1928 年 12 月 25 日)，共出第八期。

11 關於第一線書店的歷史沿革，請參考倪墨炎〈第一線書店的停業〉，收入《現代文壇災禍錄》(上海書店，1997 年 10 月)，頁 23-26。

12 劉吶鷗等編《無軌列車‧編後記》第三期，上海：第一線書店，1928 年 11 月。

13 關於達達主義的發展與蛻變，見千葉宣一《日本現代主義的比較文學研究》(北京：中國社會科學，1997 年 12 月)，頁 74-75。

14 王德威《如何現代，怎樣文學？》(臺北：麥田，1998 年 10 月)，頁 277。

> 我數著從頭等車裏下來的乘宮。為什麼不數三等車裡下來的呢？這裡並沒有故意的挑選，頭等座在車底前部，下來的乘客剛在我面前，所以我可以看得很清楚。第一個，穿首紅皮雨衣的俄羅斯人，第二個是中年的日本婦人，她急急地下了車，撐開了手裏提著的東洋粗柄雨傘，縮著頭鼠竄似地繞過車前，轉進文監師路去了。（施蟄存〈梅雨之夕〉；李歐梵編：124，1988）

俄羅斯人、日本婦人、東洋粗柄的雨傘……，充滿異國情調的上海街頭，盡是來自各國的民族，行人身上的配件與商店陳列的商品充斥著「舶來品」，聚集了世界各地混雜的民族成為上海租界區的特質，於是小說中不乏這些異國人士與進口商品作為襯托的背景。事實上，劉吶鷗一九二七年秋天與戴望舒同遊北京時，便有了這樣的體認：「上海若是世界民族的展覽會場，北京可以說是中國人種的展覽場」（劉吶鷗日記，1927 年 10 月 6 日）；另一方面，當時上海開啟窗口與世界同步的「出版生態」，不外乎佛洛依德、顯尼齊勒、保羅穆杭、橫光利一、崛口大學、片岡鐵兵……，王德威亦認為新感覺派作家具有犀利的筆觸，流蕩跳躍的觀點，拼湊都市即景、洋場百態，無不炫人耳目：「劉吶鷗與穆時英都善以拼貼的手法，累積意象，烘托出城市氛圍。」（王：P.278，1998）

一、週六風情畫

回歸小說文本，不難看出肇使施蟄存走入「魔道」的主要因素，只是一個行為動機可疑的老婦人（或說是自以為對方形跡可疑的幻覺），老婦人在小說中的「我」一上火車時便開始如影隨形的跟隨在「我」的身邊，像是以眼神或行動緊迫盯人似的跟蹤「我」，使得「我」在陳君鄉下的家度過了一個有別於上海的「week-end」：

> 我會見了陳君及其夫人，坐在他們底安逸的會客間裏，覺得很舒泰了。這種心境是在上海過 week-end 的時候所不會領略到的。女僕送上茶來的時俟，破璃窗上聽見了第一點粗重的雨聲。我便瑞起茶杯，走向那面向著街的大玻璃窗，預備欣賞一下郊野的雨景。雖然是在春季，但這而卻真可抵到夏季的急雨，這都是因為前幾天太熱了之故。有三兩個農人遠遠地在背著什麼斧鋤之屬的田作器具從那邊田塍上跑來。燕子、鷓鴣、烏鴉和禾雀都驚亂似地在從這株樹飛到那株樹。（施蟄存〈魔道〉；李歐梵編：P.93，1988）

從窗口望去，大自然的即景有別於上海的華廈與車陣，純樸的農人取代了租界區裡混雜且迅速移動的各國人種，當國學基礎甚佳的施蟄存讓小說主人翁站在陳君家門檐下回看四野時，草木的搖動，使他「不禁想起『山雨欲來風滿樓』這詩句，雖然事實上此刻是並沒有什麼山。」（李：P.93，1988），然而，即使鄉村的週末是寧靜且安詳，長期居住在城市的人，卻免不了延續著緊繃的精神，延伸離奇的幻覺，一直到返回自己上海的寓所裏，才感覺進入安全的避難所，並喃喃自語、獨自暗暗發誓：「以後絕不到鄉下去企圖過一個愉快的 week-end 了。愉快嗎？……笑話！恐怖，魔難，全碰到了，倘若這兩日在上海呢，至少有一家電影院會使我鬆散鬆散的。」（李：P.102，1988）

是的，城市的週末是充滿機械與文明的，娛樂與消費是度過城市週末的最佳選擇，與鄉村的反璞歸真大相逕庭。夜總會、電影院、跑馬場……，在在勾勒出三〇年代的真實的租界上海，無怪乎王德威認為，穆時英一九三二年筆下喧鬧著狐步舞的夜總會，正是一九三一年的上海即景。（王：P.278，1998）

施蟄存肯定上海的週六有至少有一家電影院可以鬆散，的確有別於鄉村的安詳與寧靜，而由穆時英所開列的「週六節目單」，亦展現出租界上海的頹廢與享樂：

星期六晚上的節目單是：

1、一頓豐盛的晚宴，裏邊要有冰水和冰淇淋；

2、找戀人；

3、進夜總會；

4、一頓滋補的點心，冰水，冰淇淋和水果絕對禁止。

（附註：醒回來是禮拜一了—因為禮拜日是安息日。）

（穆時英〈夜總會裡的五個人〉；李歐梵編：P.281，1988）

速食的愛情蔓延於上海的夜，廣告招牌的魅力刺激城市的娛樂與消費，人車的喧鬧劃破寧靜的夜，閃爍的霓虹燈照亮了東方不夜城，租界的夜景充滿五顏六色的可能：

開了玻璃門，這纖弱的幻景就打破了。跑下扶梯，兩溜黃包車渟在街旁，拉車的分班站著，中間留了一道門燈光照著的路，爭者：「Ricksha？」奧斯汀孩車，愛山克水，福特，別克跑車，別克小九，八汽缸，六汽缸……大月亮紅著臉蹣跚地走上跑馬廳的大草原上來了。
街角賣「大美晚報」的用賣大餅油條的嗓子嚷：
「Evening Post！」
電車噹噹地駛進佈滿了大減價的廣告旗和招牌的危險地帶去。腳踏車擠在電車的旁邊瞧著也可憐。坐在黃包車上的水兵箍著醉眼，瞧準了拉車的屁股踹了一腳便哈哈地笑了。紅的交通燈，綠的交通燈，交通燈的柱子和印度巡捕一同地垂直在地上。（李：P.183，1988）

往返走動的人車，拉嗓嘶喊的小販，襯托著上海繁華的夜景，作家筆下的現實，填滿著城市的慾望與消費，與中國現代文學的主流訴求成為兩個極端，新感覺派作家眼中的真實／寫實是都會的繁華與頹廢，筆下小說反映的「鄉土」即為「城市」。況且，施蟄存曾表示：「我跟穆時英等人的小說，正是反應一九三二年至一九三七年的上海社會，可是抗戰時，這種小說就創作不出來了……[15]」。

二、鄉下人進城

中國文學史上最著名的「鄉下人」，應以《紅樓夢》中的「劉姥姥」為代表，令人印象最深刻的「鄉下人進城」，則首推「劉姥姥進大觀園」一章，劉姥姥以豔羨好奇的眼光看待大觀園裡的一切，〈春陽〉裡的鄉下人，來到三〇年代中國唯一的城市「上海」，則是帶著豁出去心情：

> 做人一世，沒錢的人沒辦法，眼巴巴地要挨著到上海來玩一趟，現在，有的是錢，雖然還要做兩個月家佣，可是就使花完了，大不了再去提出一百塊來。況且，算它住一夜的話，也用不了一二十塊錢。人有的時候得看破些，天氣這樣好！（李：P.137，1988）

劉姥姥在大觀園裡為了迎合講究排場的賈家寧可出盡洋相，對於大觀園裡的一切讚不絕口，不過只是希望討好賈府上上下下而換些微薄好處，而〈春陽〉裡的鄉下人，獨自來到上海，著實對於眼前的景物感到新鮮與好奇，汽車、玻璃櫥窗、摩天大廈、百貨公司……看在鄉下人眼裡，樣樣都是奇特的景象，可愛的構圖：

---

[15] 鄭明娳、林燿德專訪〈中國現代主義的曙光——與新感覺派大師施蟄存對談〉，刊載於《聯合文學》，1980年7月，頁130-141。

> 天氣這樣好，眼前一切都呈著明亮和活躍的氣象。每一輛汽車刷過一道嶄新的噴漆的光，每一扇玻璃櫥上閃耀著各方面投射來的晶瑩的光，遠處摩天大廈底圓瓴形或方形的屋頂上輝煌著金碧的光，只有那先施公司對面的點心店，好像被陽光忘記了似的，呈現著一種抑鬱的煙煤的顏色。（李：P.137，1988）

相對於施蟄存筆下「鄉下人進城」的情節，作為「城市人」代表劉吶鷗，對於上海街道熟悉的程度，放眼望去，可稱得上是「如數家珍」：

> 戲院的路是通著菜館的，菜館的路又通著舞場。就是那郊外處處好驅車的坦平的道路也不像同這些沒有連接的。（劉：P.78-79，1930）

相對於〈春陽〉裡鄉下人對上海街道的新奇感與新發現，劉吶鷗卻覺得不是什麼「稀奇的道程」，反而覺得習以為常：

> 從賽馬場到吃茶店，從吃茶店到熱鬧的馬路上並不是什麼稀奇的道程，可是好出風頭的地方往往不是好的散步道。不意從前頭來的一個青年瞧了瞧H所帶的女人，便展著猜疑的眼睛，在他們的跟前站定了。（劉：P.99，1930）

三、短暫一日情

「在馬路的交叉處停留著好些甲蟲似的汽車。"Fontegnac 1929"的一輛稍微誘惑了H的眼睛」（劉：P.98，1930），男主角以最優雅的動作扶著剛剛才認識的女主角，走過馬路，「市內三大怪物的百貨店便在眼前了。」（劉：P.98-99，1930）

劉吶鷗對於都市風景線條的切片、觀察與書寫，除了透過外在景觀的描述、商品品牌的展現、城市客觀景象的呈現，亦透過列為「限制級」的情節表現其個人對於都市文明、生活價值的反思──「一切都是暫時和方便」罷了──包括愛情的滋生：

> 殘日還撫摸著西洋梧桐新綠的梢頭。鋪道是擦了油一樣地光滑的。輕快地、活潑地，兩個人的跫音在水門汀上律韻地響著。一個穿著黃土色制服的外國兵帶著個半東方種的女人前面來了。他們也是今天新交的一對呢！在這都市一切都是暫時和方便，比較地不變的就算這從街上豎起來的建築物的斷崖吧，但這也不過是四五十年的存在呢。H 這樣想著，一會使覺得身邊熱鬧起來了。這是因為他們已經走進了商業區的原故。（劉：P.98，1930）

H 的眼前才走過一對剛認識的男女，〈風景〉裡的燃青便在火車上遇見一位堪稱為「近代都會產物」的女子，看起來既不像「太太」，也不似「姨太太」，年紀上看來，更不像「女學生」，打量著眼前的尤物，找機會攀談，是劉吶鷗小說中常見的情節發展模式，燃青對「她」的描述是：「自由和大膽的表現像是她的天性，她像是把幾世紀來被壓迫在男性的底下的女性的年深月久的積憤裝在她口裡和動作上的。」（劉，P.25，1930）。

從她的描述，燃青知道她已婚，在大機關當辦事員，丈夫在這條鐵路上將經過的某縣擔任要職，每週六才會回上海相聚，而這星期她的丈夫有事無法回上海，便邀她到縣裡小聚並欣賞縣裡風光。原先她希望丈夫能就近在縣裡找個可愛的女人陪個一兩天即可（因為一切都是暫時和方便），卻因為丈夫對「縣裡的女人不敢領教」而作罷，在開放的性愛觀下，她主動問起燃青：「我若是暫在這兒下車，你要陪我下車嗎？」（劉，P.28，1930）於是，他們脫掉了機械般的衣物，回到自然的家裡，將草地當作一片「青色的床巾」，當天傍晚，兩個人搭上列車，一個依舊為報社出差，一個仍然要往某縣陪丈夫過個空閒的 week-end，一夜情的發生，也可以在大自然的光天化日之下。

參、殖民臺灣：東京留學生「苦悶的象徵」

「上海新感覺派」以敏銳的觀察勾勒出租界區的線條，透過看似繁華與歡愉的夜生活傳達機械文明下，人們耽溺於心靈的空虛與無奈，而臺灣作家如翁鬧、巫永福、龍瑛宗等人筆下的感覺世界，卻更著重於知識份子苦悶的情懷，舉凡感情的空白、離鄉的情愁、生活的顛沛流離等，皆傳達出日據時代臺灣知識份子的苦悶與悲哀。

從臺灣文學史的橫切面看來，三〇年代中期，翁鬧等人走的是以純文學為訴求的「新感覺派」路線，與當時位於主流地位，以楊逵為代表的無產階級、普羅文學路線正好呈現出兩個極端，與上海新感覺派二〇年代末身處於「左翼文學大本營」的上海，同樣屬於文學上的「邊陲」與文學史上的「非主流」，而學者們認為翁鬧執著於純文學、講究表現形與手法是值得肯定的：「日據時代的臺灣小說，可說到了翁鬧的手上，才有獨樹一幟的表現，才開啟了另一文學藝術的嶄新領域……[16]」

[16] 張恒豪《臺灣作家全集：翁鬧、巫永福、王昶雄合集》（臺北：前衛，1996 年 2 月）。

一、迷惘車陣裡

葉石濤認為，身為「幻影之人」的翁鬧，放入臺灣文學史的歷史進程裡，除了「已經有了現代知識份子的懷疑精神，用敏銳的感覺捕捉現實世界的複雜現象，用心裡分析來剖析內心生活，以嶄新的感覺來描述四周環境，皆有獨到的成就……」[17]，在小說領域上算是開拓了新的傾向。〈殘雪〉中來到東京的林，走在街頭，眼前出現的景象是電車、汽車：

> 這到底是怎麼一回事，走出門外，林不禁覺得滿腦子火辣辣。雪仍下個不停，夜晚的新宿一片白皚皚。距深夜還有一段時間，路上已經人疏影絕，衹有汽車和電車接連不斷，疾馳而過。一列電車行至站前，停了一會，又循原來路線奔馳而去。他立在站前尋思：回到原來路線到底是什麼意思？這時，突然有一輛疾奔而來的汽車，在他跟前猛然剎住，車掌從窗口向他揮揮手，他反射般動身穿越馬路，回到大久保附近的公寓。（翁鬧〈殘雪〉；張：P.52，1996）

流浪在異鄉，林滿腹疑惑的站在車站，卻被疾奔而來的汽車所驚醒，馬路上唯一不曾停止的是接連不斷的是電車與汽車急馳而過的景象，有別於故鄉南國一片片綠油油的稻田，來到異鄉，林為了「戲曲的排演，尤其是生活上的窮困，他最近實在非常煩惱。他的故鄉在臺灣南部鄉下。雖然業農，劫夠得上是中產階級家庭。到東京後，最初

---

[17] 葉石濤著《臺灣文學史綱》（高雄：文學界，1993年9月），頁53。

兩年就讀於 T 大法科，每月家裏送來相當可觀的生活費。可是，家裏知道他開始演戲的時候，便不再資助了。」（張：P.62，1996）

投身於戲曲的演出，使得南國的家人停止支付林在東京的生活費用，城／鄉的差距不僅僅是外在客觀景象的差異，還在於職業貴賤的不同認知，就讀 T 大法科，將可獲得相當可觀的生活費，然而投身於戲劇的演出，家人卻停止一切生活上的資助，離鄉的遊子在理想與現實之間的擇選，的確陷入兩難。

擁有日本經驗，甚至「客死異鄉」的翁鬧，在小說的創作理念方面，認為「形式上與日本文學相通，內容需以臺灣為主」、「文字則在日本語與臺灣話之間求折衷」[18]，因此在他的小說中，不難見到「新感覺式」的形式輔以「臺灣本土」的內容。此外，葉石濤認為其反帝反封建的文化性格對於臺灣文學界的影響在於：「作品影響到龍瑛宗和呂赫若等人，使得這些作家都多少帶有蒼白的知識份子，世紀末的頹廢。」（葉：P.53，1993）

二、身陷兩難中

就意識流的表達技巧與文字書寫，現實時間與心理時間存在著相當大的差距，具有現代主義色彩的「新感覺派」，亦揉合了意識流的時間感，雖不鍾情於客觀表象的描述，也不強調社會的外在現實面，在情感的寄託上，確有著更細膩的表達。〈殘雪〉中的林，想起故鄉的初戀情人玉枝以及相遇於異鄉的喜美子（雖然林認為玉枝現在可能鬱鬱地在農舍屋簷下哭泣），覺得在自己內心（或如施淑所謂的「心理地圖」），北海道竟與臺灣同樣遙不可及：

[18] 轉引自許素蘭〈幻影之人——翁鬧及其小說〉，是文收入林衡哲等編《復活的群像——臺灣三十年代作家列傳》（臺灣：前衛，1995 年 9 月）。

> 他突然想起了一個奇妙的念頭：北海道和臺灣，究竟那個地方遠？他記得在地圖上北海道比較近，但他發覺在內心這兩個地方都同樣遠。住在那裏的玉枝和喜美子似乎跟自己遙遙相隔。（張：P.75，1996）

時空的兩忘，使得愛情的選擇陷入膠著，當然與自己的鬱鬱不得志有關，而離鄉背井的旅人，在故鄉與異鄉之間，也同樣難以抉擇，為了理想走奔異鄉，在厭倦都市生活之後又期望重返像故鄉般有廟的美麗地方，同樣是生活中的兩難：

> 我的故鄉嗎？說得太晚了，我的故鄉是南國啊。你是北方的雪國吧。如果有那麼一天，厭倦了這都市的生活，想找個美麗的地方去走走，那麼我想，你不妨到有那座廟的地方去。（翁鬧〈天亮前的戀愛故事〉；張：P.116，1996）

來自南國的遊子無法適應城市的喧鬧，都會的節奏、現代文明、科技的產物所衍生的副作用會令人發瘋，與上海新感覺派的善於計畫都市週末節目表相較之下，停駐於東京的臺灣知識份子似乎表露出水土不合的窘境：

> 我如果在這個城市內再住兩年，那我必定會發瘋。我自己清楚得很。因此，我想再過一年左右，換句話說，在還沒有瘋掉以前隱居鄉間。如果在那鄉間也從早到晚聽得見廣播的聲音怎麼辦？當然，要搬走。如果新搬去的地方也同樣的話呢！你還不如直截了當地說，如果頭上到處充滿廣播的聲音怎麼辦？果真那樣的話，不用說，我只有發瘋。大致想得到的結果好像除此

之外無他。再說，想起市區電車、汽車、飛機這些，我就禁不住毛骨悚然。市區電車這傢伙雖然像鼻涕蟲一樣慢慢爬行，不是老相撞啊，追撞啊什麼的發生車禍嗎？真是糟透的傢伙！（張：P.121-122，1996）

三〇年代臺灣知識份子「不適於生存」之後的控訴，即是喃喃自語的「詛咒都市、詛咒文明，要求人類回到原始、回到野獸狀態」（施：P.118，1997），而這樣的詛咒，正是「弱勢族群和殖民地人民」在心靈與物質方面的寫照（施：P.119-120，1997）。殖民地的人民表達出對於都市文明的抗議，而劉吶鷗筆下的身處於租界區的人物，則是因為住在機械的中央而渴望脫離機械的束縛：

直線和角度構成的一切的建築和器具，裝電線，通水管，暖氣管，瓦斯管，屋上又築方棚，人們不是住在機械的中央嗎？今天，在這樣的地方可算是脫離了機械的束縛，回到自然的家裡來的了。（劉：P.31，1930）

在租界區中，移民、外來族群與商機的多元，以及西方科技率先移入上海，使得城市代表著機械文明的繁殖，機械與自然，是生活面向中的兩難；另一方面，是「首」與「體」的相反對立狀態（見〈首與體〉；張：P.180，1996），接受日殖民、日式教育，習慣日式生活與文化思維的臺灣知識，即使一心想要留在東京，卻不斷被催著他的「體」儘速返鄉的家書所牽絆；〈山茶花〉裡的龍雄，也因為「舊愛」秀英的突然出現，而慎重考慮與「新歡」月霞繼續發展下去的可能，這樣的兩難其實是根源於「龍雄深知月霞抱有新女性的自負」，月霞這方面的特質雖然使龍雄「覺得很新奇、估價得很高」，但這樣的認知，卻會造成「龍雄以大男人自居的心態」感到陰鬱，而且由於「感情極端激昂」反倒引起覺得月霞「沒什麼了不起」的駁斥。在傳統習俗的牽制下，龍雄亦擔憂「同姓不婚」的俗將會成為他向秀英求婚的一大障礙，在傳統與現代之間，也呈現張力緊繃的兩難。（見〈山茶花〉；張：P.221-252，1996）

三〇年代，具有另類、頹廢風格的臺灣新感覺派作品，儼然成為知識份子在各面向中「苦悶的象徵」，龍瑛宗筆下的陳有三，對於婚姻與事業的思考，亦是一種「無解」的局面[19]，葉石濤甚至認為，翁鬧反帝反封建的體質，已經影響到龍瑛宗和呂赫若等人，使得這些作家在作品的表現上多少帶有蒼白知識份子的文化性格，在作品的風格上呈現出世紀末的頹廢。

肆、結語——不同感覺，感覺不同

租界的繁華造就了文學的質變，上海新感覺派作家群毅然離群索居（脫離五四以來強調感時憂國的寫實傳統），以及勇於向城市發聲——施蟄存在作品中應對城市的方式，即是延伸無限的想像，除了捏造外在寫實之外，亦善於虛構（同時建構與解構）心理遊戲；劉吶鷗與穆時英，則是樂於「發現城市」，儼然成為二、三〇年代城市的「生活玩家」。

即使現代文學思潮同樣來自西方，轉口於日本，但相對於上海新感覺派作品在城市的游刃有餘，臺灣新感覺派作品可說是緊緊壓縮於

---

[19] 龍瑛宗〈植有木瓜樹的小鎮〉，見施淑編《日據時代臺灣小說選》（臺北：前衛，1996年12月），頁207-260。

城市的一角，傳達當時知識份子在生活、求學、婚姻、事業各方面的苦悶，可能由於弱勢的地位，可能受限於殖民的身份——翁鬧無法衡量北海道與臺灣之間在心理距離（心理地圖）上的差異，漸而成為獨白的「廢料」，控訴文明的各項罪刑，想要自城市抽離，甚至迷惘於城市熙嚷的車潮裡（甚至直到成為幻影般死去）；巫永福在舊愛與新歡之間、傳統習俗與現代觀念之間難以取捨；龍瑛宗透過陳有三在生活壓力下的緊繃，闡述知識份子在理想與現實之間的落差、愛情與麵包之間的衝突……。

在小說取材方面，由於作家背景的殊異，對於租界區與殖民地的描寫，自有其根源性的差異，然而值得注意的是，留日期間接收新感覺思潮的劉吶鷗，雖與翁鬧等人同樣有著「臺灣」背景，卻因選擇發揮空間大、吸收西方文化快速的租界上海作為其小說實驗的場所，暫時揮別臺灣為日本殖民地的現實，將講究形式的小說技巧投注於租界上海（當時中國唯一不受限制的一角）；而翁鬧等人，同樣吸取了新感覺式的創作手法，卻在往返臺灣與日本之間發現了關鍵性的差異：殖民與被殖民者，使其作品多少帶有知識份子難以伸展的苦悶與荒涼，在個人（理想）與家庭、國家（現實）之間感到迷惘。

伍、參考資料

一、論文／期刊

劉吶鷗等編《無軌列車》（上海：第一線，1928.9.10-12.25），八期。

鄭明娳、林燿德專訪〈中國現代主義的曙光——與新感覺派大師施蟄存對談〉，刊載於《聯合文學》，1980.7，頁 130-141。

許秦蓁〈「上海」新感覺派與「臺灣人」劉吶鷗〉，淡江大學第二屆「文學與文化」研討會論文，1998.5。

二、專書

劉吶鷗《都市風景線》（上海：水沫，1930.4）
嚴家炎編選《新感覺派小說選》（北京：人民文學，1985.5）
劉崇稜《日本近代文學概說》（臺北：三民，1987.3）。
李歐梵編選《新感覺派小說選》（臺北：允晨文化，1988.12）
李香蘭著，金若靜譯《在中國的日子：我的半生》（臺北：林白，1989.1）
唐振常編《近代上海繁華錄》（臺灣：商務印書館，1993.9）
葉石濤著《臺灣文學史綱》（高雄：文學界，1993.9）
施蟄存《沙上的腳跡》（遼寧：教育，1995.3）
林衡哲等編《復活的群像—臺灣三十.代作家列傳》（臺灣：前衛，1995.9）
張恒豪《臺灣作家全集：翁鬧、巫永福、王昶雄合集》（臺北：前衛，1996.2）
施淑編《日據時代臺灣小說選》（臺北：前衛，1996.12）
康來新《發跡變泰—宋人小說學論稿》（臺北：大安，1996.12）
施淑《兩岸文學論集》（臺北：新地，1997.6）
倪墨炎《現代文壇災禍錄》（上海書店，1997.10）
千葉宣一《日本現代主義的比較文學研究》（北京：中國社會科學，1997.12）
王德威《如何現代，怎樣文學？》（臺北：麥田，1998.10）

三、碩士論文

許秦蓁〈專訪上海施蟄存談劉吶鷗（一）、（二）〉，見《重讀臺灣人劉吶鷗（195-1940）：歷史與文化的互動考察》之【附錄三】，國立中央大學中文所碩士論文，1999.1。

附註：原文收錄於《育達研究叢刊》第一期（苗栗：育達商業技術學院出版，2000 年 10 月，頁 121－132），本文已進行局部修改。

追憶「走過的年代」
——隱地《漲潮日》中的文化地理學

壹、前言——作家童年記憶的醞釀與發酵

作家黃春明（1935）常於公開演講中戲言自己「用腳讀地理」，也提到童年時期，透過一雙腳走遍了宜蘭羅東與鄰近地區，對於他童年的成長經驗與家鄉空間地域的情感累積，以及日後走上創作路線的連結，黃春明是這樣回憶的：

> 我是從生活上和寫作結了緣。童年時母親很早就過世了，我是五個小孩中的老大，雖然擁有四個小部下，但是我的祖母非常兇，常打得我很沒面子，於是我就往外發展，不喜歡待在家裡。於是我就用兩隻腳，把出生地羅東的地理讀完了，而且還不只讀一遍，甚至鄰近的鄉村也都跑過了。……對地理的熟悉，無形中增加小孩子對土地的感情，像根竄開了，永遠也不會改變。用腳去讀完自己出生地的地理，比現在的年輕人或小孩幸運多了，它不是從書本中的理論可以得到的。這是我作為一個寫作的愛好者相當重要的基礎。[1]

---

[1] 黃春明〈羅東來的文學青年〉，收入楊澤主編《從四〇年代到九〇年代——兩岸三邊華文小說研討會論文集》（臺北：時報，1994），頁272。

因此，當李瑞騰教授（1952）為黃春明作品《放生》[2]撰寫序言時，便認為黃春明童年的「用腳讀地理」——走進鄉間小道，甚至深入偏遠地區的童年經驗——即為促使作家強烈感受到老人問題嚴重性的發端，因而催生了日後黃春明所創作的「老人系列」之作。

同樣的，白先勇（1937）也曾提過：「童稚的眼睛像照相機，只要看到，喀嚓一下就拍了下來，存在記憶裡。雖然短短的一段時間，腦海裡恐怕也印下了千千百百幅『上海印象』，把一個即將結束的舊時代，最後的一抹繁華，匆匆拍攝下來。」[3]因此，童年白先勇所見的上海最後一抹繁華，轉換成作家來臺後豐富的創作題材，甚至成為一九四九年到解嚴前夕這段封閉且緊張時期，此岸「臺北人」對於彼岸的「上海想像」，白先勇的部分小說，也讓當時（六〇年代）由中山堂出發，穿過衡陽路以至武昌街「明星咖啡屋」一代的臺北風情畫，成為上海精緻文化的移植。

經由閱讀作家童年回憶與成長經驗描述的作品之後，筆者意識到部分作家透過自身童年經驗、生活經歷、記憶累積所創造出來的「地理學」（或說作家個人的地理版圖），的確是一個有趣的議題，作家童年經驗所累積的記憶與生活片段，有時在醞釀、沈澱幾十年之後發酵，搖身一變竟成為文學創作的泉源或主要題材，舉例而言，上海十里洋場風華之於白先勇[4]，上海江灣路之於林文月（1933）[5]，在諸多

---

[2] 黃春明《放生》（臺北：聯合文學，1999 年 10 月）。

[3] 白先勇《樹猶如此》（臺北：聯合文學，2002 年 2 月），頁 102。

[4] 更詳細、精準的說法是，一九三七年出生的白先勇，一直到跨過千禧才開始正式在臺灣發表他的「上海童年」經驗。〈上海童年〉一文，先發表於《講義》，2000 年 6 月號，頁 40-41，後收入散文集《樹猶如此》（臺北：聯合文學，2002 年 2 月），頁 100-103。

[5] 有關林文月上海江灣路童年的描述，除了〈江灣路憶往〉之外，還包括〈上海故宅〉、〈說童年〉、〈過北斗〉、〈迷園〉、〈關於秋天〉、〈記憶中的一爿書店〉，

林文月的上海童年篇章中，已然將由江灣路出發，面對隔街的虹口游泳池，經過虹口公園、四川北路到內山書局做了一番詳細的路線連結，作家童年記憶轉換成文字書寫，竟也具體創造出一幅具有豐富圖像意義的「地理版圖」[6]。

2000 年 11 月出（初）版的《漲潮日》，同樣也是隱地（1937）[7]記憶城市、書寫文學地理的一部具有代表性的回憶性、自傳性散文集[8]，其中可概略分為三個主要議題：其一為「上海想像」，此為印象不深，卻讓隱地父母曾經努力闖蕩卻遭逢失敗的十里洋場；其二為「臺北記憶」，尤其是隱地十歲時遷居臺北後的克難成長歲月，依照白先勇的說法[9]，《漲潮日》所記錄的，正是隱地所經歷的「克難歲月」及其「少年追想曲」；其三為隱地個人的現代文學史書寫，透過標題「走過的年代」之串連，自「五〇年代的臺北」出發，開展以隱地個人為中心的文學史，其中包含繫人與繫事的臺北追憶，穿越六〇年代，翻轉至七〇年代，以及渡過八〇年代的流金歲月後經歷個人的九〇年代，進

這些篇章散見於林文月的散文集裡，林文月開始書寫童年散文，約莫起始於一九八一年《遙遠》（臺北：洪範，1981 年 4 月）出版。

[6] 關於林文月對於童年上海江灣路的記憶與地理描述，可參考拙文〈再現童年記憶的地理版圖——細讀林文月「江灣路憶往」〉，此為第六屆青年文學會議論文。

[7] 根據《漲潮日》書後所附資料的「隱地及他的書」之作家簡介為：「隱地，本名柯青華，浙江永嘉人。一九三七年生於上海，七歲時，送至崑山千登鎮小園莊顧家寄養。一九四七年十歲時，由父親接來臺北，住在寧波西街，先後約搬了二十次家，但始終未離開臺北，至今已住了五十三年。《漲潮日》是隱地繼散文集《盪著鞦韆喝咖啡》後，第二本獻給臺北的書。」見隱地《漲潮日》（臺北：爾雅，2000 年 11 月），頁 281。

[8] 《漲潮日》一書出版之後，獲得「2000 年聯合報讀書人最佳書獎」，接續由玉山社推出《漲潮日》精選典藏版，該典藏版於 2001 年 9 月出版，全書彩色印刷，並由畫家洪幸芳加入早期臺北圖繪。本文所採用的引文版本為初版一刷的原始版。

[9] 白先勇為《漲潮日》寫序時，主題即定為〈克難歲月——隱地的「少年追想曲」〉（見該書前序頁 1-12）。

而來到兩千年，由於本文將論述脈絡集中於作家的文學地理版圖，因此討論的重點針對前兩部分展開討論。

本文所要深入探討的議題，即著重於隱地《漲潮日》中的上海與臺北，尤其是有關作家在文字書寫中，在有意或無意間所創造出來的文化地理，無論是童年隱地的上海書寫，或是少年隱地的臺北書寫，中年隱地的文壇回憶，概括而言，皆能「傳遞一種地方的感覺」[10]。

貳、想像上海——未漲的潮水

> 文學裡充滿了描述、嘗試理解與闡明空間現象的詩歌、小說、故事和傳說……文學顯然不能解讀為只是描繪這些區域和地方，很多時候，文學協助創造出了這些地方。（Mike Crang，2002：57-58）

透過作家的文字書寫，區域／空間／地方有時也被賦予了另一種生命與另一層意義：由單純的地理，轉換為充滿文學氣息的人文地理／文化地理。換言之，除了傳統地理位置的描述之外，透過黃春明的小說書寫，宜蘭（或說羅東小鎮）亦可以採取文學性的角度去重新詮釋、解讀，而在琦君（1917～2006）與林文月的散筆下，永嘉、杭州，甚至是上海江灣路，也被賦予有別於地理描述的文學意涵，作家透過文字書寫創造出重要的文學地景，甚至在字裡行間標示出作家心目中的文學地標，換言之，透過文學所呈現出來的地理、地景，富有另一層

---

[10] 文學與地方（或說空間、區域）的關連，作家對於文化地理的文學性書寫，其理論參照，詳見 Mike Crang 著，王志弘、余佳玲、方淑惠譯《文化地理學》（臺北：巨流，2004 年），頁 57。

文化意義。因此筆者認為，在隱地自傳性、回憶性的散筆下，上海除了是他的出生地，也同樣是想像父母從相遇到結合，進而經歷一連串失敗的重要地景。

《漲潮日》揭開了隱地「上海想像」的序幕，有關隱地與上海的關連，必須從父母的故事說起，出生於上海的隱地雖然不是上海人，但他個人認為，因為誕生在上海，一輩子的記憶注定會與這個城市息息相關、糾纏不清。

關於父母的「上海故事」，說來十分戲劇性也頗不可思議，隱地父親在年輕時原本已由溫州家鄉的父母決定了他的婚姻，和妻子生下兩個兒子之後逃家，一個人從溫州來到當時十里洋場的上海（就隱地的想像，即是為了尋夢、淘金），遇到當時擔任接線生的母親：

> 父親說自己是單身漢，他是之江大學外文系的學士，在那個中國過半人口都不識字的年代，大學畢業生是多麼引人羨慕的招牌，再加上父親一向愛穿筆挺的西裝，母親說她就是這樣被父親的外表所騙。[11]

在兒時到少年階段的隱地記憶之中，父親跟一般上海人一樣，總也是一襲西裝，更明確的說法是，隱地父親一生也就只有那一襲西裝是可以見人的，這正如多數的上海人將全身值錢的家當穿戴在身上，他個人對於父親的形象如此描述：

> 父親活一輩子，沒有自己的房屋，沒有長期存款，當然更沒有股票，他去世時，唯一留給我的，也只有一套西裝。（隱地〈上海故事〉，2000：20）

---

[11] 見隱地《漲潮日・上海故事》（臺北：爾雅，2000 年 11 月），頁 20。

隱地甚至認為，在二、三〇年代，父母親必定是為了尋夢，才會在上海亭子間租了一間亭子間，開始他們一生快樂很少、哀嘆不斷的生活，雖然無從證實，但隱地根據他自身的推斷與想像，他相信父母親年輕時在上海的階段，一定曾經努力過、奮鬥過，甚至想過好一點的日子，但「上海」這個外表光鮮亮麗的城市，背後仍然有著萬惡深淵的特質，當然最後只能讓他的父母親失望透頂——「我的父母顯然也是上海生活的失敗者。」（隱地〈上海故事〉，2000：20）。

時隔幾十年，接近花甲之年的隱地才開始展開了他「想像上海」的過程，畢竟十歲之前的記憶模糊，再加上他七歲時曾寄宿於江蘇崑山顧姓人家，使得他的上海印象畢竟無法等同於白先勇如照相機般「童稚的雙眼」：一幅幅清晰的上海印象於諸多小說中輪番粉墨登場。白先勇對於上海城市地標的描述，諸如：「新世界」、「七重天」，可以細膩的將範圍濃縮至一面「哈哈鏡」，而林文月對於「江灣路」周邊的理解，可以是縮小為「虹口游泳池」門口前的小攤販、「六三公園」口的駐紮日軍，甚至是一爿「內山書局」，相較於白先勇、林文月對於童年居住過的上海，有著細膩、方位明確的地理描述，隱地的上海經驗，恐怕更接近於童年琦君的「上海想像」，在琦君的散文書寫中（尤其是有關上海的書寫），從來無法描述出相對的地理位置，或是明確的方位區域，這雖然與作家個人的人格特質、方位概念及寫作風格相關，另一方面也跟作家對於區域的熟悉度有密切關連，童年的琦君藉由「舶來品」[12]延伸她對上海的想像，而隱地無非就是透過父母的戀愛故事，想像上海這個充滿競爭、淘汰率極高的城市。

---

[12] 擴大範圍來看，舉凡來自上海的精緻物質文化，如：阿姨的高跟鞋、玳瑁髮夾、女同學的飛機頭，皆是琦君「想像上海」的媒介。

班納迪克．安德森（Benedict Anderson，1936）曾經提出「想像的共同體」（imagined communities，1987）[13]這個充滿民族主義式的情感連結觀念，隱地的背景雖然是從上海來到隔岸的臺北，兩岸的基礎的確是建立在共同的血緣、語言、文化底層，然而在隱地自傳性的告白之中，我們無法探測到隱地個人的人文養成，以及在他個人所屬的文化底層中，有著任何屬於文化中國的國族想像，甚至是國族認同。職是之故，筆者認為隱地的「想像上海」僅僅是一個「想像地理」（Mike Crang，2002：88）的過程。比如他對於父母故事的描述語調中，總是加上疑問句，或加上「可能」，甚至是「傳說」：

> 母親愛過父親嗎？父親和母親年輕時真的戀愛過嗎？（隱地〈傳說〉，2000：35）
>
> 父親和母親在上海的相遇，可能是他一生中最羅曼蒂克的部分，也是他情感生活的一個高音。（隱地〈傳說〉，2000：38）

對於父母親如何相遇的版本，隱地雖然自有一套「官方說法」，不過他自己也很快的試圖推翻這個說法：

> 這當中有許多不同的版本。每一版本都是一種禁忌，我們做小孩的，從來只聽不問，但隱約問，我有一種敏感，接線小姐的職業或許是編出來的，「他住樓下，我住樓上」，上海的亭子間，到底是怎樣的一種架構？他們真的住在同一幢樓？後來是誰搬到誰的樓層呢？還是，另一個版本，母親為了生活，進了舞廳，而父親是一個「西裝筆挺」的舞客，但父親從溫州家鄉逃

---

[13] 中文版專書為《想像的共同體：民族主義的起源與散布》（Imagined Communities：Reflections on the Origin and Spread of Nationalism）（臺北：時報出版，1999 年 4 月）。

> 到上海，有心情進舞廳嗎？有經濟能力進舞廳嗎？結婚後，父親是什麼時候知道母親竟然還有一個女兒，或許婚前母親早就告訴了他一切，還是父親根本沒和母親結婚？霧樣的迷團，母親不說，我們不問……（隱地〈傳說〉，2000：40）

接二連三的問句，串連在由父母所編織的「上海故事」，對童年甚至到中年的隱地來說，皆是一團迷霧，透過想像，透過猜測，甚至是推論。Mike Crang 以西方人的東方後宮想像為例：西方人對東方的「後宮」有著永無休止的著迷，對於東方的「後宮」，由於不得其門而入，進而延伸其想像、神秘且著迷，此一概念亦可應用於隱地個案——充滿淘汰機制的上海。隱地曾言「其實我和上海像是有緣，實際無緣。」（隱地〈上海故事〉，2000：17）雖然他自己不曾被上海這紙醉金迷的城市淘汰，但至少自己的父母顯然是被淘汰的。

就隱地所知，他的母親是個蘇州鄉下姑娘，為何會來到上海，嫁到上海？純屬未知，但他相信母親當時一定以為嫁到上海可以過著富貴生活，沒想到姊姊出世之後，便不幸成為寡婦，帶著姊姊，為何會當上接線生？在什麼因緣際會下認識了父親？這些皆屬謎團的問題，經歷了四十多年，仍然只是猜測與想像：

> 母親帶著姊姊，是在怎樣的情況下，做了當時最時髦的行業——接線生？又是什麼機緣認識了父親？這些謎團，在我們那個威權年代，父母不講，孩子當然不敢問，如今父母長埋地下，所有的疑惑，都不可能尋到答案。（隱地〈上海故事〉，2000：21）

對於隱地而言，醞釀、沈澱且發酵了四十多年的諸多疑問，仍沒有答案。上海對於隱地而言，是陌生且疏離的城市，因此，在隱地有關上海的書寫或敘述當中，多半沒有明確的地名、地標、方位，在書寫〈上海故事〉時，他所引用的上海，是屬於陳丹燕（1958）的上海（《上海的風花雪月》），隱地透過陳丹燕描述到上海淘金的江青（1914），來想像自己父母的上海發財夢。在回憶〈我的上海話及其他〉時，行文中跳脫敘述的軌道，時空穿梭至 1990 年，在「文學五小」的年代，他與林海音（1918-2001）、姚宜瑛（1927）、蔡文甫（1926）、葉步榮來到上海，當時他們住在花園大飯店，也南京東路走了幾趟，不過與他「記憶中繁華的上海無法疊合」（隱地〈我的上海話及其他〉，2000：25）。

在白先勇眼裡，他認為隱地在敘述家族回憶時，有別於中國敦厚傳統的「隱惡揚善」，雖然經過儒教的思想薰陶，卻仍反其道而行，少年的創痛，根據隱地的自述，直接來自於他的父母，間接來自於克難的年代和環境，情感糾葛之下，隱地採取犀利的筆調（甚至以「未漲的潮水」）描述自己的父親：

> 我的父親是一位抑鬱寡歡的人。在記憶裡，他從來沒有爽朗地笑過。他一生都在失敗裡打滾。成功的滋味，他老人家一輩子都沒嚐過。（隱地〈潮水〉，2000：3）

自傳是文學的一種表現方式，也是透過作者自述本身所經歷及成長的故事而串連起來的文體，值得思考的角度是，在自傳被書寫的同時，其實是作者以精神上的旅程，或回憶以往生活歷程的細節作為其寫作基調，在西方最著名的是盧騷（J.J. Rouseseau，1712-1778）《懺悔錄》（The Confessions），這是文學史上最有名，也是最大膽的一部自傳，其書寫範圍從作者出生到五十三歲，而隱地在自傳性散文的描述當中，除了第三部分「走過的年代」，藉由文壇友人或文壇記事來回憶自己的出版界歷程，並採取較客觀的方式記錄自己的生命歷程之外，對於父親形象的描述，顯然是趨向於主觀、坦白及大膽的風格，因此較不需花費浩大的工程去考察其真實性，其自傳可信度也相對提高。

隱地還提到，父親年輕的時候曾住在上海，也換過不少職業，然而在事業方面的經營一直不順遂，民國三十五年因一位教書的友人託他代課，因而渡海來到臺北，戰前的上海，即使環境多元、複雜，卻仍充滿著競爭與發財的可能，隱地的父親卻比國民黨早一步來到臺北，到北一女中教書。

隱地父親後來雖然從事教職，卻仍不喜歡過教書生活而傾向於做生意。他一生中事業唯一的高峰，就是在接隱地回臺的輪船上談成了一筆生意：取得上海種玉堂大藥房臺灣的總代理權。「種玉丸」是隱地父親從商以來唯一賺錢的代理商品，根據隱地的印象，據說凡是生不出孩子又想得到孩子的夫婦，只要吃了「種玉丸」就會如願以償。當年隱地家（位於寧波西街八十四巷四號）大門上就掛著一塊「上海種玉堂臺灣總代理」，也由於這塊招牌，進出隱地家的男女特別多，那一陣子也是他們家經濟狀況最優裕的幾年，然而遺憾的是，民國三十八年的歷史改寫，國民黨及其政權移至臺北，兩岸隔絕，政治斷絕同時也阻隔了一切上海和臺灣的往來，也切斷了種玉堂藥丸的貨源，總代理權無疾而終，雖然隱地父親曾對他說：「潮水有漲有退。我的事業不成功，是機會還沒有到。現在的我，正處在退潮的時候。我相信總有一天，屬於我的事業，會有漲潮的時候！」（隱地〈潮水〉，2000：4）但隱地卻將父親一生的際遇，尤其是延續單槍匹馬闖蕩上海燃燒發財夢的際遇，比喻為從未來過的「潮水」——「而潮水沒有來。在父親的一生裡，潮水從未來過。」（隱地〈潮水〉，2000：4）

因此，事隔四十多年，隱地認為父親一生未漲的潮水，由自己的成就及爾雅出版社的創立、堅持所遺傳、延續了：

> 做為一個十幾歲時被父親特地到上海接過來的兒子，父親，我是您期待已久的潮水。只是漲潮日要在你離世後這麼久才出現……（隱地〈漲潮日〉，2000：33）

想像上海、想像父母的上海故事，在隱地經過了幾十年的醞釀，發酵為自傳性的文字書寫：一個是經歷重重失敗的父親，一個是事業有成的兒子。

參、臺北少年追想曲——克難歲月的痕跡

一、家是一幅「深刻的地理建構」——自寧波西街出發：

> 曾經是牯嶺街少年，
> 寧波西街的灑水車，
> 南昌街的小人書租書店，
> 還有漳州街和克難街，
> 都有我青少年的足跡和記憶。（隱地〈第五十八首〉[14]）

---

[14] 該詩原載《法式裸睡》（臺北：爾雅，1995年2月），後收錄《漲潮日》（2000）。關於牯嶺街周邊的描述，筆者摘錄林良先生更清楚的描述，他在〈家住舊書街〉一文中提到：「為了上班，我每天都要從牯嶺街經過。身為一個臺北的『城南』人，我對牯嶺街的觀察，已經有五十幾年的時日。最初的印象，牯嶺街是一條寂靜的住宅街，幾乎不見一家商店，兩側都是有花有樹的公館。何應欽將軍的公館在這兒，臺大傅斯年校長的公館也在這兒。……東西走向，橫貫牯嶺街北段的是寧波西街。這條小街，特別是居於牯嶺街和南昌街之間的一小段，是小吃攤的集中地，成為熱鬧的夜市。小吃攤的黃色電燈泡向天上的繁星，為牯嶺街帶來生氣……牯嶺街成為臺北有名的舊書街，是在民國五十三年左右。最初是在住宅圍牆外的人行道上擺地攤，後來演變成固定的帳棚。不久，許多新建小樓房樓下的店面，也加入了行列。城南學生多、老師多、學人多。出國留學的學生，或者清

在隱地五十八歲所作〈第五十八首〉這首帶有強烈自述色彩的新詩中，他提到自己的青少年足跡，遍及牯嶺街、寧波西街、南昌街、漳州街和克難街（後改名國興路和萬青街）等地理版圖，此外，他也曾經提到自從父親將他從上海接到臺北後，青少年時期便是穿梭這些街道之間：

> 十歲後，我的青少年時期就是不停地在寧波西街、南昌街、牯嶺街穿梭中消逝的。（隱地〈成長的故事〉，2000：15）[15]

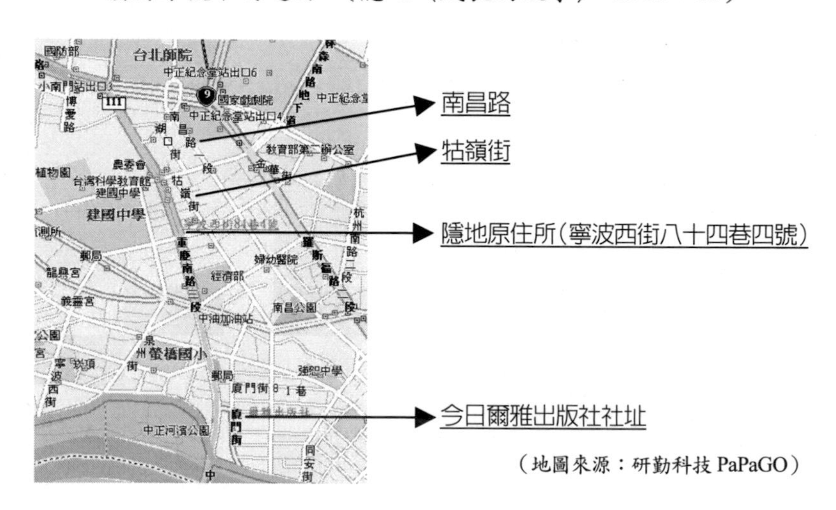

（地圖來源：研勤科技 PaPaGO）

圖一　隱地少年成長時所涉及的主要地理版圖

理書房的讀書人，都把不要再需要的藏書交給擺舊書攤的小販去零售……更多的讀書人，是到這裡來「挖寶」……牯嶺街的鄰街是南昌街，兩條街都是由西北向東南的走向，兩條街精確的平行。南昌街是一條屬於社區的大街，具有市區生活供應中心的特色。它似乎是為一個社區的生活需要而存在。五十多年前的南昌街，有小布店、小雜貨店、五金行、鞋店、水電行、鎖店、麵包店、小診所。凡是社區居民生活所需要的，似乎應有盡有，可是規模都不大。早年臺北城南的居民，因為南昌街的存在，都享受到生活的方便……牯嶺街、南昌街，雖然古樸味濃，但是以居住環境和文教氣息來說，卻不失為臺北是的一塊勝地。」收錄《臺北 2001》（臺北：臺北市政府新聞處，2000 年 12 月，頁 136-139）

[15] 圖一即為「隱地少年成長時所涉及的主要地理版圖」。

相較於對上海地理位置的生疏與模糊書寫，隱地的「臺北少年追想曲」則更能明確的指出相關街道名稱及方位，一九四七年底，父親將隱地自崑山，經由上海，接到臺北同住，隱地一家四口終於在經歷長期的分散之後，於「寧波西街八十四巷四號」的一個屋頂下團聚，這是他們一家四口第一個，也是唯一的「家」，不過，因為父親轉職南昌街上的樟腦局，北一女中必須強制收回宿舍，經歷母親一番抗爭之後，仍抵擋不了既定的政策：

> 我們的家——父親辛辛苦苦，把我們從上海一個一個接到臺北後組成的四口之家，從此再也沒有團圓過。（隱地〈漲潮日〉，2000：30）

自從被迫離開家之後，隱地便過著四處漂泊的生活，按照他自己的措辭，是「吉普賽人」的生活，白先勇認為隱地之所以如此熟悉「老臺北」，原因在於他的成長故事遍及整個臺北的角落：

> 從東門町搬到西門町，從延平區搬到南機場的防空洞裡，臺北好像那個角落他都住過了，難怪隱地對於老臺北的地理環境瞭如指掌，五〇年代的臺北，在他的文章理就顯得非常具體實在。隱地寫自己「成長的故事」，也就連帶把那個克難時代以及那個時代的臺北風情勾畫了出來，而且點染得栩栩如生。[16]

事實上，位於寧波西路的北一女中宿舍，是隱地來到臺北的第一個「家」，在一家四口短暫團聚的溫暖（約四、五年的快樂時光）之後，

---

[16] 白先勇〈克難歲月——隱地的「少年追想曲」〉，收入隱地《漲潮日》（臺北：爾雅，2000年11月），頁12。

由於一九四九年兩岸隔絕，父親「上海種玉堂」的總代理權全受阻，配給父親的宿舍又被強制收回，因此，隱地的被迫離家，實際上便界定了作家心中的地理版圖，也奠定了他日後成為作家的重要背景因素：

> 家有如一座以移動能力自豪的軍隊的堡壘……離開了基地，腳便界定了地理，眼睛則加以觀察並系統化……出生、地方與成長這些點的連結——任何人如是，對作者而言更是如此，也是永遠不能排除的因素（Alan Sillitoe，轉引自 Mike Crang，2002：63）

經過四十多年，想起父親一生的際遇以及家人被趕出宿舍的情景，仍讓隱地感到一種苦澀的懷念，當年父親背負著哀傷離開了寧波西街，一生嘗盡失敗的煎熬，經過二十多年，直到 1975 年 7 月 20 日，隱地又在鄰近的廈門街成立「爾雅出版社」，在深藏的潛意識之中，試圖透過重回失敗地段來證明自己的奮鬥歷程與成長，證明自己是父親一生未漲的潮水的延續：

> 寧波西街有我傷心的往事，也曾讓我失去尊嚴。特別是父親，他走在寧波西街的日子很少抬頭挺胸，我相信，是憂鬱，讓父親比母親早走了二十二年。後來母親也走了，如今只有我還不時地會到寧波西街走走……這條陌生又熟悉的街，是當年父親母親從上海到臺北最早落腳的地方，也是我童年成長的原鄉。（隱地〈漲潮日〉2000：33）

寧波西街對隱地而言意義重大，就文化地理學的觀點，寧波西街可作為具有象徵意義的地景，或可稱之為一個具有表意系統（Signifying system）的地景（或稱為文學地景：literary landscapes），原因是，地景可以解讀為文本（text），換言之，由於寧波西街是隱地成長過程中意義非凡的地景，隱地將之視為「童年成長的原鄉」，父母親的失敗點正是在此，因此，經由幾十年的沈澱、奮鬥與實踐，作家隱地對於個人人生的再出發，亦即是從「寧波西街」開始的：

> 走在寧波西街，我彷彿又看見父親和母親。做為一個十歲時被父親特地到上海接過來的兒子，父親，我是您期盼已久的潮水。只是漲潮日要在你離世後這麼久才出現，父親，我仍感覺對您不起。而母親，我是您的種子，我遺傳了您堅強的因子，若缺少了您堅持的血液，爾雅的文學出版不可能被我踩出一條路來。（隱地〈漲潮日〉2000：33）

經過世代的交替，以及二十幾年在臺北生活的浮浮沈沈，屬於隱地的漲潮之日終於來臨，即使隱地因成家而遷居北投，在選擇事業的起始點時，寧波西街一代還是他的第一優先，父母親未能經歷的成功滋味，因為隱地的堅持與毅力，終於踏出一條寬闊且屬於作家個人的康莊大道。

二、吉普賽生活——「餓」進了防空洞

自從離開了寧波西路的家，「餓」便成為隱地「臺北少年追想曲」的最佳寫照，尤其是父母離異之後，母親精湛的廚藝也只能幻化成美好的記憶，跟著父親過生活的隱地，開始一段長期的「餓」的生活——「跟爸爸住在一起之後，我就經常有飢餓的感覺。爸爸不會煮什麼菜，不是蛋炒飯，就是煮兩碗麵，大多時候，只是塞五塊錢給我，讓我自己解決。」（隱地〈餓〉，2000：51）

即使經過了幾十年，隱地在回憶這段挨餓的日子時，仍然清楚且細膩的描寫著「飢餓」的感受，彷彿那種「餓」的記憶與困擾曾深深侵蝕著他年少的歲月，至今仍讓他感覺強烈。離開寧波西路的家，隨著父親搬到上海路（今日林森北路）與小余叔叔一家人同住之後，口袋沒錢、米缸沒米，被「餓」糾纏著的日子並不好過——「餓是一頭獸，牠會咬得人不舒服。」（隱地〈餓〉，2000：53）因此，在隱地記憶中，最高紀錄曾經一口氣和父親吃了「七套燒餅油條、三碗豆漿」，除了做為抗議父親讓自己過著餓飯的生活，也是那段餓飯時光的深刻記憶。

從「上海路」一路餓到重慶南路、南海路口，靠近植物園的小吃店「小上海」，媽媽為了讓隱地擺脫「飢餓」的生活，開始幫他在高媽媽開的「小上海」包飯，隱地的確經歷過一段有吃有喝的生活，然而，因為違建「小上海」遭遇拆除命運，為了吃，同安街郁媽媽家、福州街楊媽媽家、廈門街九十九巷的陳家好婆家，甚至是寧波西街後門舊鄰居林家，都是隱地打一餐「游擊飯」的地點，這些好客的朋友，皆源於母親強勢的性格與廣大的人脈，對隱地而言，這些母親親朋好友的「家」，無論是位於同安街，還是廈門街，這些文學地景所代表的雙重編碼（double encoding）：除了是逃離「餓」的短暫避風港，也是那克難年代中難以忘懷，並深深感激的溫情人事物，筆者認為這是隱地刻意具名書寫的由衷感謝。

「餓」的記憶無法擺脫，除了朋友家，還包括到媽媽朋友所開的餐館餐館，最後，範圍甚至擴大到中山堂周邊——「隆記」，因此「隆記」這個文學地標，除了是逯燿東常常光顧的上海小館，也是隱地少年成長的臺北曲目之一：

> 我退伍後找到的第一份工作——書評書目的辦公室——博愛路五十七號，就在中山堂斜對面。從此午餐若未到中山堂餐廳

> 用餐，也總是在中山堂四周的餐廳吃飯，隆記菜飯、明星咖啡廳的魚排飯和山西餐廳的麵食，更是我最常去的地方。隆記菜飯是彩娣阿姨開的餐廳。彩娣阿姨是媽媽上海時代的結拜姊妹。還有愛寶阿姨，小時候，我是她們抱著長大的。隆記的隆字，是我姨父王元隆名字的簡稱，剛來臺灣的時候，他是狀元樓餐廳的主廚，後來自己出來打天下，隆記成為饕餮客的最愛。如今姨父、彩娣阿姨和他們的女兒王明珠都已離開人世，但員工們繼續合力經營，成為臺灣少數已有五十年歷史的老飯店。[17]

餓的問題事小，住的問題事大，餓個一兩餐應該還沒有太大的問題，但租房子這檔事，隱地認為是「你必須隨時隨地準備搬家」（隱地〈搬搬搬，搬進了防空洞〉，2000：61）由於房東收回「上海路」的房子，隱地與父親只好投靠父親友人，經營媒球生意的黃伯伯，黃伯伯位於重慶南路的公司有個小閣樓，隱地與父親暫住於此，也開始了一小段吃黃媽媽臺菜的生活，但好景不常，因為黃伯伯債臺高築，不得不將重慶南路的公司變賣還債，隱地與父親便搬到了環境更糟糕的小媒球場裡，甚至展開了傍晚送媒球的半工半讀生涯。接續而來的厄運是，黃伯伯過世，隱地父親租了一個又矮又窄，伸手不見五指的小木板房屋，無力支付房租也讓隱地過了將近一年逃避房東的恐怖生活，「搬家」，對隱地來說是個家常便飯，但是對少年隱地而言，離開寧波西街之後的「吉普賽」生涯，的確是缺乏安全感又極其漂泊的。

直到初中畢業，隱地回到母親身旁，大雜院、缺水的房屋、噪音污染的環境讓隱地與母親也在臺北流浪著，對年幼的隱地來說，流浪的範圍與恐懼，恐怕也因童年童稚的雙眼而放大了好幾倍，然而，比

[17] 隱地〈遠近中山堂〉收入《回到中山堂》（臺北文化局，2002 年 6 月），頁 73。

餓飯及搬家更可怕的事情接續發生，那就是母親遇上了王伯伯，在《漲潮日》之中，隱地對於王伯伯的描述採取未知的、輕描淡寫的處理手法，在時間的先後順序上，隱地無法完整的將這段歷史歸位，「什麼時候母親認識王伯伯？」竟成了父母相遇的另一個謎團，在經歷了家庭破碎的惡夢之後，母親與王伯伯的相遇，彷彿是對於這個破碎家庭的最高懲罰。

就讀北投育英中學那個階段，隱地的生命史短暫脫離了父親，與母親的生命歷程接軌，母親所經歷的地理範疇與父親大不相同，也離開了以寧波西路為中心的區域，隱地母親曾經住過錦州街、新店檳榔坑的西式別墅，接著又回到了昆明街，昆明街雖屬於隱地成長區域的地理版圖，不過因為二樓是酒家，住家品質吵雜，隱地開始展開了與黃春明一樣「用腳讀地理」的生活，大致的範圍是：大世界戲院、西門町周邊、南門市場。

離開了父親，母親對於居家周遭吵雜聲音的難以忍受，搬家仍然成為隱地少年成長史中最重要的內頁，受不了猜拳聲與淫笑聲，又跟隨母親搬到了有別於「城南」的另一區：重慶北路。於是隱地開始過著「臺式」的生活：「圓環魯肉飯、肉羹、五香肉卷、蚵仔煎」。（隱地〈搬搬搬，搬進了防空洞〉，2000：66）接著，在這段期間，隱地的生活範疇從「城南」移至「城內」大稻埕，歸綏街江山樓、第一劇場、國泰、國聲、大光明戲院，皆是隱地曾經停駐的地景。此後，隨母親和王伯伯移居雙城街，與姊姊和姊夫有著短暫的團聚，接著，父親到虎尾女中教書、王伯伯過世，隱地進北投政工幹校並住校，母親移到廈門街過著獨居生活，姊姊去了香港，屬於隱地的一家，正式宣告解散。

隱地在幹校畢業開始獨立之後，曾經住過愛國西路警總勤務隊的宿舍，但因為考量每天晚上十點的門禁，於是他在漳州街克難街口，租了一個「防空洞」，處處皆有「防空洞」這樣的奇景，放入大歷史的脈絡，的確是那反共抗俄年代的克難地景與克難記憶。

肆、結語——渴望一座興建完成的都市

> 我渴望一個興建完成的都市。都市就像一個家，一個家如果住進去之後，每天廚房、廁所……永遠敲敲打打不停，讓人魂魄顛倒，對於不耐噪音的我，如何受得了？（隱地〈我的上海話及其他〉，2000：25）

隱地認為，中國戰亂太久了，讓人缺乏一種安全感，如同國家局勢一樣不安與動盪，這何嘗不是少年隱地生活的寫照？想像、飢餓與搬家，這三項缺乏安全感的恐懼幾乎串連起隱地的年少歲月，2001 年 8 月 25 日，隱地參加了由臺北市文化局、自由副刊、中國文藝協會合辦的「你的城．我的城：臺北街道書寫座談會」，隱地提到：「臺北一直在改變，就像一個總是用橡皮擦擦掉記憶的城市。」18 對隱地而言，具有歡樂指標的臺北地標，恐怕只有「明星咖啡屋」這個重要文學地景：

> 憶起從前，「中山堂」和「臺北車站」是年輕人的約會聖地，小倆口見了面到「明星咖啡屋」喝一杯檸檬水，就是所謂的約會了。（隱地座談會發言，2001）

---

[18] 見 2001 年 9 月 8 日《自由時報．副刊》「你的城．我的城：臺北街道書寫座談會紀實」。

若不是中山堂前的「朝風」和武昌街的「明星」，臺北五、六〇年代會出現這麼多文人雅士嗎？這屬於臺灣作家的集體回憶，的確是令今日的我們所嚮往與想望的，屬於隱地那條時光的河，穿梭在純喫茶的田園、月光、維也納，甚至是峨嵋街上的野人咖啡屋、中山堂周邊、重慶南路與衡陽路、文星書店、白光冰果室、大華西餐廳……這些重要的地景背後，是隱地屬於文藝青年時代的昨日夢境，穿梭過去與現在的之間，今日隱地守護爾雅三十寒暑，身為老臺北人，心中所期望與渴望的，仍是一份家的安定感，以及不必再搬、不必再敲敲打打的興建完成的城市（或說是臺北城）。白先勇認為《漲潮日》對於今日正在貧困中掙扎的青少年而言，可作為勵志讀物，而筆者所關注的重點，則是期望透過文化地理學的思考角度，讓作家與文學地景之間的情感連結成為一個可以深入研究的議題。

伍、參考資料

楊澤主編《從四〇年代到九〇年代——兩岸三邊華文小說研討會論文集》（臺北：時報，1994），頁 272

《想像的共同體：民族主義的起源與散布》（Imagined Communities：Reflections on the Origin and Spread of Nationalism）（臺北：時報出版，1999 年 4 月）

黃春明《放生》（臺北：聯合文學，1999 年 10 月）

隱地《漲潮日》（臺北：爾雅，2000 年 11 月）

隱地《法式裸睡》（臺北：爾雅，1995 年 2 月）

臺北市政府新聞處《臺北 2001》（臺北：臺北市政府新聞處，2000 年 12 月）

《自由時報・副刊》「你的城・我的城：臺北街道書寫座談會紀實」（2001 年 9 月 8 日）

白先勇《樹猶如此》（臺北：聯合文學， 2002 年 2 月）

臺北市文化局《回到中山堂》（臺北文化局，2002 年 6 月）

Mike Crang 著，王志弘、余佳玲、方淑惠譯《文化地理學》（臺北：巨流，2004 年）

附註：原文收錄於《博雅通識三校教師文史成果發表會論文集》（中壢：萬能科技大學出版，2006 年 7 月，頁 125-138），本文已進行局部修改。

蜜蜂、胡蝶、名牌
——琦君散文中的上海書寫

壹、琦君的文學地景——永嘉、杭州、上海

作家琦君（1917-2006）[1]之童年懷舊篇章，是她獨樹一格的散文寫作題材，根據她的散筆回憶，在故鄉永嘉的童年階段，透過家教老師的嚴格教學——描紅、學習方塊字、點古書、背誦學庸論孟、閱讀《詩經》《楚辭》《唐詩》等……，以上種種私塾教育，奠定了她的國學基礎與藝文性格，當時的她，連「新五四」都未曾耳聞，對於琦君而言，故鄉的一切是純樸且美好的，因此她曾以「水是故鄉甜」為主題，書寫出一篇篇有關故土風情的懷舊篇章。

就文體論，琦君之所以在文壇上享有一定的地位，與她的散文書寫有較大的關連，破例的四萬多字小說《橘子紅了》是她個人的突破與另類嘗試，除了呼應韓國文學《柿子紅了》之外，多半也有著自身家族的影像投射[2]，尤其在觀看事物的角度上有了城／鄉的差距，小說

---

1 琦君，本名「潘希珍」，1917 年 7 月生，有時標示其名為「潘希真」，根據廖玉蕙教授的專訪，經由琦君本人證實得知，琦君原名為「潘希珍」，因大學老師認為「珍」字象徵「珠光寶氣」，因而幫她改為「真」，讀音相同，取其「希望真實」之意，而琦君本人的證件，仍沿用「潘希珍」，詳見廖玉蕙〈在彩色和黑白的網點之後——到紐澤西，訪琦君〉，《自由時報》。第 39 版，2001 年 11 月 9-10 日。

2 可參見徐淑卿，〈琦君、橘子紅了、回憶來了〉，《中國時報》，第 13 版，2001 年 7 月 15 日。

中的大伯和琦君的父親同樣都在外地當官，也同樣背著大媽娶了擅長交際的姨太太，包括琦君在〈髻〉中所描述的姨娘，其梳妝打扮比起母親總是比較時髦、新潮的模樣，有時姨娘還會贈送小禮物給母親，雖然禮物的下場往往是被傳統守舊的母親束之高閣，但兩個女人之間的無言之戰，琦君一點一滴盡收眼底，也讓童年的琦君見識到姨娘的交際手腕，自從有了姨太太之後，小說中的大伯和現實世界中的父親便轉移了注意力，這樣的家庭背景，或者促使她有著早慧的人生觀察，甚至在文學表現的風格取向，也傾向「非海派」的、純樸婉約的文學性格，此外，琦君散筆書寫下的故鄉記憶，有很大一部份也傳達了母親在生活上落寞感、孤寂感。

有關琦君的散文世界，論者多半認為她的文筆細膩雅致[3]，筆者認為，她的散文題材與內容，實際上是紀錄著她個人腳步的移動、時空轉移，以及戰亂遷徙的回憶之作，關於故鄉與他鄉的書寫，或可採納文化地理學的觀點來探討，換言之，琦君的散文書寫，可說是「傳遞一種地方的感覺」[4]，人文地理學家認為：「文學裡充滿了描述、嘗試理解與闡明空間現象的詩歌、小說、故事和傳說。」（Mike Crang，2002：57）因此，除了琦君對於故鄉與他鄉的散筆描述之外，可以作為參照系譜的，還包括另一名女作家林文月（1933-），她也曾以「上

[3] 相關論述，部分列舉如下：廖麗玉，〈細細香風評「桂花雨」〉，《明道文藝》，第 15 期，1977 年 6 月。方叔，〈那屬於中國傳統女性的散文——評「三更有夢書當枕」〉，《書評書目》，第 67 期，1978 年 11 月。莎雅，〈溫柔敦厚，寬容博愛「留予他年說夢痕」〉，《時報周刊》，第 345 期，1984 年 10 月。林慧美，〈充滿愛意和溫情的生命之旅——淺談琦君散文的藝術風格〉，《當代文壇》，第 5 期，1999 年 9 月。相關評論文章繁多，此處不一一列舉。

[4] 此部分的理論參照，詳見 Mike Crang 著，王志弘、余佳玲、方淑惠譯《文化地理學》（臺北：巨流，2004），頁 57。

海故宅」[5]為系列主題，描述童年的她對於上海江灣路一帶的印象與回憶，其中包含時空的交錯與回憶的跳脫，根據文化地理學的詮釋角度──「文學顯然不能解讀為只是描繪這些區域和地方，很多時候，文學協助創造出了這些地方。」（Mike Crang，2002：58）因此，在琦君與林文月的筆下，永嘉、杭州、上海，有了新的文化區域意義，包括：瞿溪鄉、弘道女中、上海江灣路……都是作家散文書寫題材的重要文學地景、文學地標，琦君透過永嘉與杭州，創造了文學中的父母、親友、同學，而林文月透過江灣和虹口公園的描述，創造了文學中的父親（林伯奏）與外祖父（連雅堂）的形象[6]，二者之間的差異在於：琦君對於上海地理方位的描述相當含糊，而林文月則能夠清楚、明確的區分南北，無論呈現方式如何，也由於透過作家記憶的提撥與書寫，讓這些文學地景富有更深厚的文化意涵、記憶存放。

就離鄉後的琦君而言，對於原鄉的書寫，以及對於家鄉感覺的創造，以文化地理學的觀點視之，亦可視為一種「深刻的地理建構」：

> 家有如一座以移動能力自豪的軍隊的堡壘……離開了基地，腳便界定了地理，眼睛則加以觀察並系統化……出生、地方與成長這些點的連結──任何人如是，對作者而言更是如此，也是永遠不能排除的因素（Alan Sillitoe，轉引自 Mike Crang，2002：63）

在琦君的筆下，代表家園的故鄉，是重要的文學地景，同樣也是散文書寫時的重要文學題材，尤其關於杭州的中學回憶，更是一種文學創

---

5 此部分可見林文月散文〈江灣路憶往〉、〈上海故宅〉、〈一爿書店〉等篇章。

6 筆者曾為文討論，詳見筆者論文〈再現童年的地理版圖──細讀江灣路憶往〉，該文於第六屆青年文學會議中發表。

造地理的過程，其中包含她對於師長的感恩與緬懷，以及師長對於她人文養成的付出與影響。

另一個必須探討的焦點在於，有關琦君散文中對於城市「上海」的描述與書寫，是非常異於永嘉、杭州的，對童年的琦君而言，「上海」這個地名，僅僅只是一種「想像地理」（Mike Crang，2002：88）的過程，Mike Crang 所舉的例子是：西方人對東方的「後宮」有著永無休止的著迷。由於永遠無法觸及東方的「後宮」，因此延伸其想像、為之著迷，此一概念或可應用於琦君的個案——摩登上海，因為無法親訪、無法實地驗證，在童年期間，琦君僅能透過長輩或親友所帶來的上海資訊、禮物，延伸想像所謂的「時髦的」、「新潮的」、「摩登的」城市上海（另一方面，也可以說是自傲的、現實的、競爭的），如此之童年上海印象，非常不同於實際有著兩年「上海童年」經驗的白先勇，白先勇曾言，童年的眼睛像照相機，期間所閱覽的影像，一幅一幅的拍攝下來，轉換成一張張童年影像，存放在記憶裡：

> 其實頭一年我住在上海西郊，關在虹橋路上一棟德國式小洋房裡養病，很少到上海市區，第二年搬到法租界畢勳路，開始復學，在徐家匯的南洋模範小學念書，才真正看到上海，但童稚的眼睛像照相機，只要看到，喀嚓一下就拍了下來，存在記憶裡。雖然短短的一段時間，腦海裡恐怕也印下了千千百百幅「上海印象」，把一個即將結束的舊時代，最後的一抹繁華，匆匆拍攝下來。[7]

[7] 白先勇《樹猶如此》（臺北：聯合文學，2002 年 2 月），頁 102。

就白先勇而言，最後的一眼仍是上海的「風華」，一九四六年春天，抗戰勝利後第二年，跟隨白先勇的腳步，透過他童年的目光，所見所聞的上海是：

> 那時候我才九歲，在上海住了兩年半，直到一九四八年的深秋離開。可是那一段童年，對我一生，卻意義非凡。記得第一次去由「大世界」，站在「哈哈鏡」面前，看到鏡裡反映出扭曲變形後自己胖胖瘦瘦高高矮矮的奇形怪狀，笑不可止。童年看世界，大概就像「哈哈鏡」折射出來的印象，誇大了許多倍。上海本來就大，小孩子看上海，更加大。戰後是個花花世界，像只巨大無比的萬花筒，隨便轉一下，花樣百出。（白先勇，2002：100）

然而，上海之於童年琦君，僅止於一種「想像地理」的過程，至於真正擁有上海經驗，則是在琦君的大學時代，因杭州之江大學避戰而不得不赴滬上續學，當時必須離鄉背井、暫別母親的感受，並非渴望一雙高跟鞋、期盼一支玳瑁髮夾，或者夢想著洋學堂般的時髦、新潮、現代，已不再是童年時期對於摩登上海的想望，成年後的琦君，必須避戰且離鄉赴上海續學的因素特殊，也使得她的上海印象有了更複雜的感受，其中包含家國、鄉愁、親情、個人學業等多元且複雜的因素，使得成年琦君散筆下的上海，呈現出一種牽掛親情、離家懷鄉、亂世與矛盾的筆調。

貳、童年的上海想像——上海是「名牌」[8]

即使筆者認為上海之於童年的琦君，是一種「想像地理」的過程，但我們無法藉此推論或確認，童年琦君心中的上海，是否充滿如西方人想像東方後宮的「著迷」心態，但筆者傾向將其視為「上海想像」（假使作家實地進入上海，則可將其書寫視為「上海記憶」或「上海經驗」），職是之故，從兩個線索我們可以推論出童年琦君的「上海想像」，至少是先進、摩登，或說是與原鄉非常不同的。

其一，就李歐梵對於中國城市與鄉村的界定[9]來看，上海是當時全中國唯一的城市，甚至於很長一段時間，中國也只有「上海」這個城市，除此之外，其餘皆屬鄉村，因而與琦君成長過程中所經歷的區域「永嘉」、「杭州」相較之下，此二地可簡略劃分為與城市上海非常不同的「鄉村」，因此，上海之於永嘉、杭州，有了城／鄉差距。

其二，琦君在諸多散文篇章中，如：〈玳瑁髮夾〉、〈兩條辮子〉等，曾不只一次的強調某些特別的禮物來自於上海，如同舶來品，她也曾經把來自上海的髮夾，以及聽聞楊宅二小姐的髮型當成是「時髦」

---

8 2003 年，上海學林出版社出版《上海是名牌》一書，介紹上海市的旅遊業概況，闡述了其旅遊政策與制度，旅遊業的發展、相關的交通、住宿、購物等資訊與情況，將上海視為一「名牌」來討論，而更早一點的臺灣作家藍懷恩，則是將「上海男人」視為一種「品牌」，2002 年 10 月先在臺北正中書局出版《我愛上海牌男人》，2003 年再由上海文匯出版社出版該書的簡體字版。本文之所以採取「上海是名牌」做為章節標題，其根據為：在琦君童年時，有關上海來的事物，包含玳瑁髮夾、時髦的女學生捲髮，皆如同舶來品一樣稀奇、新潮，來自上海的禮物，等於名牌的象徵，另一方面的基礎是，西化了的「上海」，已然是一種特殊的符碼、意指。

9 李歐梵曾表示：「嚴格地講⋯⋯中國的城市只有一個上海⋯⋯其餘都是農村⋯⋯」詳見李歐梵著，陳建華錄：《徘徊在現代與後現代之間》（上海：上海三聯書店，2000 年），頁 118。

的象徵，此外，琦君在散文中也不斷提及師長與母親所強調的——杭州是杭州，上海是上海——的觀念。

根據這個基礎，我們將時／空拉回到琦君十二歲那一年，在杭州工作的父親，將她與母親接往杭州同住，也使她日後有機會進入「教會女子中學」[10]——弘道女中，進入這所學校就讀，就琦君個人而言，則是給予她一個較好的外語學習機會，對於她的英文學習也是一個重要的開端，由於弘道女中非常重視英文與音樂教育，因此音樂教育之於彈琴，也是她在中學階段所接觸到的，非常不同於國學與文學的課程，當然，認識更多來自各地的同學，拓展了她的人脈，最重要的是，使她的「上海想像」更趨多元化了。

從永嘉來到杭州，是琦君的第一次離鄉越界，對於年幼、純樸的琦君而言，彷彿即將從鄉下進城，左鄰右舍的玩伴們依依不捨的贈送著紀念品，家裡的小長工阿喜，還以為到了杭州即是「出國」了：

> 竹橋頭阿菊送我的是用嵌銀絲緞帶打的一對蝴蝶結，亮晶晶的，我最喜歡。她說緞帶是城裡楊宅二小姐給他的外路貨，叫我外出作客時紮在兩條辮子上。小長工阿喜特別為我用劈得細細的竹子片，編了一個有蓋的小竹籮，讓我把所有的禮物都放在裡面，帶到杭州。阿喜說：「聽人家說杭州跟外國一樣，什麼都有，但我就不相信會有這樣精緻的小竹籮。」阿菊我緊緔緔的辮子拆開來，梳得鬆鬆的，從耳根垂在兩肩前面。她說：

---

[10] 有關教會學校在華的辦學方式與授課內容，包含中英文的教學，以及音樂課的重視，可對照參考林美玫教授〈美國聖公會女傳教士在華活動：以上海聖瑪利亞女學為例（1881-1907）〉一文，該文為林教授相關研究之整合，收入羅久蓉、呂妙芬主編《無聲之聲（III）近代中國的婦女與文化（1600-1950）》（臺北：中研院），2003 年 5 月，頁 177-214。

「楊宅二小姐從上海回來，就是這樣梳的，戴上各色各樣的蝴蝶結或珠花，才好看呢！你到了杭州，戴蝴蝶結的時候就會想起是我親手給你做的。」[11]

阿菊所贈送的「蝴蝶結」是個「外路貨」，是楊宅二小姐送給阿菊，再由阿菊轉送給琦君的紀念品，「外路貨」即代表「舶來品」，很可能是跟著楊宅二小姐從「上海」回來的，雖然阿菊沒表明「外路貨」的確實來源，不過，它的價值性也因為來自於有著「上海經驗」的楊宅二小姐而水漲船高起來是肯定的，尤其楊宅二小姐那「梳得鬆鬆的，從耳根垂在兩肩前面」的髮型，更是阿菊告知琦君，而同樣受到琦君所認同的、摩登的「上海想像」。

因此，透過琦君的幾篇散文得知，她展開其「想像地理」、「想像上海」的過程，有兩個主要的管道：

其一，長輩或親友從上海帶回來的物品，代表著高檔次、珍貴的價值感，想當然爾，童年純樸的琦君，對於這些罕見的物品是極其珍惜、好奇的。

其二，琦君中學時代對於「上海想像」的部分改變，最主要是透過在弘道女中就學時所接觸的「上海來的女同學」，她們追求時髦、大膽捲起的髮梢，讓規規矩矩的琦君十分羨慕，這些「上海來的女同學」，在外表打扮上，的確有其與眾不同之處，琦君當時清湯掛麵的裝扮，當然如同鄉下人般的樸實、土氣，但經由師長們多次強調的「樸素」的重要性，又讓她感覺到杭州畢竟是不同於上海的城／鄉差距，中學時代的她，在價值觀念上寧可取其直，並堅持杭州古樸之風，這

[11] 琦君〈兩條辮子〉，收錄《一襲青衫萬縷情：我的中學生活回憶》（臺北：爾雅，2002），頁3。

樣的堅持似乎又讓當時的她保留了更多婉約、傳統的特質，這個部分對她日後創作的影響顯然也更深厚，從她的散文風格與書寫形式看來，上海這個萬花筒般的城市，對她的創作影響並不大，我們甚至可藉此大膽推斷，在當時來自傳統家庭教育、受到中國傳統約束成長下的琦君眼裡，屬於城市的上海或許有著罪惡、邪惡、背離道德傳統的一面。

由於教會女學的種種校規，也讓她體驗了更不同的校園生活[12]，此部分的生活瑣記，也成為她散文書寫中的重要題材，整體而言，在琦君的散筆下，童年時期的浙江永嘉、就讀弘道女中期間的杭州，大致可歸類為她的懷鄉題材，此部分的描述，多半採取細膩、婉約的風格。此後，琦君避戰而慌亂渡海來臺所見的臺灣的風情，以及日後隨夫旅居新澤西州的海外見聞，也曾經是她生活散記的一部份，但很不一樣的是，唯有對於「上海」這座大城市的書寫，在童年琦君的眼中，僅僅停留在單薄的、兩三行帶過的「上海想像」，那種細膩的、如數家珍似的「文學地景」，並不適用於琦君散筆下的上海，直到成年之後，即使琦君曾於戰亂期間赴上海續學（1939 年，之江大學因避戰而移至上海租界區），但相對於琦君的杭州書寫、永嘉書寫等，顯然是極其薄弱的一部份。舉例而言，八歲那一年，阿姨從上海回來，帶了一打以上的高跟鞋：

> 那一年，阿姨從上海回來，網籃裡抖出一打以上的高跟皮鞋，排在廊前曬太陽，我偷偷把腳伸在裡面，踩蹺似的在廊上走來走去，阿姨看見了說：「你還太小，等當了中學生，我給你買

---

12 關於琦君的中學回憶，已專文收錄於《一襲青衫萬縷情：我的中學生活回憶》（臺北：爾雅，2002）。

一雙漂亮的高跟鞋」於是我的夢想可以提前實現，當中學生，只要等五年就行。[13]

此後，琦君僅著墨於阿姨對她的承諾：當中學生之後，將買一雙一吋跟、圓頭大口、有帶子的大紅高跟皮鞋給她，以及她擁有第一雙高跟鞋時，被父親潑冷水的往事。但對於阿姨從上海回來的前因後果——為何去？做什麼？帶回一打以上的高跟鞋做什麼——以及阿姨是否又回到上海，是童年琦君所無法理解與描述的，因此，她在行文中並沒有繼續深入討論阿姨的上海之行，而來自上海那一打以上的高跟鞋究竟如何如何，僅能不了了之。同樣的三言兩語，也出現在〈小玩意〉，有一次父親從上海回來時：「給我帶回一大堆玻璃製的十二生肖，和一套銀質小家具，我真是愛不釋手。」[14]而父親的上海之行所為何事，這十二生肖玻璃製玩偶，以及銀質小家具，又代表著什麼？童年的琦君無法解釋，唯一的合理解釋是，來自於上海的禮物，代表著：精緻、高檔次、珍貴。此部分，〈玳瑁髮夾〉一文或者可以「簡答」這個問題。

對於「從上海帶回來的禮物」之最，以姑媽帶來的「玳瑁髮夾」則最顯珍貴、稀奇，「舶來品」的色彩也較為濃厚：

真正的玳瑁髮夾，是早年一位姑媽從上海帶來送我的。當時若是什麼東西從上海買來，就像從美國或歐洲帶來一般稀奇。於是我把它帶到學校獻寶，同學們當然搶著觀賞，不勝羨慕。[15]

---

[13] 琦君〈第一雙高跟鞋〉，收錄《紅紗燈》（臺北：三民，2005），頁 7-8。
[14] 琦君〈小玩意〉，收錄《琴心》（臺北：爾雅，2002），頁 84。
[15] 琦君〈玳瑁髮夾〉，收錄《青燈有味似兒時》（臺北：九歌，2004），頁 17。

在琦君的散筆中，上海貨終於有所「正名」，她明講了：若是有什麼東西從上海買來，如同來自美國、歐洲一樣的稀奇。以當時西方國家的強權與強勢，洋貨優於國貨是一般人的認知（且看上海月份牌中的女性，手上拿著的不是洋煙便是洋煙盒、香水、高爾夫球竿），因此，琦君將這只「玳瑁髮夾」視為珍寶帶到學校去獻寶，其心態與作法不難理解，只可惜礙於嚴格的校規與純樸的校風，「玳瑁髮夾」僅能被師長「妥善保管」，這過於洋化的奢侈品，仍舊不歸屬琦君的風格與琦君的世界。

此外，弘道女中裡來自「上海」的女同學，是琦君認識上海的另一個管道，這群從上海中西女中移學來到杭州弘道女中的女同學，曾經為髮型的規定與校方有所爭執，時髦、重打扮的模樣，讓琦君好不羨慕：

> 教會學校的許多規定，都是我事先意想不到的。不許留長髮以外，還不許戴戒子，別別針，不許擦粉抹淡淡臙脂，更不許燙髮。凡是女孩子喜歡的事，一樣也不能做。有幾個從上海來的比較愛時髦的同學，把髮梢用燙髮鉗微微向裡捲一點點，看起來真的很活潑……[16]

此後，乖巧的琦君曾眼睜睜的看著這群來自上海中西女中的女學生，與級任老師爭辯著有關髮型的問題：

> 「先生，我們上海中西女中的學生，還燙飛機頭呢，中西也是教會學校呀。」那個從上海來的捲髮梢被訓的同學不服氣地

---

[16] 琦君〈頭髮的故事〉，收錄《一襲青衫萬縷情：我的中學生活回憶》（臺北：爾雅，2002），頁 84-85。

> 說。「上海可不一樣啊！我們是杭州，杭州是個樸樸素素的地方，女學生尤其應當樸樸素素的。」級任是我們愛戴的老師，她說的話，我們都很心服。（琦君〈頭髮的故事〉，2002：86）

上海中西女中為著名的「上海教會三女校」之一[17]，屬歷史悠久的貴族學校，到底來自上海的女同學，是否就此妥協，我們不得而知，但琦君個人顯然接受了級任老師的「勸告」與「女學生尤其應當樸樸素素」的建議，認同女學生儀容要符合杭州「樸素」的形象，因此，即使琦君也認為這群女同學微翹的髮梢十分活潑，但寧可聽從老師的教誨，回歸樸素的女學生形象，是琦君中規中矩的個性下必然的選擇，因此，樸素的堅持讓琦君直到成年了還僅停留於「憧憬」戴耳環的階段，甚至沒能鼓起勇氣去穿耳孔：

> 我既沒有穿耳孔，長大以後，在上海念大學，看見海派女同學一個個千變萬化的髮型，上千變化的耳環，真是目不暇接。我是從鄉下去的，總是直直的清湯掛麵頭髮，連漂亮點的髮夾都沒有勇氣帶，莫說新式耳環了。想起母親當年說的：「你跟她們不一樣，你是要去杭州唸書的。如今杭州姑娘來上海唸書，又是跟她們不一樣。」反正我總是比別人多了那麼點土氣，只是因為缺少一副漂亮耳環。這也就是我為什麼一直到現在都憧憬戴穿孔耳環的原因吧。[18]

---

[17] 在舊上海教會女子中學之中，中西女中、晏瑪氏女中和聖瑪利亞女中是最出名的，能夠進入這三所教會學校就讀者，大部分是教會信徒和權貴子女，張愛玲畢業於聖瑪利亞女中，而宋慶齡則來自中西女中的前身「中西女塾」（又稱墨梯女校），見薛理勇編著《上海舊影——老學堂》（上海：上海人民美術出版社，1999 年），頁 32-36。

[18] 琦君〈我沒有穿耳孔〉。收入《燈景舊情懷》（臺北：洪範，1999），頁 89。

除了女同學的衣著打扮讓琦君想像上海與杭州的不同之外，她也透過上海來的同學大開了眼界，像是這群女同學口中的「拔佳牌」皮鞋，也讓琦君學了一個新興的話術兒「拔佳」（Bata）：

> 校長一個個檢查完畢，蹬蹬蹬的走了。她的半高跟皮鞋非常講究，每天擦得光可鑒人。和她擦油的西裝頭一樣，我們說她「從頭亮到腳」。從上海來的見多識廣的同學說，這種叫做「拔佳」牌子的皮鞋，永不走樣，杭州也有一間分店，可是價格驚人。由於羨慕，我們有時也把皮鞋使勁擦得亮亮的，彼此比著說：「看我的皮鞋夠不夠『拔佳』？」「拔佳」也漸漸成為頂尖兒或驕傲的代名詞，看到那個神氣活現的，就說：「你看她好『拔佳』啊。」今天想想，這種形容詞也很現代呢。（琦君〈頭髮的故事〉，2002：87）

事隔多年至今，「拔佳牌」[19]皮鞋的品質仍然屹立不搖，成為彼岸一種高檔次、高品質的名牌皮鞋，在當時琦君的眼裡，「拔佳」成為一種新話術兒、新名詞的創造，所謂的「拔佳」，被這群教會女學生改為「頂尖」、「驕傲」的代名詞，因此，「拔佳鞋」在當時，也是琦君「上海想像」之下的上海「名牌」（實際上是位於上海霞飛路上的一間捷克鞋舖），根據楊步偉[20]《雜記趙家》[21]的〈第一次歐洲遊記〉提到，1925年5月25日，趙元任（1892-1982）暫停香港時，正巧經過一家

---

[19] 此為捷克鞋廠，目前為「光明皮鞋廠」，位於上海市龍華東路369號4樓。所謂的「拔佳鞋」，是1894年由資本家托馬斯拔佳所建立的「拔佳」皮鞋廠，在第一次世界大戰期間，因獲利而成為捷克國內最大的皮鞋廠，1945年捷克政府將拔佳鞋廠收歸國有，並改名「光明皮鞋廠」。

[20] 楊步偉，本名楊韻卿，生於1889-1981年。

[21] 參考楊步偉《雜記趙家》（臺北：傳記文學出版社，1985）第四章所述。

「拔佳鞋舖」，便說要進去買雙白皮鞋，穿了很合適，於是同樣款式的買了兩雙，可見「拔佳鞋」的品質與品牌，有其一定的知名度。

除了名牌的想像之外，上海之於琦君，也有負面的印象與評價，這與一般人所討厭的「上海氣」有些關連，在她的同學之中，來自上海的女同學，既時髦又「驕傲」，曾經，在琦君連續考了幾次很差的英文成績之後，她採取了「中西較勁」的態度來面對自己的挫折：

> 她也是跟我一起考進來的新生，但她有點驕傲，因為她的英文好，總是拿「A」。原來她是上海一個教會小學畢業的，我怎能跟她比呢？可是有一樣，我不必怕她，因為國文課背書，我總是背得比她快十倍，她背國文結巴起來比我背英文還結巴呢！（琦君〈十個零鴨蛋〉，2002：19）

同樣的心態、情景，或可作為母親與姨娘之間新舊類型的對照與比較，姨娘是屬於新觀念、「上海氣」[22]的，母親是屬於舊傳統、「杭州風」的，而這位與她一樣屬於新生的假想敵，所代表的是具有負面洋化色彩的「上海氣」，換言之，這個從「上海一個教會小學」畢業的女同學，顯然國學基礎較琦君差（至少當時琦君是這麼認為的），換言之，當時年紀小小的琦君在文化心態上，也認為自己是屬於傳統的、文學的、具有國學基礎的，相同於母親一生的樸素與堅持。

---

[22] 關於「上海氣」，周作人曾專文討論過，他認為上海灘成為洋人的殖民地，因此充斥著買辦、流氓、妓女的文化，沒有一點理性與風致。詳見周作人〈上海氣〉，是文發表於1927年《談龍集》（北新書局），本文轉引自倪墨炎選編《浪淘沙：名人筆下的老上海》（北京：北京出版社，1999）頁46-47。

參、蜜蜂牌毛線——隻身上海滿鄉愁

隨著年齡的增長，1936 年（民國廿五年），透過直升管道，琦君進入杭州之江大學中文系就讀，杭州之江大學的前身是「杭州育英書院」，作家郁達夫（1896－1945）也曾唸過「杭州育英書院」，但後來隨兄長前往東京留學，該書院於 1914 年發展為私立之江大學。

琦君之所以能夠擁有短暫的上海經驗，主要因素為杭州之江大學因避戰亂而移至上海復學，根據「琦君寫作年表」[23]得知，1939 年琦君至滬上續學，而大學畢業後，因中日戰爭激烈而暫留於上海教書為 1941 年那一年，因此，琦君當時在上海暫居了約三年左右（約 1939 年至 1942 年），根據王忠欣對於基督教在中國辦學的研究得知，抗戰期間許多私立的教會學校均因戰況激烈而停課，或到租界區復學：

> 在上海地區，聖約翰大學和滬江大學都搬到了南京路的租界繼續開辦，兩所學校合用圖書館和實驗室。東吳大學的校園在 1937 年 11 月初被日本人占領後，學校不得不遷移，其大多數師生也到上海租界內尋求避難並繼續辦學。杭州之江文理學院經過數次般遷，也於 1938 年 2 月遷到上海租界，該院在抗日戰爭中又恢復了原名之江大學。在上海租界的這四所大學作為一個「聯合基督教學校」共同工作，它們共同使用所能得到的教學設備。聯合學校的總部設在南京路上的大陸商場。[24]

---

[23] 關於琦君寫作年表，可參見多數琦君著作附錄，或見行政院文建會「當代文學史料系統」→「作家查詢」: http ://lit.ncl.edu.tw/hypage.cgi? HYPAGE=home/ index.htm（擷取日期為 2006 年 1 月 18 日）。

[24] 可參考王忠欣《傳教與教育——基督教與中國近現代教育》（加拿大：加拿大恩福協會出版：1995 年 8 月）。

從資料相互對照，之江大學到上海復學約 1938 年 2 月，而琦君於 1939 年至上海復學是合理的時程。在戰亂期間，許多公立大學無法復學，因而報考私立教會大學的學生激增，直到 1941 年，這四所聯合基督教學校的在學生已達到五千多人。1941 年珍珠港事件爆發，日本軍隊占領了上海，此外，直到琦君大學畢業後，也就是 1942 年春天，部分東吳大學師生和杭州之江大學採取合作模式，在福建北部紹武一帶辦學，也有部分師生遷到廣東與嶺南大學聯合辦學，而之江大學則移到了福建紹武，其工程學院則搬到貴陽辦學，在 1944 年底，之江大學在外地的教學工作全都被迫關閉，學生僅能轉到其他學校就讀。抗戰之後，由於區域性的因素，這四所教會大學重建的困難度較小，原因是，只要原校址的地域性不至於過遠，就比較容易復學，1946 年秋天，之江大學在杭州和上海兩地同時開學，杭州校園以低年級生為主，上海則以高年級生為主，在學人數近 900 人，1948 年 6 月，之江大學正式被確認為大學，設有文學院、工商管理學院和工學院[25]。

一般史料、年表上均記載著，1941 年琦君正好從之江大學畢業，入「上海匯中女中」任教[26]，由於筆者對照琦君學生盧燕（1927）之

---

[25] 其改名與重組的過程，可參考今日的浙江大學發展史：http：//www.zju.edu.cn/（擷取日期為 2006 年 1 月 18 日）。

[26] 筆者撰寫本文過程中最困擾的即是琦君在上海教書這一年，許多有關琦君的資料，包含文建會所收錄的琦君寫作年表，以及琦君許多散文集後所附錄的年表，均註明琦君 1941 年大學畢業後，因戰爭阻隔回鄉交通，導致她暫留在「上海匯中女中」任教，且知名影星盧燕（1927-）是她的學生，但「上海匯中女中」目前查無資料可循。在記者張夢瑞的專訪報導〈琦君與盧燕的師生情緣〉一文中，則表示「民國三十年，琦君剛自上海之江大學中文系畢業，當時正值中日戰爭打得最激烈的時候。本來她準備返鄉探望老母的，不巧回家的輪船停航，只得留在上海。學校就分派她到徐家匯的一所教會學校——惠明女中去教國文，而盧燕正是那裡的學生。」見 2005 年 7 月 14 日《中華副刊》，然「上海惠明女中」亦查無資料（僅有天津南開惠明女中）。對照電影史上的資料，盧燕（原名盧燕香），1945 年畢業於上海禪文女子中學，後入上海聖約翰大學，

資料，時間尚無法吻合，因此筆者僅能從其散文中，查證「那一年」的上海經驗與她隻身上海的無限鄉愁。

在琦君的散筆下，常常用「在上海唸書那一年」來記錄她上海生活的點點滴滴及其上海經驗，在這一年裡，承載著琦君滿滿的鄉愁，最重要的是對母親的掛念，母親病重時，她正好隻身上海，為了不讓她擔心，母親還特別叮嚀要隱瞞她的病情，直到母親撒手而歸之時，琦君正是在上海返鄉途中，再加上戰爭的動亂，因此大學復學這一年，以及畢業後延伸的那一年，對她而言，其實是錯綜複雜的感受，琦君甚至曾懷疑自己為何要到上海去唸書，換言之，琦君的「前進上海」，非常不同於一般青年到上海尋夢的冒險闖蕩：

> 說起蜜蜂牌細毛線，我不由得想起那一年去上海讀書，母親送我上船時說的化：「小春，天太冷了，你帶孝又不能穿絲棉背心，到上海就買一磅蜜蜂牌細毛線——要真正蜜蜂牌的，這個牌子的毛線最暖和。化幾個錢，請人給你織一件毛衣穿在裡面就暖和了。」[27]

那時，琦君的父親去世才兩個月，帶孝中的她為了繼續大學的學業，不得不在兵荒馬亂的時代，隻身遠離母親及故鄉，前往人生地疏的上

同年轉入交通大學。根據盧燕資料所記載的是上海裨文女中，該校是上海第一所教會女中，於1851年成立，1953年改為上海第九中學，1996年改為「市九中學」，詳見薛理勇編著《上海舊影——老學堂》（上海：上海人民美術出版社，1999年），頁28-31。依照時間推斷，琦君於1941年大學畢業，而盧燕則是1945年畢業於上海裨文女子中學，時間上相差一年，此部分或可能是琦君記憶有誤，或是盧燕資料有誤，另外，筆者於研討會上曾詢問琦君夫婿李唐基先生，他認為可能是上海匯中女中，但他也無法十分確定。因此，此部分若有錯誤之處，容筆者日後為文修正。

[27] 琦君〈毛衣〉，收錄《煙愁》（臺北：爾雅，2005），頁76。

海讀書，事後回想起來，琦君氣自己當時沒想到：「如果交通突然受阻的話，一年半載之內，還不知能否回來探望母親呢！」（琦君〈毛衣〉，2005：77）果真，這也是她日後未能見母親最後一面的主要原因。從杭州到上海，是琦君的第二次越境，原因，也是為了求學，但是第一次由永嘉到杭州時，她的母親與她同行，但是到上海，卻是她孤單的一個人：

> 我總覺得自己所疊的床被趕不上母親那樣的熨貼。現在想想，我當時何必非要到上海去讀書呢？母親逐年衰弱的身體，她的心臟病，她的勞累和憂傷，都已經告訴我，她可能隨時會發生意外，我真不該離開她太遠太久。（琦君〈毛衣〉，2005：78）

雖然母親百般交代要買「蜜蜂牌」的毛線，但琦君當時到了上海，卻因經濟因素的考量，請同學在大新公司地下室替她買了廉價毛線，雖然母親百般交代要買「名牌」，但她卻嫌「蜜蜂牌」的毛線要十塊錢一磅，價格高於她的預算，因此，她買了同學介紹的「三羊牌」，是六塊錢一磅的毛線。不過，後來為了給母親一個驚喜，琦君從杭州再度到上海時，便不惜成本買了「蜜蜂牌」毛線為母親織了一件藏青色的毛衣：

> 回到上海，我馬上買了一磅道地的蜜蜂牌藏青毛線，一半是由於感激，一半是由於好勝地想給母親一個驚喜，我開了幾個夜車，一口氣就織起一件前面釘扣子、套在襖子外面的毛衣，趕著郵寄回家。（琦君〈毛衣〉，2005：79）

〈毛衣〉一文，其實便是琦君人在上海卻滿懷鄉愁的回憶之作，至於「毛衣」，也是他心繫母親，闡述母女之間溫暖情誼的重要線索，異鄉遊子其實是因為離家才會懷鄉，很多事情一直到琦君離鄉背井才開始重新思考與評估，像是與母親的互動，由於隻身上海，才使得她較常反思母女之間的互動，而，琦君因奔父喪而自上海返杭州，直到即將重返上海前，母親擔心她挨冷受凍，於是細心交代要買好一點的毛線來織毛衣保暖，一件毛衣引發了琦君的思母之情。

如果「毛衣」引發了思母之情，那麼在上海期間，同時引發對於父親與母親的想念，則是透過「楊梅」而睹物思人：

> 我負笈上海以後，每年夏天楊梅成熟之時，也靠近父親生日與忌辰六月初六。上海沒有好的楊梅，我也不再想吃楊梅，南望故鄉，我懷念的是去世的父親與勞累大半生白髮皤然的母親。[28]

根據琦君所記，1941 年夏天她大學畢業，母親請小叔代筆寫信請她回鄉「趕上楊梅最好的時候」，但卻因戰事造成海岸線封鎖，使她遲遲未能成行，因而引發了濃厚的鄉愁，戰爭之亂，促使她除了想起父親之外，也想起父親的好朋友胡伯伯，直到戰後來臺，仍是一陣心酸湧上心頭：

> 幾月後，我又去滬續學，胡伯伯的消息只能在家信中偶爾得知一二。此後，一直過著流離轉徙的生活，為了追念父親對祖父的一片孝忠，與對胡伯伯這一份珍貴的友情，無論到哪兒我總不忘帶著父親心愛的遺物——竹杖與煙筒……卅八年來臺時，因行囊簡便，匆忙中不曾將此二物帶出，如今看到自己油亮的鼻子，自不免逗起無窮往事了。[29]

---

[28] 琦君〈楊梅〉，收錄《煙愁》（臺北：爾雅，2002），頁 40。

[29] 琦君〈油鼻子與父親的旱煙筒〉，收錄《煙愁》（臺北：爾雅，2005），頁 73。

隻身上海，母親不在身邊，父親過世之後，姨娘到上海跟她同住，也使得琦君曾經以「煙愁」來平衡她的「鄉愁」：

> 在上海念大學時，母親沒有在身邊，只有姨娘和我同住。她有時也會把我氣得「心氣痛」起來，我就一個人關在屋裡狂抽一陣香煙。[30]

此外，特別值得一提的是，就讀上海之江大學期間，琦君所住的宿舍位於「海格路」[31]，她與另一名來自杭州的同學，卻常常倚著露臺欄杆滿懷鄉愁，戰時，許多教會學校因為位於租界區而顯安定、安全，但當時的她雖然住在熱鬧繁華的法租界，但顯然上海風華並不在存在於她的腦海裡：

> 當年在上海，我們同住在海格路女生宿舍中。同學們在寢室喧鬧著，我倆總悄悄地倚在露臺欄杆上聽風聽雨、數星星、看月亮。因為我們都是他鄉遊子，滿懷鄉愁。[32]

且看「海格路」的地理位置，雖然我們無法確切得知琦君當時的住所，但可以大致考察其周遭環境：糖果、餅乾、洋酒、公司（百貨公司）圍繞在霞飛路周邊，但在琦君的散筆下，沒有一絲一毫的上海風華，沒有明確的方位地理，我們可參考 1939 年的霞飛路周邊環境，如【圖一】所示：

---

[30] 琦君〈煙愁〉，收錄《煙愁》（臺北：爾雅，2005），頁 94。

[31] 海格路今改名為華山路，沿線一帶有著重要的文化地標，舉例而言，1900 年所建的「丁香花園」，原本是英國泰興洋行克勞夫的住宅，賣給李鴻章之子李徑邁，另一傳說為此建築物是李鴻章寵妾丁香的金屋藏嬌之處。此外，1937 年 10 月，蔡元培先生由上海愚園路遷居至此居住。

[32] 琦君〈如此星辰非昨夜〉，收錄《桂花雨》（臺北：爾雅，2004），頁 191-192。

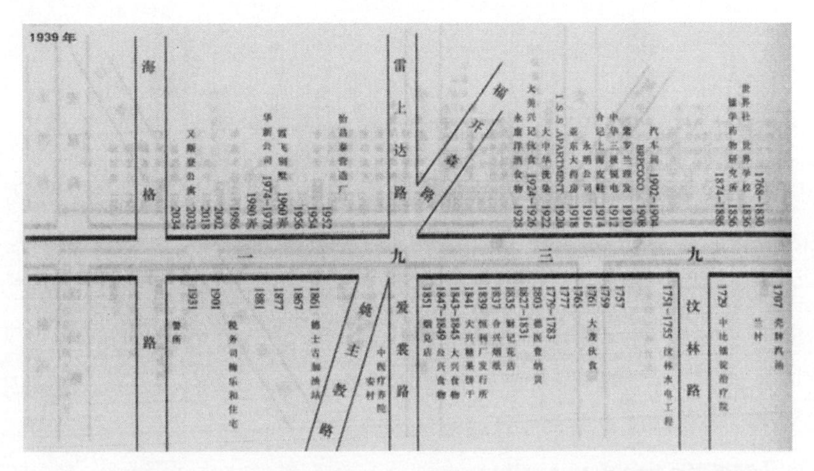

【圖一】[33]海格路（左）與霞飛路（橫）垂直，當時許多中西店家均開設在此。

直到父母相繼病逝，戰事不斷、情勢緊張，她決定離開神州前往臺灣，琦君在上海的「最後一夜」是走在霞飛路上的，當時的她所思所念，是好友「蒨茵」，即便是她筆下的霞飛路，因為即將渡海，因此與當時的心情一樣，呈現出落寞、蕭條的、樸實無華的景象：

> （遙寄蒨茵）想起來總是遺憾的事，我們連那臨別的一面都不曾見到，我就匆匆登輪來臺灣了。那天晚上，我曾打了四個電話給你都沒有通，十一時我又趕到你家，你姊姊說你到親戚家去了，我只得怏怏而返，天空裡飄著濛濛細雨。我躑躅在蕭條的霞飛路上，讓雨絲淋濕了我的頭髮與衣裳，也涼透了我寂寞酸楚的心。那時已近戒嚴十分，行人異常稀少。霓虹燈暗淡地照著

---

[33] 圖片資料來源為許洪新《從霞飛路到淮海路》（上海：上海社會科學院，2003年8月），頁214。

濕漉漉的柏油馬路。隆隆的電車，從我身邊馳過，我無心跨上車子，寧願拖著沈重的步子，依戀著這上海街頭的最後一夜。[34]

閃爍的霓虹燈、隆隆的電車，聲光具備的城市街景，在即將離去的琦君眼裡，卻是一番寂寞的風景，對她而言，父母皆逝、好友失聯，促使整個霞飛路呈現出蕭條與黯淡的景象，琦君散筆下的霞飛路，與鄭伯奇筆下深夜仍舊摩登、充滿異國風情的霞飛路是非常不同的：

霞飛路是摩登的，摩登小姐和摩登少爺高興地說。霞飛路是神秘的，肉感的，異國趣味的，自命為摩登派的詩人文士也這樣附和著說。是的，霞飛路有「佳妃座」，有吃茶店，有酒場，有電影院，有跳舞場，有按摩室……每到晚間，平直的鋪道上，踱過一隊隊的摩登女士；街道樹底，籠罩著脂粉的香氣。強色彩的霓虹燈下，跳出了爵士的舞曲。[35]

根據該文得知，琦君在上海期間，受到蒨茵照顧甚多，很可能蒨茵便是她常提到的寄住在上海同學家的同學，離開之前，無法與三年來在上海共患難的好友蒨茵見上最後一面、互道珍重，是琦君渡海來臺的一大遺憾，雖然隔天一早搭上船，卻因不可知的因素而遲遲未能啟程，僅能停靠在外灘，心中的複雜情緒與離開前的焦慮不曾減少：

我倚在船欄上，望著碼頭上熙來攘往的行人，明知人堆裡不會有你，卻總張大眼睛找尋你。看黃埔江裡翻騰的白浪，即將帶

[34] 琦君〈祝君無恙我將歸〉，收錄《琴心》（臺北：爾雅，2002），頁66。

[35] 鄭伯奇〈深夜的霞飛路〉，原載《申報．自由談》，1933年2月15日，轉引自倪墨炎選編《浪淘沙：名人筆下的老上海》（北京：北京出版社，1999），頁46-47。

我去萬里以外。離開了你，離開了大陸，正不知美麗山河，何時才是重見之期。蒨因，那時的情景，怎不令人黯然銷魂呢？（琦君〈祝君無恙我將歸〉，2002：66）

當然，離開了上海之後，琦君更後悔的是沒有早一點來到上海，催促蒨茵同往臺灣：「我後悔那年沒有早來上海，促你同來臺灣，實因你重違老母之命，不忍離她遠去。」（琦君〈祝君無恙我將歸〉，2002：68）因而，琦君的上海經驗中充滿著悔恨、離鄉愁緒，以及對家鄉人事物，尤其是母親的不捨與掛念，最重要的是，琦君的上海經驗，也在度過上海的最後一夜之後化下句號。

肆、上海娛樂圈——從「胡蝶」到「荀慧生」

在琦君的「上海經驗」之中，有一部分跟上海的娛樂圈有所關連，包含琦君個人對於電影明星胡蝶的崇拜，以及對於梅蘭芳、荀慧生[36]等傳統戲劇的參與。關於「看戲」，琦君中學在杭州時便擁有一個特別的經驗，那就是紅遍半邊天的梅蘭芳來到杭州的演出：

有一次，梅蘭芳來了，是他歐遊得了博士之後，那種轟動不用說了。因共舞臺太舊太小，場地特別改在新建的華聯電影院。共演四天，是紅線盜盒、四郎探母、販馬計和霸王別姬。我正趕上月考，乾脆帶了書在戲院裡邊啃邊看。[37]

---

[36] 關於二、三〇年代上海的娛樂生活，包含傳統戲劇的演出及其發展，可參考胡平生專論《抗戰十年間的上海娛樂社會（1927-1937）——以影劇為中心的探索》（臺北：學生書局，2002 年）。

[37] 琦君〈看戲〉，收錄《桂花雨》（臺北：爾雅，2004），頁 228。

她收集了兩張梅蘭芳的照片，一張穿著西裝，另一張是寶蓮燈的劇照。梅蘭芳來到杭州，因父親在當地做官，因此被安排至潘府拜客，當時她原本是要上學的，卻因為聽到梅蘭芳蒞臨府上，便趕忙上樓找照片，想讓梅蘭芳簽名，因為一急卻怎樣也找不著，只好在母親的教訓下，傷心的上學去：

> 忽然想起那兩張照片，正好請他簽名，連上學遲到都不顧，就飛奔上樓找照片，慌忙中怎麼也找不到，只看見電影明星胡蝶和徐來的照片，抽屜翻得亂七八糟，被母親訓了一頓，也不許我鑽在門背後看梅蘭芳，只得失魂落魄的上學去了。（琦君〈看戲〉，2004：229-230）

事實上，有關「梅蘭芳情節」，幾乎是許多戰後來臺作家的「集體記憶」，根據水晶自傳式小說〈安娣簡妮佛的黃絨虎〉[38]所述，當時水晶的母親聽取來自莊家老爹的情勢分析，並在多方評估之後，在飢餓的清醒中做出了最大的決定：離開上海。當時，他們計畫透過以香港為轉運站逃到臺灣，因為臺灣有許多水晶父親生前的門生故舊，於是在極度保密的情況下購得了船票。在這所謂的「解放蜜月」期間，梅蘭芳重披花衫及日登臺的消息在上海如炸彈開花般爆發出來，於是水晶的母親臨行之前買了梅蘭芳的戲票，當作是離開上海前的「送行」，因此，對於水晶而言，母親是以票梅蘭芳的戲，當作是與上海的深深告別。

抗戰期中，琦君在上海求學期間，曾寄住在一位好朋友家中（筆者認為很可能即是蒨茵），這位同學的母親是為平劇行家，好幾次要

---

[38] 詳見水晶《黃絨虎與西門町》（臺北：大地，2000 年 3 月），頁 15-75。

帶琦君去「聽戲」(這是她同學母親特有的說法),但琦君卻毫無興趣,很勉強的看了一次「四郎探母」,不過,由於當時思鄉情切,即使身在熱鬧、繁華的上海戲院,卻還是比不上杭州傳統的廟戲:

> 坐在熱鬧的戲院裡,一顆心卻是飄飄當當、淒淒冷冷的,只是懷念著家鄉的廟戲、杭州的機關布景戲。那分溫暖、那分歡樂,不會再有。故鄉因戰事音書隔絕,在故鄉的母親白髮日增,卻離我好遠好遠,想起外公和阿榮伯敲著旱菸筒給我講孟麗君、唱戲詞兒,真正一場夢。(琦君〈看戲〉,2004:230)

在上海期間,印象中,琦君只聽過一次荀慧生的「紅娘」:

> 印象中,覺得他的四平調婉轉多姿,身背後一朵朵大大的水紅綢蝴蝶抖得好可愛。(琦君〈看戲〉, 2004:232)

沒想到,後來琦君陪同一位長輩住在醫院,當時住隔壁房的正巧是荀慧生,但他的老態,是那位長輩感慨萬千的主要原因,沒想到,四大名旦荀慧生也會老,令人惋惜。除了對於四大名旦的推崇之外,琦君不只一次的提到個人對於影星胡蝶(1907-1989)[39]的喜愛,她曾提到,只要是胡蝶主演的片子,她必不錯過,甚至為此而跟平時敵對立場的姨娘有了短暫的共識:

> 其實我自己那有錢看電影,都是我家的二媽帶我去看的。原來二媽也是胡蝶迷。每天打開報紙,總是先看電影廣告,如果有

[39] 胡蝶(1908-1989),本名胡瑞華,1930 年參加中國第一部有聲影片《歌女紅牡丹》的演出,1933 年曾當選為「電影皇后」。

> 胡蝶主演的片子，他馬上笑逐顏開，人也顯的和氣起來。我站在一邊，膽子也會大一點了，因為我們彼此心中有個同樣的胡蝶，好像心靈都相互溝通了。[40]

中學時代，對琦君及其同學而言，沒有人是不迷上海的電影明星的：

> 胡蝶、阮玲玉、夏佩珍、嚴月嫻、徐來——天天掛在嘴上。她們主演的片子，故事記得比中外歷史還清楚得多。我們三、五個要好同學，積下點零用錢，就是買女明星照片，買電影專刊，輪流觀賞。（琦君〈胡蝶迷〉，2004：58）

在〈笑的故事〉中，她提到老牌影星胡蝶頰上的酒窩，笑起來是最迷人的。初中時期，琦君和同學們都熱中於搶購胡蝶的照片，令人意外的是，來到臺灣之後，她竟然有機會和胡蝶見面並合照，甚至獲得胡蝶親自贈送的劇照，讓她的散筆下的回憶之作增添了一絲愉悅的色彩：

> 大家都已是花甲之年，面對她，我卻像回到少女時代似的，非常開心。看她的一對酒窩，竟是「老而彌深」。[41]

回憶中學時代，阮玲玉於 1935 年自殺，當時迷戀這些上海女明星的中學同學均感到非常吃驚，消息傳來那天，琦君卻毫無上課心思：

> 眼前浮現的一直是她演「新女性」中的最後一個鏡頭，她顫抖著喊：「我要活下去，我要活下去。」那還只有默片，幾個大

---

[40] 琦君〈胡蝶迷〉，收錄《青燈有味似兒時》（臺北：九歌，2004），頁 59。

[41] 琦君〈笑的故事〉，收錄《一襲青衫萬縷情：我的中學生活回憶》（臺北：爾雅，2002），頁 139。

> 大的字，在銀幕上顫抖著，顫抖著，可是阮玲玉死了，在銀幕裡外都死了。她那麼美麗，那麼紅，怎麼會活不下去呢？於是我們幾個胡蝶迷轉過來為胡蝶擔憂起來，胡蝶不會自殺吧！（琦君〈胡蝶迷〉，2004：58）

琦君熱愛胡蝶的一抹笑容，因而收集她的照片，如同蔣勳母親將個人對於胡蝶的熱愛，投影在一隻來自上海的「蝴蝶牌熱水瓶」——母親喜歡這隻熱水瓶，一直用到桃紅的漆都斑剝褪色了，還找人換了鋁皮的外殼，繼續用了許多年。[42]——蔣勳的母親是西安最早受教育的女性，少女時代最令她嚮往的就是上海電影，她仍深刻的記得上海拍攝「體育皇后」的女星黎莉莉，有著黑亮的皮膚、健康爽朗的神情，當時黎莉莉穿著短褲在運動場上奔跑、打網球的身影，還深深停留在記憶裡，因此蔣勳猜想母親或許是因為夢想、憧憬著一個新的時代，一個追求產業富裕，追求個人解放，追求自由思想的時代的來臨，至於「蝴蝶牌」熱水瓶，為何成為蔣勳母親少女夢的寄託，也同樣源於上海電影界當時紅極一時的偶像女星胡蝶。

蔣勳母親與琦君一樣不是上海人，也沒有太多的上海經驗，只是同樣在少女時期，對於上海電影，尤其是胡蝶主演的電影感興趣，甚至對上海女明星的生活如數家珍，但蔣勳母親生平第一與上海的接觸（也是唯一的一次）竟是為了「逃難」，因情勢所逼才迫不得已來到「人生，地不熟」的上海，與琦君為續學及逃難而來到上海的原因，或有異曲同工之妙。

---

[42] 蔣勳〈母親與蝴蝶牌熱水瓶：我的一點上海記憶〉，發表於《聯合文學》，2001年10月，頁69。

伍、結語——水是故鄉甜

整體言之，琦君散文中的上海書寫、上海經驗，多半有著失落與懷鄉之感，非常異於童年期間時常隨母親票戲、遊走於杜美路上的水晶，或者如同白先勇所看見的上海風華，以及真實且有趣的「哈哈鏡」，琦君的「上海經驗」，事實上是更貼近於蔣勳母親的「人生、地不熟」，僅僅因為一隻「蝴蝶牌」熱水瓶，而喚起了一點點的「時代感覺」罷了，在琦君的散筆下，家鄉的一切是如此的美好，「水是故鄉甜」是琦君懷鄉書寫的中心思想，至於離家之後的琦君，卻又是如此的飄零，對於家鄉，她無法割捨的還包括父親的藏書[43]，甚至有些事情，直到琦君中年後才能明白，例如父母親的冰凍三尺：

> 記得年輕時見母親顰蹙的容顏，就要問她：「媽，什麼事使你不快樂了。」她回答我一個淺笑說：「等你年紀大點就知道了。」我不能再問，卻只覺得母親的悲喜無端。及至二十歲以後，孤身負笈上海，於孤寂中給母親寫了一首〈金縷曲〉，內有兩句：「總道親眉長不展，到而今我亦眉雙聚。」母親來信說：「為你這兩句，我整整流了一夜的淚。」其實我當時又何嘗知道母親的憂思，只不過是想念母親的一點童稚之心。[44]

中年之後的琦君總算懂得了母親當時失落的心，年輕時遠在上海的她，卻不曾明白母親真正的憂思，對遊子而言，離家才會懷鄉，而「隻身上海滿鄉愁」，儼然是琦君上海書寫的基調，琦君離開杭州想念父母，離開臺灣想念風土民情，2003 年，琦君與夫婿自美國移居臺北淡水，不也是另一種離家懷鄉的寫照嗎？

---

[43] 參見琦君〈雲居書屋〉，收錄《煙愁》（臺北：爾雅，2002）。
[44] 琦君〈哀樂中年〉，收錄《紅紗燈》（臺北：三民，2005），頁 152。

陸、參考資料

一、琦君文本

琦君《燈景舊情懷》（臺北：洪範，1999 年）
琦君《琴心》（臺北：爾雅，2002 年）
琦君《一襲青衫萬縷情：我的中學生活回憶》（臺北：爾雅，2002 年）
琦君《琴心》（臺北：爾雅，2002 年）
琦君《青燈有味似兒時》（臺北：九歌，2004 年）
琦君《桂花雨》（臺北：爾雅，2004 年）
琦君《紅紗燈》（臺北：三民，2005 年）
琦君《煙愁》（臺北：爾雅，2005 年）

二、專書／專文

廖麗玉〈細細香風——評「桂花雨」〉，《明道文藝》，第 15 期，1977 年 6 月
方叔〈那屬於中國傳統女性的散文——評「三更有夢書當枕」〉，《書評書目》，第 67 期，1978 年 11 月
莎雅，〈溫柔敦厚，寬容博愛「留予他年說夢痕」〉，《時報周刊》，第 345 期，1984 年 10 月
楊步偉《雜記趙家》（臺北：傳記文學出版社，1985 年）。
王忠欣《傳教與教育——基督教與中國近現代教育》（加拿大：加拿大恩福協會出版：1995 年 8 月）
薛理勇編著《上海舊影——老學堂》（上海：上海人民美術出版社，1999 年）
倪墨炎選編《浪淘沙：名人筆下的老上海》（北京：北京出版社，1999 年）
林慧美，〈充滿愛意和溫情的生命之旅——淺談琦君散文的藝術風格〉，《當代文壇》，第 5 期，1999 年 9 月
水晶《黃絨虎與西門町》（臺北：大地，2000 年 3 月）。
李歐梵著，陳建華錄《徘徊在現代與後現代之間》（上海：上海三聯書店，2000 年）

徐淑卿〈琦君、橘子紅了、回憶來了〉，《中國時報》，第13版，2001年7月15日。
蔣勳〈母親與蝴蝶牌熱水瓶：我的一點上海記憶〉，發表於《聯合文學》，2001年10月，頁69
廖玉蕙〈在彩色和黑白的網點之後——到紐澤西，訪琦君〉，《自由時報》。第39版，2001年11月9-10日
胡平生《抗戰十年間的上海娛樂社會（1927-1937）——以影劇為中心的探索》（臺北：學生書局，2002年）
白先勇《樹猶如此》（臺北：聯合文學，2002年2月）。
藍懷恩《我愛上海牌男人》（臺北：正中書局，2002年10月）
許秦蓁〈再現童年的地理版圖——細讀江灣路憶往〉，2002年11月，文建會【第六屆全國青年文學會議】
羅久蓉、呂妙芬主編《無聲之聲（III）近代中國的婦女與文化（1600-1950）》（臺北：中研院），2003年5月
許洪新《從霞飛路到淮海路》（上海：上海社會科學院，2003年8月）
Mike Crang著，王志弘、余佳玲、方淑惠譯《文化地理學》（臺北：巨流，2004）
張夢瑞〈琦君與盧燕的師生情緣〉，《中華副刊》（2005年7月14日）

三、網站資料

浙江大學發展史：http：//www.zju.edu.cn/（擷取日期為2006年1月18日）
行政院文建會「當代文學史料系統」：
http：//lit.ncl.edu.tw/hypage.cgi?HYPAGE=home/index.htm（擷取日期為 2006年1月18日）

附註：原文收錄於《琦君及其同輩女作家學術研討會論文集》（中壢：國立中央大學中文系琦君研究中心出版，2006年7月，頁273-298），本文已進行局部修改。

II 上海・女性

——圖／文對照記

「近代的產物」
——劉吶鷗的上海女性風景學

壹、前言——「上海新感覺派」的歷史身世

對於中國現代文學史而言，1979 年是現代文學里程碑上一個重要的政治分期，尤其在實行改革與開放之後，隨著經濟起飛以及文化與文學的發展，一些曾經被「禁錮」的文學獲得重新粉墨登場的機會，尤其在八〇年代中期，海峽兩岸的政治情勢與文學的經典（canon）有了「新」的標準，學界開始呈現對於「典範的焦慮」，於是重新設定「經典」的標準成為當下的議題，所謂「新」標準其實是建立在超越傳統寫實主流的「舊」標準之上，同時採取另一套價值標準來衡量文學的經典性。

「新」的典律隨即使我們聯想到夏志清《中國現代小說史》的「人道主義」關懷與唐弢《中國現代文學史》[1]的文學「意識型態」邏輯，張愛玲與錢鍾書透過夏志清《中國現代小說史》得以重新定位，並重新給予其文學史上的意義與評價，而「上海新感覺派」[2]在夏志清《中國現代小說史》「成長的十年（1928-1937）」中卻隻字未提，這個問題

---

[1] 唐弢主編《中國現代文學史》（北京：人民文學出版社，1979 年 6 月）。

[2] 關於「新感覺派」的名詞，學界尚未有定論，有稱之為「中國新感覺派」者（如嚴家炎），也有稱之「新意識小說」者（如施蟄存），而筆者認為其小說背景並不代表整個「大中國」，而是某個特定時空的上海，因此應以「上海新感覺派」稱之，此部分筆者已曾專文討論，可參考〈「上海」新感覺派與「臺灣人」劉吶鷗〉，淡江大學第二屆文學與文化研討會會議論文，1998 年 5 月 16 日。

也曾經受到臺灣林燿德等人的質疑[3]，時至今日，文學史的傳承也有更廣義的解釋，如王德威以「張派傳人」[4]來定義延續張愛玲式寫作風格的作家，甚至符立中也提出張愛玲的小說接受史也可能來自「新感覺派」的淵源[5]，由此可知文學史的脈絡與淵源傳承，可因時空的改變與轉換而有新的詮釋準則，若要針對上海新感覺派的發展脈絡，我們或可由施蟄存所提出的「內在現實」（inside reality）[6]觀點來重新理解其不同於以往「寫實主流」而屢遭忽略與低度評價的歷史命運。

最初有關現代文學史的省思，約發生在八〇年代，兩岸學者初步意識到「重寫文學史」[7]的問題與兩岸政治政策及立場的轉變，才重新給予文學經典一個反思、再評估的空間。在彼岸的部分，隨著政治當局對於文化改革的重新開放與政策鬆綁，現代主義獲得學界的重新定位，透過嚴家炎策畫與出版《中國現代文學流派創作選》系列，「新感覺派小說」首次以「文學流派」的角度被「選文定篇」[8]，而嚴家炎筆下的「新感覺派作家」首次被定位為一個獨立的文學流派，使得「上海」新感覺派在二、三〇年代在出版圈與文化界曇花一現的活

---

[3] 鄭明娳、林燿德專訪〈中國現代主義的曙光——與新感覺派大師施蟄存對談〉，收入《聯合文學》，1980 年 7 月，頁 130-141。

[4] 詳見王德威《落地的麥子不死：張愛玲與「張派」傳人》（山東畫報出版社，2004 年 5 月）

[5] 此部分的論述，可參考符立中《上海神話——張愛玲與白先勇圖鑑》（臺北：印刻出版社，2009 年 1 月），符立中在書中特別以一個章節來討論張愛玲與上海新感覺派的文學淵源。

[6] 所謂的內在現實，據施蟄存的說法，是「人的內部，社會的內部，不是 outside 是 inside。」與我們一般所認識的「寫實」不太相同（許秦蓁錄音訪問，施蟄存上海愚園路住處，1998 年 4 月 1 日）

[7] 如臺灣學者龔鵬程提出拓展「文學批評的視野」；此外，大陸學界 1988 年透過「重寫文學史」專欄的討論，亦激盪出多元的火花，陳思和〈重寫文學史〉與王曉明、陳思和〈關於「重寫文學史」的對話〉，收入《筆走龍蛇》（臺北：業強，1991 年 1 月）。

[8] 嚴家炎編選《新感覺派小說選》（北京：人民文學，1985 年 5 月）。

躍之後[9]，重新歸隊並得到文學史上的翻案機會，至今，兩岸與海外有關「新感覺派」的探討也漸有熱絡的趨勢。

嚴格說來，兩岸始開始注意到新感覺派小說，分別在 1985 年及 1988 年，透過「小說選集」問世的方式才受到學界關注，一方面挑戰舊式的文學典律，另一方面讓現代小說的閱讀呈現有別於寫實主義的新視野，換言之，1985 年，嚴家炎所編選的《新感覺派小說選》，不但引介了三位新感覺派大將——劉吶鷗（1905-1940）、穆時英（1912-1940）、施蟄存（1905-2003）——也略將這三位作家及小說材料做一說明，而關注上海議題的海外學者李歐梵，則在政治解嚴後不久的 1988 年底則透過臺灣版的《新感覺派小說選》[10]初步引介新感覺派（當時李歐梵稱之為「中國新感覺派」），由於當時網際網路尚未普及，開放的範圍仍有侷限，因而兩岸學界的交流並不算頻繁，李歐梵更以「中國現代小說的先驅者」稱呼這三位新感覺派的主要作家，也重新給予他們歷史上的評價為——中國文學史上「現代主義」的始作俑者（李歐梵，1988：2），該書一直到 2001 年 8 月還因絕版多時而改名《上海的狐步舞：新感覺派小說選》[11]再版問世。

「選文定篇」的方式讓「上海新感覺派」重見天日，在暌違半世紀後，與廣大的小說讀者見面，至於在彼岸文學史上的歸隊紀錄，則是在 1986 年楊義撰寫《中國現代小說史》時，才納入「上海現代派」這一向缺席的一章，嚴家炎也接續對於現代派文學的關注與詮釋，稱「上海新感覺派」為「中國第一個現代主義小說流派」[12]。

---

[9] 有關劉吶鷗等人當時在上海在文化出版事業上的狀況，請參考秦賢次〈水沫社、第一線書店、水沫書店〉，收入《出版之友》革新第六期，1979 年 9 月 30 日，頁 60-68。

[10] 李歐梵編選《新感覺派小說選》（臺北：允晨文化，1988 年 12 月）。

[11] 李歐梵編選《上海的狐步舞：新感覺派小說選》（臺北：允晨文化，2001 年 8 月）。

[12] 嚴家炎於 1983 年所撰寫的初稿〈論新感覺派小說〉中，曾經提到新感覺派是

事實上，二、三〇年代藉由上海的租界情勢（優勢／劣勢？）所吹來的一陣「西風」，在「西潮」的引渡下，所謂「唯美派、頹廢派、新感覺派、鴛鴦蝴蝶文學、黑幕文學、社會文學……」[13]等不同流派的海派文學，曾經一度是寫實主義小說史上的邊緣份子，而在將近半世紀時空轉換下的八〇年代，由於兩岸政治情勢的鬆動，這些邊緣份子除了重新成為學界議論紛紛的研究領域，到了九〇年代更是透過文學作品的「再版」而得以捲土重來，獲得較明確的身世、地位。

貳、研究的研究——上海新感覺派的研究脈絡

關於上海新感覺派小說文本及文學定位的研究脈絡，概括的說，可分為兩條主要路線，其一為來自彼岸，以楊義、嚴家炎為主的「都市文化＋形式技巧」路線，此後彼岸的學者均沿用其材料與文本分析（其中吳福輝則加入「海派小說」的論述焦點），其二為海外學者李歐梵所開啟的「城市基調（或說上海摩登）＋尤物（femme fatale）」路線，而學者如王德威、史書美[14]、彭小妍則延續其觀點進行相關論述。

在現代文學史上，楊義以「三十年代上海現代派」稱呼「上海新感覺派」，他認為「上海現代派」小說，有著上海文化的特質——「在

「真正在小說創作領域把現代主義方法向前推進並且構成了獨立的小說流派的」，是文收入《論中國現代文學及其他》（臺北：新學識文教出版中心，1989年4月）。而後嚴家炎撰寫《中國現代小說流派史》（北京：人民文學，1995年11月）時，則以「中國第一個現代主義小說流派」稱呼「上海新感覺派」。

[13] 張晨〈海派舊作淹漫書市——評論家認為可累積海派文化資源〉刊於臺灣《中國時報》，1998年8月20日。

[14] 李歐梵在回顧該議題在海外的研究狀況時，提到史書美以「性別、種族及半殖民主義」的切入點來論述劉吶鷗的上海都會景觀。見李歐梵《上海摩登：一種新都市文化在中國（1930-1945）》（牛津大學：2000），頁338。

疏離傳統文化的同時，對外來的文化有較多的認同」[15]，而其小說也具有高度的「都市文化意識」，這些意識表現在「人」的觀察方面，包括：1、對都市陌生人的把握；2、對都市片面人的認識；3、對都市變態人的描寫。換言之，小說中的人與人之間，高度的異質性者有之；行為越軌、鋌而走險者有之；想入非非、變態妄想者有之……，透過人與人之間的疏離，強調都市文化的疏離。然而另一方面，楊義卻肯定他們在小說創作形式上的突破——「他們大膽地運用現代手法來展示都市景觀，這是他們在小說藝術上的一種貢獻。」（楊義，1993：231）

根據楊義的說法，對於都市景觀的觀察與描述，「上海現代派」採用認同和迷惑的觀照態度，能夠主動地去把握都市的步調、節奏，甚至探討都市人精神的分裂與錯亂，而他們筆下所描寫的跑馬場、夜總會、電影院，以及對於都市所有的外在事物，均能捕捉瞬間感覺和倏地的印象把握，此外，「上海現代派」小說也極其重視在心裡分析技巧上的探討，甚至受到佛洛依德學說的影響，剖析小說人物的潛意識及深層心裡的探討，因此，雖然史家們不見得肯定其小說內容，但卻從小說藝術的角度，以及小說創作技巧來發現其意義：

> 上海現代派是畸形都會文化在作家審美心靈的折光。做為一次藝術探索，它初開即謝，曇花一現，並沒有完成。中國社會的發展，也沒有提供它完成的條件。它是孤獨的，一種狂放的藝術探索中的孤獨。也許藝術家有時是需要孤獨的，對畸形都會急遽變化的光和色的直覺把握，對都會人深層心理的靈巧剖示，都是這種孤意獨行的藝術收穫。（楊義，1993：234）

[15] 見楊義《二十世紀中國小說與文化》之〈三十年代上海現代派的都市文化意識〉一節（臺北：業強，1993年1月），頁217-234。

換言之，雖然「上海現代派」在小說內容與意識型態上並不能歸類於小說／小說史主流，也沒有高度的小說價值，然而展現都市疏離的一面，以及高度藝術技巧的大膽嘗試，使得史家在回顧現代文學流派發展及探索藝術技巧時，得以被重新檢視與評估。

嚴家炎在討論劉吶鷗作品時，也提過 1930 年 4 月出版的《都市風景線》，是「中國第一本較多地採用現代派手法技巧寫作的短篇小說」，他認為劉吶鷗「採用了適應於現代都市生活快速節奏的跳躍手法、意識流手法、心理分析方法，以及不見得高明的象徵諷諭受法。」[16]，他和楊義的觀點相同，都認為該流派小說在運用新形式、技巧方面的意義，大於作品的思想意義。

在楊義、嚴家炎的論述付梓後，彼岸的學者專家在談論該議題時，大多脫離不了這個路線[17]，甚至在兩岸學術甫交流之初，臺灣學界也出現了一本全然以彼岸觀點為基礎的學術論文[18]，該論文在撰述結構、引文、註釋方式及論述觀點上，幾乎沿用楊義、嚴家炎的研究成果。

至於海外學者李歐梵，對於「上海新感覺派」的重新評價則給予更高度的包容，也特別點出以「女性／尤物」為中心的論述[19]，之所

---

16 嚴家炎〈新感覺派主要作家〉，該文收入李歐梵所編選之《新感覺派小說選》（臺北：允晨文化，1988 年 12 月），頁 342。

17 此路線的延續論述，包括：趙凌河《中國現代派文學引論》（遼寧：人民，1990 年）、賈植芳主編《中國現代文學的主潮》（上海：復旦大學，1990 年 12 月）、吳立昌等編《1900-1949 中國現代主義尋蹤》（上海：學林，1995 年 12 月）、吳中杰《中國現代文藝思潮史》（上海：復旦大學，1996 年 12 月）、譚楚良《中國現代派文學史論》（上海：學林，1997 年 5 月）、朱德發《二十世紀中國文學流派論綱》，（山東：教育，1992 年 1 月）等，以及馬華、丁永強、高惠珠、王向遠、張國安等人的專文論述，此處不再贅言。

18 王明君《中國新感覺派小說之研究》，政治大學中文所碩士論文，1997 年。

19 對於劉吶鷗、穆時英、施蟄存三人的小說論述，李歐梵之後又有了區別性的的

以採取讚揚多於指責的評論，或許是因為李歐梵個人所在的位置並不是「鄉土中國」，因而能採取更多元、全面的觀照，而非採用「一元」的標準。原因是，當彼岸學者在面對城市上海時，在肯定其時髦先進的都會文化的同時，又不得不矛盾的將上海／城市與「殖民的恥辱」、「罪惡的深淵」、「人情的疏離」畫上等號，這或許是彼岸學術環境與政治氛圍密不可分的慣性使然，而身處海外的李歐梵，觀看上海這個城市的角度，則跳脫了政治的禁錮、經濟因素的侷限，並能採取較積極、更樂觀的態度來面對上海，甚至已能採取「全球化城市」（Global Cities）；、「全球化與文化」（Globalization and Culture）的視野，他是如此正面的描述三十年代的上海：

> 三十年代的上海是一個繁華的城市，一個五光十色、沓雜繽紛的國際大都會。它號稱是東方的巴黎，而在亞洲是首屈一指的，遠非東京、香港，或新加坡可以比擬。上海之繁榮，原因之一是它的租界——帝國主義侵略中國的遺產。然而這些「半殖民地」卻也為上海增添了一點「異國情調」和西方的文化氣息。[20]

此後，王德威呼應李歐梵對於上海的理解，寫下 1931 年文學上海即景，他同樣認同城市文化的進步與發展，並將「上海新感覺派」看作三〇年代現代主義的始作俑者：

理解與詮釋，在《上海摩登》裡，他把施蟄存的小說與其他兩人的作品分開論述，以〈色、幻、魔——施蟄存的實驗小說〉討論施蟄存的實驗作品，再將劉吶鷗、穆時英的小說以〈臉、身體和城市：劉吶鷗和穆時英的小說〉為主題進行論述，但他在此文仍認為城市是劉吶鷗、穆時英唯一生存的世界，也是創作想像的關鍵資源，再者，「現代尤物」仍是他的論述切入點。

20 李歐梵〈中國現代小說的先驅者——施蟄存、穆時英、劉吶鷗作品簡介〉，收入《新感覺派小說選》（臺北：允晨文化，1988 年 12 月），頁 1。

> 一九三一年的上海文壇已是如此熙熙攘攘，但若無新感覺派作家點綴其中，仍必然失色不少。劉吶鷗、穆時英、施蟄存、張若谷，乃至前已提及的葉靈鳳諸人，以他們艷異犀利的筆觸，流蕩跳躍的觀點，拼湊都市即景、洋場百態，無不炫人耳目。前述作家不論左右老少，派系盡管有別，所依違的敘事典範其實大抵相同——他們是各形各色寫實風格的實踐者。新感覺派作家以蒙太奇映象，帶入文字；又以曲折詭妙的文字，更新「感覺」。最重要的是，他們筆下的都會經驗，五花八門，是不折不扣的上海倒影。他們是城市消費游戲的文化代言人。而中國新文學的現代主義，亦由此而起。[21]

關於上海做為都市文學的大本營，以及對於城市文明的認同，王德威與李歐梵一樣有著較寬闊的視野，而在小說創作技巧方面，王德威則與楊義、嚴家炎同樣感覺到劉吶鷗等人在寫作上的刻意表現——「劉吶鷗與穆時英都擅以拼貼手法，累積意象，烘托出城市氛圍。劉的《兩個時間不感症者》一語道破他們的關懷所在。」（王德威，1998：278）

除了歌頌上海的都市文明之外，「尤物論」也是李歐梵為「上海新感覺派」所下的註腳，他認為中國現代小說的發展，直到劉吶鷗作品出現後，都市文明才第一次獲得肯定，而根據李歐梵的觀察，在劉吶鷗的小說裡，上海除了變成了大馬戲團之外，劉吶鷗筆下的女人，不但個個是「尤物」（femme fatale）也多半是「勝利者」，他曾在談論中國現代文學中的「頹廢」意識時提到：

---

[21] 請參考王德威〈文學的上海——1931〉，是文收入王德威《如何現代，怎樣文學》（臺北：麥田，1998 年 10 月），頁 276-278。

> 他們（筆者按：指上海新感覺派）更熱中於都市的世俗生活，非但把都市的物質生活女性化，而且更把女性的身體物質化，與汽車、洋房、菸酒和舞廳連在一起，像是另一種商標和廣告。換言之，他們用女性的形象來歌頌物質文明，擁護現代化，他們作品中所表現的是一種既興奮又焦慮、既激昂又傷感的情緒。[22]

「上海新感覺派」之所以有別於中國其他現代小說中所傳達的女性形象，是因為他們在小說中刻意的塑造、瑣碎的描摩異國式的女性形象，而這些西化了的女性，按照劉吶鷗的說法，則是「近代的產物」（〈遊戲〉）而非「普通的國產」（〈方程式〉），這些在情感上獲得勝利的女性，正是「上海新感覺派」的靈魂人物，因此，李歐梵進一步提到劉吶鷗和穆時英的另一個相同點，則在於他們都熱中於描寫「尤物」（femme fatale），這些女性的特質包括：「富於異國情調」、「獨來獨往」、「玩弄男人於鼓掌之中」，並且略帶有「神秘感」，而彭小妍則延續了這樣的觀點，在李歐梵所建構的「上海新感覺派」基調下，進行上海都市文化與新女性之間的相關論述。[23]

參、摩登上海——光鮮的男男女女

光鮮亮麗的男男女女，在三〇年代的上海街頭比比皆是，沈善增就曾經評定上海人是個講究「面子、檯面、皮子」的民族——「凡事

---

[22] 李歐梵〈漫談中國現代文學中的「頹廢」〉，收入《現代性的追求——李歐梵文化評論精選集》（臺北：麥田，1996 年 9 月），頁 201-202。

[23] 請參考彭小妍〈「新女性」與上海都市文化——新感覺派研究〉，是文收入《海上說情慾——從張資平到劉吶鷗》第三章（臺北：中研院文哲所籌備處，2001 年 1 月），頁 65-104。

都得上得了檯面，是每個上海人下意識裡對自我形象的要求」[24]，他甚至認為，時至今日，上海人仍然保持只注重外表、衣衫的壞習慣，因此，再寒酸，出門時一定要有一套像樣的衣服，無怪乎連臺灣作家隱地都有這樣的父親印象：

> 父親年輕時在溫州（永嘉別名）家鄉的婚姻由父母決定，他雖然和大媽生下兩個兒子，卻仍然逃家出去，一個人來到十里洋場的上海，遇到當時擔任接線生的母親，父親說自己是單身漢，他是之江大學外文系的學士，在那個中國過半人口都不識字的年代，大學畢業生是多麼引人羨慕的招牌，再加上父親一向愛穿筆挺的西裝，母親說她就是這樣被父親的外表所騙。是的，我記憶裡的父親總也是一襲西裝。可他一生就只有西裝。父親活一輩子，沒有自己的房屋，沒有長期存款，當然更沒有股票，他去世時，唯一留給我的，也只有一套西裝。[25]

事實上，魯迅就曾以時髦與否來判斷在上海生活的差別待遇，他認為，無論是男女，衣著時髦、趕流行的人，總是比穿著土氣的人要來得佔便宜些，舉例來說，假使一身舊衣服，公共電車的車掌會刻意不停車，看守公園的人會格外認真的檢查入門券，甚至大宅子或大客寓的門丁會謝絕衣衫過時的人走正門，並給予更多的留難。因此，有些人寧可省吃儉用，即使付不起燙衣錢，一回到家也一定要把洋服褲子壓在枕頭下，使兩面褲腿上的折痕天天有棱角，依靠頭顱的重量壓出兩條筆直的紋路。魯迅更提到生活在上海，時髦的女人尤其佔便宜：

---

[24] 參考沈善增《上海人》（臺北：稻田，1997 年 11 月）。
[25] 隱地《漲潮日．上海故事》（臺北：爾雅，2000 年 11 月），頁 18-19。

> 然而更便宜的是時髦的女人。這在商店裡看得出：挑選不完，決斷不下，店員也還是很能忍耐的。不過時間太長，就須有一種必要條件，是帶著一點風騷，能受幾句調笑。否則，也會終天引出普通的白眼來。慣在上海生活了的女性，早已分明地自覺著這種自己所具的光榮，同時也明白著這種光榮中所含的危險。[26]

關於「新女性」的形象，民國初年的《婦女雜誌》已然呈現出都會婦女的生活面貌，根據周敘琪的研究，粧飾不但是婦女重要的生活面向之一，當時婦女的穿著打扮也以西化為時髦，尤其在五四運動之後，男女社交（甚至戀愛）的風氣逐漸擴大，而相較於中國其他地區而言，上海又是屬於風氣最開放的區域[27]。此外，在運用「畫筆」的新感覺派成員郭建英（1907-1979）筆下[28]，西化、入時、摩登與時髦的上海女性應如下圖所示：

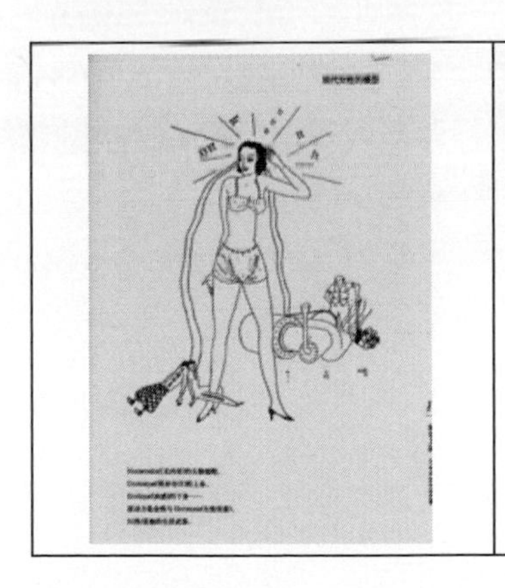

影像：郭建英繪「現代女性的模型」（1930）
說明：其內文為——

> Nonsensical（無內容）的頭腦細胞，
> Grotesque（怪異奪目）的上身，
> Erotique（肉感）的下身——
> 原動力是金錢與 Hormone（生殖元素），It（熱）是她的生活武器。

資料來源：郭建英繪、陳子善編《摩登上海——三〇年代的洋場百景》（廣西師範大學，2001 年 4 月）。

---

26 魯迅〈上海的少女〉，原刊於 1933 年 9 月 15 日《申報月刊》第 2 卷第 9 號，本文所引用者，乃結集於余之、程新國所編之《舊上海風情錄（上）》（上海：文匯，1998 年 9 月），頁 7。

27 見周敘琪《一九一〇～一九二〇年代都會新婦女生活面貌——以「婦女雜誌」為分析實例》（臺北：國立臺灣大學文學院，1996 年 6 月）。

28 參見郭建英繪、陳子善編之《摩登上海——三〇年代的洋場百景》（廣西師範大學，2001 年 4 月）。

陳子善認為，要領略三〇年代中國現代城市文學，單單閱讀劉吶鷗等人的小說來感受五光十色的上海顯然不夠，還必須加上郭建英圖像版的「摩登上海」，原因是，郭建英最擅長的，正是描摩三〇年代十里洋場的女性眾生相，他筆下的上海摩登女性，不但風情萬種，更與劉吶鷗、穆時英小說中的女主角同樣活躍在情調迷人的舞廳、酒吧等公共休閒場所，這些新女性甚至大膽的將欲望投射在男性身上（如劉吶鷗小說〈遊戲〉、〈風景〉、〈殘留〉等）。因此，郭建英畫筆下那些生活在一九三〇年代的「現代女性」，顯然可與「新女性」、「摩登女性」畫上等號，善於搞怪的衣著，肉感的軀體，再加上生活在都會的金錢主義，似乎描摩出上海新女性的都會面貌，而在劉吶鷗的眼中，所謂最摩登的「現代表情美造型」，可以「電影明星嘉寶・克勞馥或談瑛作代表」[29]，換言之，所謂美女，她們的行動及感情的傳達方式必須「大膽」、「直接」、「無羈束」，反觀郭建英的畫作「現代女性的模型」，不正是摩登女性的最佳寫照嗎？對於上海女性面貌的描述，除了以一般學界常引用的月份牌影像做為佐證之外，郭建英的其他插畫[30]，也鮮活的呈現當時的婦女形象。

肆、尤物？蕩婦？——走出「女性嫌惡症」的陰影

自五四追求自由婚戀的風氣盛行以來，男女社交、男歡女愛已不再是什麼特別稀奇的事，尤其在三〇年代的上海，兩性社交已全然公開化，以「海派文化」切入「上海新感覺派」的吳福輝，就把「上海」當作是「中國性愛的實驗場」：

---

[29] 原載 1934 年 6 月 8 日之《婦人畫報》，此處引自康來新、許秦蓁合編《劉吶鷗全集・電影集》（臺南縣文化局，2001 年 3 月），頁 337-338。

[30] 詳見捌、「附圖」所示。

> 只有在本世紀的城市環境下，在兩性社交公開化的程度比中國任何一地都來得激進的上海，這個多少年來都被單方面判為人欲橫流的地方，才成了匆忙搭起的中國性愛實驗場。[31]

根據吳福輝的研究，「性愛」的地位受到前所未有的看重，因此，海派小說以此為題材者，或多或少的表現出性自身的苦悶。李歐梵以「尤物論」來詮釋劉吶鷗的小說[32]，認為劉吶鷗筆下的「尤物」，是近代西方文明影響下的產物，有別於傳統的中國女性，原因是，這些「尤物」的行為大膽（此標準呼應於劉吶鷗對「現代女性美」的認定與要求），一味的追求肉體的滿足，更重要的是，她們並不會為情所困。李歐梵認為，劉吶鷗採取「超現實」的寫法來形塑女性，而這些女性僅僅是男性心中的一個可能不真實存在的幻想而已。李歐梵提到：

> 故事中的男主角對她的愛慕和追求，一如男影迷對女明星的崇拜，所以，他們之間的關係不能引發感情或導致性格的衝突或轉變。換言之，這種尤物像是掛在牆上的畫片，而不是人物……（李歐梵，1988：9）

李歐梵甚至認為劉吶鷗是一個典型的「男性沙文主義」者，他把女人視為「玩物」，然而，在小說中，男人卻反而受到尤物的玩弄，此外，李歐梵肯定劉吶鷗是第一個將汽車、舞場如此突出呈現，作為都市文明象徵的作家。而以心理分析角度來詮釋現代小說的孫乃修，則認為劉吶鷗的小說展現了人性根源處的渴望與追求：

---

[31] 吳福輝《都市漩流中的海派小說》（湖南教育出版社，1995 年 8 月），頁 169。

[32] 一般學者的劉吶鷗相關研究，多以其 1930 年 4 月出版之《都市風景線》（上海：水沫書局）為主要討論文本，而本論文則以臺南縣文化局所出版的《劉吶鷗全集・文學集》為底本，該全集由康來新、許秦蓁合編，2001 年 3 月出版。

> 劉吶鷗的小說，在對人物潛意識心理和性愛欲望的描寫中，強烈地表現出一種超出低級性欲滿足的、形而上的人生欲望，表現出對都市商業社會和機械文明的厭惡，對純真人性和原始性情感的珍惜，對自然本性的追求。[33]

延續李歐梵的「尤物論」，彭小妍則是擷取了劉吶鷗 1927 年 5 月 18 日、19 日兩天日記中對於妻子黃素貞的敘述，以「蕩婦論」（femme fatale）以及「女性嫌惡症」[34]，並說明劉吶鷗小說中刻板女性的印象，是受到他個人夫妻關係影響所致，此外，她也認同李歐梵所言，劉吶鷗是個「男性沙文主義」者：

> 浪蕩子應該是最無可救藥的男性沙文主義者，他的「女性嫌惡症」是根深柢固的。我們在劉吶鷗的日記中也證明了他對女性的偏見；他既愛女性的肉體，又嫌惡女性沒有智性發展的可能。事實上，他完全由男性的色情眼光來審視女性，只能捕捉到女性的外表，完全無法深入女性的內在世界。（彭小妍，2001：136）

彼岸學者黃獻文以「論新感覺派」為其博士論文議題，他參考了彭小妍對於劉吶鷗 1927 年日記的解讀，也從「風格即人」的角度，認為劉吶鷗對於清一色的「妖婦蕩女」充滿深深的恨意，此外，他也沿用

---

33 孫乃修《佛洛依德與中國現代作家》（臺北：業強，1995 年 5 月），頁 214。

34 「女性嫌惡症」沿用穆時英小說〈被當作消遣品的男子〉中的說法，可參考彭小妍專文論述〈「新女性」與上海都市文化：新感覺派研究〉及〈浪蕩天涯：劉吶鷗一九二七年日記〉，這兩篇論文收入其論文集《海上說情慾：從張資平到劉吶鷗》（臺北：中研院文哲所籌備處，2001 年 1 月）。

彭小妍的論述，認為劉吶鷗的婚姻對他的兩性觀念有很大的影響，進而患了典型的「女性嫌惡症」，把對妻子的反感轉化為對整體的女人的反感[35]。

事實上，1927 年日記的解讀，並不能全然代表劉吶鷗個人對於女性的看法，從劉吶鷗 1934 年所發表的小說〈綿被〉[36]中，甚至可以看到一個南方（國）來的男子，對於賣淫弱勢女子的體貼與善待，日記中的抱怨與批評有時只是當下的感受與情緒，做為作家作品研究的佐證，或者需要更多更可靠的資料來說明，尤其在全球化的今日，重讀其人之後，更應該重讀其文，甚至應該要以更開放的觀點及更寬容的角度來詮釋，康來新教授曾提出一個「悅讀」劉吶鷗的視野，應該要像小說〈風景〉中的男主角燃青一樣，在欣賞美麗女人的一言一行時，懷著「敬畏和親愛的心」[37]。因此，排除劉吶鷗對女性有著厭惡與嫌惡的觀點，筆者認為在劉吶鷗 1927 年日記中對於「女性風景」的欣賞反而是一個更客觀的研究角度，同時可以理解到劉吶鷗除了習慣性觀看女性之外，也深藏著他個人深情的一面及多情的愁思，舉例而言，在 1927 年 1 月 16 日的日記中，劉吶鷗提到去「青鳥」[38]探望日本女性「一枝小姐」，卻因為兩個人的無言以對，以及連再見也沒說一句的告別，讓他感覺有著「敘不出心腸的悲哀」[39]，1 月 23 日，劉

---

35 見黃獻文《論新感覺派》（武漢出版社，2000 年 3 月）。

36 該小說發表於《婦人畫報》第二十三期，1934 年 10 月 25 日。

37 真正採取臺灣觀點且正面評價劉吶鷗小說者，則是康來新教授為《劉吶鷗全集・文學集》所撰的序文〈「我有什麼好看呢？」——悅讀好而好看的臺灣人劉吶鷗（1905-1940），頁 7-22。

38 根據施蟄存表示，「青鳥」是當時上海的一個舞廳，裡面有許多日本舞女。（許秦蓁錄音訪問，施蟄存上海愚園路住處，1998 年 4 月 1 日）

39 見劉吶鷗一九二七年一月十六日日記，收入《劉吶鷗全集・日記集（上）》，頁 60。

吶鷗再度到「青鳥」，因為看到日本舞女們都去迎接一個美貌的中國少年，使他不知不覺的跑到「嫉妒的王國」裡；1月25日下午，他還寫了好幾篇詩給「千代子」[40]；1月29日，劉吶鷗把他對於一枝的感情告訴他好友蔡愛禮，甚至忍不住哭了——「Because I long for her still more when I am away from her（因為我一離開她就更想她）」——劉吶鷗甚至懷疑這是他的初戀，此外，他還參與這些日本舞女的情緒，甚至同樣體會到他們的鄉愁（3月2日），換言之，假使我們擷取不同的日記題材，對於劉吶鷗的女性觀感恐怕會有不同的解讀！

至於「男性沙文主義」者，對於傳統的女性（甚至小女人）應該有著高度的認同，然而，在小說〈方程式〉裡，劉吶鷗對於Y逝去太太的描述，卻只是「普通的國產」，並不見得肯定或給予高度評價：

> 密昔斯Y呢？她雖然會做美味的Salade，也會做簡單的西菜，但是她自己卻完全是普通的國產，並沒有Salade那麼樣的新口味。她跟密斯脫Y的結合是他們的長輩給他們定下來的。（劉吶鷗〈方程式〉，2001：161-162）

對於劉吶鷗而言，會做美味的沙拉和簡單的西菜（此為洋化的象徵），顯然是Y太太較讓劉吶鷗（或說小說中的Y先生）認同的一些優點，這項優點掩飾了Y太太不懂得浪漫（講愛情）、打扮（裝束）及做媚態（展現女性的尤物特質）的缺點，方使得Y先生如同愛著Y太太的青菜葉一樣愛著她，換言之，如同愛一盤「洋沙拉」般的愛著「普通國產」的太太，因此在Y太太逝世後，Y先生因為失去一盤青菜沙拉而使得日常步調全混亂了，這樣的後果竟比失去Y太太還要嚴重。

---

[40] 千代子與一枝同樣為當時在上海的日本舞女。

除了延續彼岸學者的觀點，僅批判其空洞的小說內容，或者沿用李歐梵的論述，將「上海新感覺派」與尤物緊密結合之外，筆者希望劉吶鷗其人其文，在長達半世紀被低度評價的捲土重來之後，也能夠再次擺脫「女性嫌惡症」的陰影，讓讀者能真正「悅讀好而好看的臺灣人劉吶鷗」（康來新，2001：20）。

伍、近代的產物——從「風景」到「女性風景」

一、城市、新感覺——暫時和方便

> 人們是坐在速度的上面的。原野飛過了。小河飛過了。茅舍，石橋，柳樹，一切的風景都只在眼膜中佔了片刻的存在就消滅了。但燃青手中展開的一份油味新鮮的報紙上的羅馬的兵士一樣的活字卻靜靜地，在從車窗射進來的早上的陽光中，跟著車輛的舒服的動搖，震動著……[41]

這是燃青搭上 1928 年某日早晨的上海特快車所見到的即景／風景，寫作手法非常模仿片岡鐵兵的原著〈色情文化〉——「山動了。原野動了。森林動了。屋子動了。電桿動了。一切的風景動了。」[42]然而

[41] 劉吶鷗〈風景〉，收入康來新、許秦蓁合編《劉吶鷗全集．文學集》（臺南縣文化局，2001 年 3 月），頁 45。以下引文如為同一出處，則簡寫為（劉吶鷗〈小說名〉，2001：頁數）。

[42] 劉吶鷗所翻譯的日本小說集《色情文化》於 1928 年 9 月，由他個人所出資的上海第一線書局出版，由於對國語文的不熟悉，當時劉吶鷗在創作方面僅屬於嘗試階段，來到上海後，撰寫 1927 年日記與從事翻譯工作，應是劉吶鷗踏出創作之路的一個階段性習作，因此，在其 1930 年 4 月所發行的小說集《都市

不同的是，劉吶鷗筆下的燃青，已無視於窗外風景的逆行，也無所謂手上報紙的新聞，那些所謂的裁兵問題，胡漢民的時局觀，比國的富豪的慘死跟革命的 talkie 影片等訊息，已不再吸引燃青的注意，原因是，他的視線已全然受到眼前「實在的場面」和「人物的引誘」了，這讓熟悉這條路線的燃青有了「新感覺」——這是他第一次搭乘這麼可愛的早車——，只為了一位似乎剛從餐車走來，嘴巴還留有強烈咖啡香的摩登女子，捕捉住他的眼神：

> 看了那男孩式的斷髮和那歐化的痕跡顯明的短裾的衣衫，誰也知道她是近代都會的所產，然而她那理智的直線的鼻子和那對敏活而不容易受驚的眼睛卻就是都會裡也是不易找到的。肢體雖是嬌小，但是胸前和腰邊處處的豐腴的曲線是會使人想起肌肉的彈力的。若是從那頸部，經過了兩邊的圓小的肩頭，直伸到上臂兩條曲線判斷，人們總知道她是剛從德蘭的畫布上跳出來的。但是最有特長的卻是那像一顆小小的，過於成熟而破開了的石榴一樣的神經質的嘴唇。（劉吶鷗〈風景〉，2001：47）

這位摩登女子的出現，取代了窗外的風景，小說外的劉吶鷗與小說中的燃青同時將視線移轉到這位女性身上，將女性主體作為眼神停駐的焦點，換言之，男性將這摩登女子視為「好看的風景」來細細打量、

風景線》中，仍有相當濃厚的東洋味，無怪乎施蟄存曾經說過，他們寫的是上海，而劉吶鷗寫的是東京。此外，在劉吶鷗三〇年代中期回臺灣臺南所拍攝的紀錄片「持攝影機的人」之中，曾經出現一個畫面，就是劉吶鷗從火車裡拍攝車窗外的風景，在影片中我們可見到月臺的名稱是臺南的「後壁」，接著出現與小說中同樣的風景——小河飛過了，茅舍，石橋，柳樹，山動了，原野動了，森林動了，屋子動了，一切的風景都只在眼膜中佔了片刻的存在就消滅了，亦與小說〈風景〉及〈色情文化〉相呼應。

慢慢品味一番，因此，當女主角問及「我有什麼好看呢？先生」時，燃青的回答，則是將觀察一位女性的這個冒失行為解釋成為觀看一個美麗的風景般——「我覺得美麗的東西是應該得到人們的欣賞才不失牠的存在的目的的。你說對不對？」（劉吶鷗〈風景〉，2001：48）

事實上，這位女子的時髦，的確符合劉吶鷗「近代產物」的標準，她所喝的是巴西咖啡而非中國茶，如同小說〈方程式〉裡Y太太所做的美味沙拉，有著近代／西化的象徵，這是這位女子外貌上的「風景」，另外，劉吶鷗對於「現代女性」的要求，還包括「大膽」、「直接」、「無羈束」，而小說中的女主角不但性格直率，毫無防備之心，還主動的將個人的背景全盤供出：

> 燃青為要保持紳士的尊嚴，並不去向她尋根問骨，但是她卻什麼都說了。自由和大膽的表現像是她的天性，她像是把幾世紀以來被壓迫在男性底下的女性的年深月久的積憤裝在她口裏和動作上的。（劉吶鷗〈風景〉，2001：48）

除了自由、大膽的天性值得肯定之外，最令劉吶鷗／燃青讚揚的，恐怕還是這位女性嚮往自然主義，將衣服視為討厭物的「無羈束」的表現：

> 我每到這樣的地方就想起衣服真是討厭的東西。她一邊說著一邊就把身上的衣服脫得精光，只留著一件極薄的紗肉衣。在素絹一樣光滑的肌膚上，數十條的多惱河正顯著碧綠的清流。吊帶襪紅紅地嚙著雪白的大腿。（劉吶鷗〈風景〉，2001：53）

值得關注的是，劉吶鷗對於都市風景線條的切片、觀察與書寫之一，即是以個人獨特的審美觀點來欣賞外在的「女性風景」，因此重點不在於深入女性內心深處，而是在於外在的審美經驗，此外，在他的小說中，除了透過外在景觀的描述、商品品牌的展現、城市客觀景象的呈現之外，亦透過列為「限制級」的情節表現其個人對於都市文明、生活價值的反思——「一切都是暫時和方便」罷了——包括愛情的滋生：

> 殘日還撫摸著西洋梧桐新綠的梢頭。鋪道是擦了油一樣地光滑的。輕快地、活潑地，兩個人的跫音在水門汀上律韻地響著。一個穿著黃土色制服的外國兵帶著個半東方種的女人前面來了。他們也是今天新交的一對呢！在這都市一切都是暫時和方便，比較地不變的就算這從街上豎起來的建築物的斷崖吧。（劉吶鷗〈兩個時間的不感症者〉，2001：105）

H 才剛剛在跑馬場認識了女主角，便以最優雅的動作扶著她走過馬路來到市區，此時，H 的眼前走過一對剛認識的男女，這樣的組合在這座城市裡俯拾即是，因為男女關係在城市步調中只是暫時且方便的相逢、相聚罷了，沒有人在乎後續的發展會如何，同樣的，〈風景〉中的燃青在火車上遇見一位堪稱為「近代都會產物」的女子之後，從這位女子主動的自我描述中得知她已婚，並在大機關當辦事員，她的丈夫在這條鐵路上將經過的某縣擔任要職，每週六才會回上海相聚，而這星期她的丈夫有事無法回上海，便邀她到縣裡小聚並欣賞縣裡風光。原先她希望丈夫能就近在縣裡找個可愛的女人陪個一兩天即可（因為一切都是暫時和方便），卻因為丈夫對「縣裡的女人不敢領教」而作罷，在開放的性愛觀下，她主動問起燃青：「我若是暫在這兒下車，你要陪我下車嗎？」（劉吶鷗〈風景〉，2001：51）於是，他們脫掉了機械般的衣物，回到自然的家裡，將草地當作一片「青色的床巾」，當天傍晚，兩個人搭上列車，一個依舊為報社出差，一個仍然要往某縣陪丈夫過個空閒的 week-end，一夜情的發生，也可以在大自然的光天化日之下，短暫的邂逅給人「新感覺」，而「暫時和方便」的愛情並不會造成雙方的負擔。無怪乎吳福輝認為，海派文學提出一種新的兩性關係模式，即是「邂逅型男女」——到了三四十年代的海派小說，都市臨時型的男女交往，遂成為定式。它同「一見鍾情」的差異，是以「邂逅」始，以「邂逅」終，邂逅貫穿了兩性相識的全過程。（吳福輝，1995：175）

二、遊戲——「商品經濟」與「男女方程式」

李歐梵認為，劉吶鷗的小說的固定模式是，為小說人物布置了一個二男追一女的三角戀愛情節，而〈兩個時間的不感症者〉就是一個典型的例子，這二男一女在舞場中的追逐是一盤「遊戲」，在這情感的追逐遊戲之中，男人贏得女人青睞的方法不是情感的物質，必須是實際的物質，特別像是具有都會文明象徵的汽車，最好是註明廠商牌號以示炫耀（如：「飛撲」六汽缸的，意國製的一九二八年式的野遊車、Fontegnac 1929 等等），李歐梵也提到——「這類物質文明的工具也非寫實的（筆者按：如同劉吶鷗筆下的女性一樣非寫實），而代表了一種意象和符號，它變成了都市文化不可或缺的「指標」，象徵著速度、財富和刺激。」（李歐梵，1988：9）

在《都市風景線》裡，女性是男性觀看、欣賞的都會「風景」之一，而男女之間的互動方程式，卻又像是「一盤遊戲」：

> 他直挺身起子玩看著她，這一對很容易受驚的明眸，這個理智的前額，和在牠上面隨風飄動的短髮，這個瘦小而隆直的希臘式的鼻子，這一個圓形的嘴型和牠上下若離若合的豐腻的嘴唇，這不是近代的產物是什麼？（劉吶鷗〈遊戲〉，2001：34）

又是一個從「都市風景」中走出來的「女性風景／近代產物」，從眼睛、額頭、頭髮、鼻子到嘴，劉吶鷗發揮高度的觀察力仔細地上上下下「欣賞」了一番，小說中的男主角步青繼續的將視線由上往下移，來到了女主角的胸與下半身，並在女性外表與身體上進行了細部的巡禮，根據郭建英對於「現代女性模型」的要求，正好符合 Grotesque（怪異奪目）的上身，以及 Erotique（肉感）的下身：

> 他想起她在街上行走時的全身的運動和腰段以下的敏捷的動作。她那高聳起來的胸脯，那柔滑的鰻魚式的下節……但是，當他想起這些都不是為他而存在的，不久就要歸于別人的所有的時候，他巴不得把這一團的肉體即刻吞下去，急忙把他緊抱了一下。（劉吶鷗，2001：34）

想要得到卻得不到也是劉吶鷗筆下的「男性焦慮」，而這也是由女性自覺所設計出來的「男女方程式」，同樣的情況發生在小說〈流〉之中，雖然女家教曉瑛這半年來完全佔領了鏡秋的心，這樣的「男性焦慮」使他顛狂欲倒似的，但慧瑛卻嘲弄的表示「你再繼續愛著吧，我很歡喜看你愛著哪，正像一隻可愛的狂獸」（劉吶鷗〈流〉，2001：67）而被鏡秋所深愛著的，並不是乖巧的「普通的國產」，而是近代化、有男性般獨立思想的曉瑛：

> 並不是她有了美麗的容姿，或是有了什麼動人的聲色。她可以說是一個近代的男性化了的女子。肌膚是淺黑的，發育了的四肢像是母獸的一樣地粗大而有彈力。當然斷了髮，但是不曾見她搽過司丹康。黑白分明的眸子不時從那額角的散亂著的短髮印下射著人們。（劉吶鷗〈流〉，2001：65）

若說劉吶鷗是個標準的「尤物論者」、「蕩婦論者」,「女性嫌惡症」的患者，或者全然是「男性沙文主義」者，為何在評估、觀看女性時，不僅僅是重視外表與身材面貌的審美，仍然考量到女性的內在特質？這的確是值得深思的另一個面向。事實上，小說〈流〉裡的曉瑛，十分明確的知道自己未來的方向，也不依附在男人的羽翼底下，即使已主動獻身給鏡秋，卻仍然不「為情所苦」，而是「毫無羈束」的放下私人情感（姑且不論是否具有情感),「大膽」的為女工權益而走上街頭示威，投入真感情的鏡秋就算充滿著「男性焦慮」，也無法擄獲芳心，因為在曉瑛眼裡，前一晚的溫存也只是一時閒散的表現罷了。

而在〈熱情之骨〉裡，劉吶鷗又藉由一個「法國男人」的「眼」（或說標準）來觀看上海女性，這位異國人士眼中的東方女孩，有著這樣的形象：

> 他真不相信這麼可愛的菊子竟會這麼近在眼前。他想一想，覺得她的全身從頭至尾差不多沒有一節不是可愛的。那黑眸像是深藏著東洋的熱情，那兩扇真珠色的耳朵不是 Venus 從海裏出生的貝殼嗎？那腰的四圍的微妙的運動有的是雨果詩中那些近東女子們所沒有的神秘性。纖細的蛾眉，啊！那不任一握的小足！比較那動物的西歐女是多麼脆弱可愛啊！這一定是不會把薔薇花的床上的好夢打敗的。(劉吶鷗〈熱情之骨〉，2001：89)

美麗的、現代的、都會的、摩登的女性，總是讓男性感到焦慮與不安，來自遠方的比也爾，好不容易在「東方的巴黎」覓得了「可愛」的女性，只可惜這位維納斯般的東方美人，竟在看似兩情相悅的緊要關頭伸出手來要五百銀兩，讓這位浪漫多情的異國人士倒足了胃口，而這強勢的上海女性，卻並不就此作罷，反而必須以現實的考量，糾正這位異國人士不切實際的價值觀：

> 你想想看吧。你說我太金錢的嗎？但是在這一切抽象的東西，如正義，道德的價值都可以用金錢買的經濟時代，你叫我不要拿貞操向自己所心許的人換點緊急要用的錢來用嗎？（劉吶鷗〈熱情之骨〉，2001：97）

正義與道德，在都市的商業結構、現實經濟，以及緊湊步調中顯然不堪一擊，於是乎在〈禮儀與衛生〉裡，女主角可瓊（實際上她並「不可窮」）也變成一項能夠「以物易物」的商品主體，小說中的商人「只愛美人，不要江山」，願意將他所擁有的一切資產作為換來可瓊的籌碼，換言之，在這一切都可以用「金錢」來購買的經濟時代，律師姚啟明獲得的是實際的物質，而商人所換得的，卻是幾年的豔福：

> 我倒很想和你做點小生意，因現時什麼一切都可當作商品規定價值的，就是說……你肯的話。我就把K路角我那家古董店裏所有一切的東西拿來借得幾年的豔福也是願意的。這不是故意侮辱我所敬愛的你，我現在是商人，所以講點生意話。（劉吶鷗〈禮儀和衛生〉，2001：137）

可瓊暫時離開了律師丈夫姚啟明，與商人私奔到外地去，她同時又擔心丈夫會因此向外尋花問柳而導致性病，於是為了「衛生」而破壞「禮儀」，亂倫的將她的妹妹「可柔」留給丈夫作為性宣洩的對象，可見得小說中的女性，在追求自我幸福的同時，也會因顧及個人的權益而做好完善的安排，並不等著男性來主宰、擺佈，這完全是新女性意識的展現，而非男性沙文主義在作祟。此外，張愛玲在〈傾城之戀〉中，透過范柳原表達「婚姻或者是長期的賣淫」的觀念，而在劉吶鷗小說〈殘留〉之中，女主角也有這樣的觀念。由於女主角剛失去丈夫，竟也突發奇想的認為自己可以當個宣慰各國男性的「鹹水妹」，原因是，賣給一個人與零零碎碎賣給好幾個人，在她看來並沒有差別，況且她認為「天天床頭發見一個新丈夫，多有趣！誰來管我呢？」（劉吶鷗〈殘留〉，2001：155）。

在劉吶鷗的筆下，男女之間的互動方程式，完全是由一盤盤的遊戲所組成的，尤其在三〇年代商品經濟抬頭的上海，洋化了的時髦女性多佔些便宜、女性主動出擊的一日情、不曾和紳士在一起超過三個小時、貞操不如五百銀元的畸形觀念，恐怕是「都市風景」中最現實也是最殘酷的面貌吧！

陸、結語——建構「上海女性風景學」

翻看三〇年代老上海的懷舊紀念冊，在「探戈宮」裡有著搖曳的男女肢體：

> 在這「探戈宮」裏的一切在一種旋律的動搖中——男女的肢體，五彩的燈光，和光亮的酒杯，紅綠的液體以及纖細的指頭，石榴色的嘴唇，發談的眼光。（劉吶鷗〈遊戲〉，2001：31）

劉吶鷗的上海觀察，如同吳亮為「老上海」所下的註腳：

圖像：1933 年上海舞廳

說明：「夜夜笙歌，紙醉金迷，燈紅酒綠，娼優和舞女的歡笑浪語、眼淚與浮沈，闊佬、職員和愛情遊戲如走馬燈在眼前晃動，伴隨著旗袍、黃包車、咖啡的撲鼻香氣，叮叮噹噹的電梯鈴聲，客廳裡的喧嘩，令我不知流今夕是何年。」[43]

---

[43] 參考吳亮《老上海——已逝的時光》（南京：江蘇美術，2000 年 6 月重印版），頁 77-79。

相對於中國現代小說的鄉土／寫實主流傳統而言，劉吶鷗的創作則是代表著另一個視野——都市節奏的觀察與上海新女性的讚揚（包括性別意識、身體自主意識）——除了配合上海當時的時代節奏及背景考察之外，身為「臺灣男人」的劉吶鷗，能以男性身份詮釋「上海女性」的身體自覺，有別於「臺灣女人」龍應臺對於「上海男人」的評斷，雖然劉吶鷗所建構的「上海女性風景」因「上海新感覺派」的曇花一現而尚未完成，原因是 1931 年之後，劉吶鷗轉移目標，開始以拍攝電影的方式來建構如明星式的上海現代女性，也未如龍應臺所掀起的「上海男人」軒然大波，但我們透過劉吶鷗的作品，看到了二、三〇年代上海「熱鬧的不夜城」，以及白先勇筆下的「百樂門」，甚至是施蟄存筆下的「巴黎大戲院」，以及穆時英筆下的「夜總會」，最重要的是，劉吶鷗在小說中肯定了西風東進之後的上海新女性，並初步建構了好看而值得看的「上海女性風景」。

柒、參考資料

一、專書

唐弢主編《中國現代文學史》，（北京：人民文學，1979 年 6 月）。
嚴家炎編選《新感覺派小說選》（北京：人民文學，1985 年 5 月）。
李歐梵編選《新感覺派小說選》（臺北：允晨文化，1988 年 12 月）。
嚴家炎《論中國現代文學及其他》（臺北：新學識文教出版中心，1989 年 4 月）。
趙凌河《中國現代派文學引論》（遼寧：人民，1990 年）。
賈植芳主編《中國現代文學的主潮》（上海：復旦大學，1990 年 12 月）。
陳思和《筆走龍蛇》（臺北：業強，1991 年 1 月）。
朱德發《二十世紀中國文學流派論綱》，（山東：教育，1992 年 1 月）

楊義《二十世紀中國小說與文化》（臺北：業強，1993 年 1 月）。
孫乃修《佛洛依德與中國現代作家》（臺北：業強，1995 年 5 月）。
吳福輝《都市漩流中的海派小說》（湖南教育出版社，1995 年 8 月）。
嚴家炎《中國現代小說流派史》（北京：人民文學，1995 年 11 月）。
吳立昌等編《1900-1949 中國現代主義尋蹤》（上海：學林，1995 年 12 月）。
周敘琪《一九一〇～一九二〇年代都會新婦女生活面貌——以「婦女雜誌」為分析實例》（臺北：國立臺灣大學文學院，1996 年 6 月）。
李歐梵《現代性的追求——李歐梵文化評論精選集》（臺北：麥田，1996 年 9 月）。
吳中杰《中國現代文藝思潮史》（上海：復旦大學，1996 年 12 月）。
譚楚良《中國現代派文學史論》（上海：學林，1997 年 5 月）。
沈善增《上海人》（臺北；稻田，1997 年 11 月）。
余之、程新國所編之《舊上海風情錄（上）》（上海：文匯，1998 年 9 月）。
王德威《如何現代，怎樣文學》（臺北：麥田，1998 年 10 月），頁 276-278。
李歐梵《上海摩登：一種新都市文化在中國（1930-1945）》（牛津大學：2000）。
黃獻文《論新感覺派》（武漢出版社，2000 年 3 月）。
吳亮《老上海——已逝的時光》（南京：江蘇美術，2000 年 6 月重印版）。
隱地《漲潮日・上海故事》（臺北：爾雅，2000 年 11 月）。
彭小妍《海上說情慾——從張資平到劉吶鷗》第三章（臺北：中研院文哲所籌備處，2001 年 1 月）。
康來新、許秦蓁合編《劉吶鷗全集・電影集》（臺南縣文化局，2001 年 3 月）。
康來新、許秦蓁合編《劉吶鷗全集・文學集》（臺南縣文化局，2001 年 3 月）。
康來新、許秦蓁合編《劉吶鷗全集・日記集（上）》（臺南縣文化局，2001 年 3 月）。
郭建英繪、陳子善編之《摩登上海——三〇年代的洋場百景》（廣西師範大學，2001 年 4 月）。
符立中《上海神話——張愛玲與白先勇圖鑑》（臺北：印刻出版社，2009 年 1 月）

二、專文

秦賢次〈水沫社、第一線書店、水沫書店〉，收入《出版之友》革新第六期，1979 年 9 月 30 日，頁 60-68。

鄭明娳、林燿德專訪〈中國現代主義的曙光——與新感覺派大師施蟄存對談〉收入《聯合文學》，1980 年 7 月，頁 130-141。
許秦蓁〈「上海」新感覺派與「臺灣人」劉吶鷗〉，淡江大學第二屆文學與文化研討會會議論文，1998 年 5 月 16 日。
張晨〈海派舊作淹漫書市——評論家認為可累積海派文化資源〉刊於臺灣《中國時報》，1998 年 8 月 20 日。

三、其他

施蟄存專訪，許秦蓁錄音訪問（施蟄存上海愚園路住處，1998.4.1）
王明君《中國新感覺派小說之研究》，政治大學中文所碩士論文，1997 年。

捌、「附圖」

影像：《文藝畫報》創刊號封面
作（編）者：郭建英
時間：1934 年 10 月
說明：《文藝畫報》為葉靈鳳、穆時英所編之刊物，僅出過兩期（1934.10-1935.4）

<table>
<tr>
<td>
</td>
<td>影像：《婦人畫報》第二十二期封面
作（編）者：郭建英
時間：1934 年 10 月
說明：畫面上的新女性，有著劉吶鷗筆下的女性形象——理智的前額，和在牠上面隨風飄動的短髮，瘦小而隆直的希臘式的鼻子（〈遊戲〉）、那男孩式的斷髮和那歐化的痕跡顯明的短裾的衣衫（〈風景〉）。</td>
</tr>
<tr>
<td>刘呐鸥小说《棉被》插图
（原载 1934 年 11 月《妇人画报》第 23 期）

</td>
<td>影像：劉吶鷗小說《綿被》插畫
作（編）者：
時間：1934 年 11 月
說明：此為刊登在《婦人畫報》第廿三期之小說插畫。</td>
</tr>
</table>

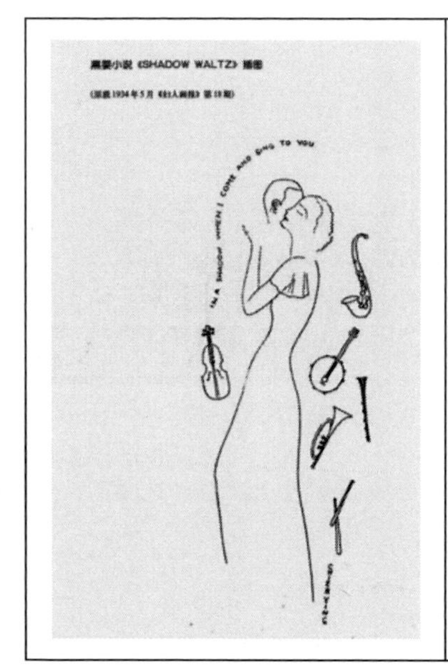

影像：黑嬰小說《SHADOW WALTZ》插畫

作（編）者：郭建英

時間：1934 年 5 月

說明：此為刊登在《婦人畫報》第十八期之小說插畫，畫面上的小提琴、薩克斯風、喇叭、鼓棒……等，都是西化文明的象徵。

附註：原文發表於 2003 年 11 月 2 日「兩岸女性文學發展學術研討會」（中華發展基金管理委員會主辦，佛光人文社會學院承辦），本文已進行局部修改與增補。

漫畫／話女性
——劉吶鷗與郭建英的「上海新感覺」

壹、前言——關於劉吶鷗與郭建英

關於劉吶鷗（1905-1940）個人身份的詮釋與其人其文的相關研究，筆者已分別於碩士論文及四篇後續的單篇論文中進行嘗試性的論述[1]，簡言之，劉吶鷗是日據時期活躍於上海的文化臺商，其一生所遊走的路線包含日本東京、中國（包括上海、北京、南京、廣西等），以及他所屬的南國／臺灣，1926 到 1940 年間他大部分的時間旅居上海，在藝文、電影及新聞事業方面，劉吶鷗的積極參與有其一定的意義，目前有關劉吶鷗一生的成就與貢獻，已逐漸受到學界的重視，「上海新感覺派」屬臺灣人的「上海製造」的觀念，也漸成為兩岸學界的共識，對於因推動曇花一現的上海新感覺派與提倡軟性電影所造成一連串的風潮與論戰，劉吶鷗可說是臺灣第一人。

1　筆者之碩士論文為《重讀臺灣人劉吶鷗（1905-1940）：歷史與文化的互動考察》（中壢：國立中央大學碩論，1999 年），單篇論文依照發表順序為：(1)〈「上海」新感覺派與「臺灣人」劉吶鷗〉（臺北：淡江大學【第二屆文學與文化研討會】，1998 年 5 月）、(2)〈南國相思與現代洗禮：解讀劉吶鷗一九二七年日記〉（臺北：《臺灣風物》，1999 年 12 月）、(3)〈近代的產物：劉吶鷗的「女性風景學」〉（臺北：佛光大學【兩岸女性文學發展研討會】，2003 年 11 月）、(4)〈文化臺商在上海——日據時期臺灣人劉吶鷗（1905-1940）〉（新竹：交通大學【去國．汶化．華文祭：2005 年華文文化研究會議】等。

至於郭建英（1905-1979），其人其畫由上海陳子善教授重新收集零星散作及翻印其專屬畫冊《建英漫畫集》於《摩登上海——三〇年代洋場百景》[2]，得以從三〇年代的漫畫界復甦，成為繼豐子愷（1898-1975）[3]之後，漸漸受到重視的三〇年代漫畫家，而關於郭建英的作品，目前也已有專文討論[4]，然而，缺乏耙梳的重點是，關於郭建英的背景與身份，以及與新感覺派同仁的互動，卻一樣被忽略於相關論述之中。根據《國史館現藏民國人物傳記史料彙編》第十六輯對郭建英的介紹如下：

> 先生諱建英，福建省同安縣人也。民國前四年生於上海，就讀東京麴町尋常小學，返國後先後畢業於上海澄衷中學、交通大學附屬中學及聖約翰大學，專攻政治經濟，以成績優異受聘為中國通商銀行秘書，民國二十四年奉派為我國駐日本長崎領事館主事，協助領事辦理僑務及商務，卓著勞績……民國三十七年來臺，歷任第一商業銀行副理、經理、協理、總經理等職，共達二十七年之久，其中總理全行業務，長達十年。[5]

---

2 郭建英繪、陳子善編《摩登上海——三〇年代洋場百景》（廣西師範大學出版社，2001 年 4 月）。

3 豐子愷（1898-1975），現代畫家及文學家，早年曾追隨李叔同學習繪畫及音樂，五四後開始從事漫畫創作，其早期漫畫作品具有時代諷刺感，後期則以古詩入新畫，甚至於加入兒童題材，目前有關豐子愷的相關研究，可參考：長風〈豐子愷的為人作文與漫畫〉，收入《文壇》第 33 期，1963 年 3 月，頁 20-25；莫一點〈豐子愷與張樂平的漫畫——略述漫畫「阿 Q 正傳」、「三毛流浪記」的創作〉，收入《明報月刊》第 83 期，1972 年，頁 53-55；黃蘭燕《豐子愷文人抒情漫畫研究——以 1937 年以前畫作為例》（中壢：國立中央大學藝術學研究所碩論，2002 年）；邱士珍《豐子愷繪畫藝術之研究》（屏東：屏東師範學院視覺藝術教育學系碩論，2003 年）等。

4 彼岸部分為王璜生《1930 年代混雜的個體記憶——試析郭建英漫畫中的個體意識及其相關問題》（廣西師範大學出版社，2004 年 07 月），以及臺灣交通大學的徐明瀚〈翻譯現代美：郭建英畫報與漫畫中的摩登女性論述〉，發表於《文化研究月報》第四十五期，主題：「現代性與文化翻譯」，2005 年 4 月 25 日。

5 國史館編《國史館現藏民國人物傳記史料彙編，第十六輯》，1998 年，頁 329-330。

來自日據時期臺南新營郡柳營庄的劉吶鷗，是劉家排列第九世劉永耀之長子，母親陳恨出身於臺南縣東山鄉，其父在當地為有權勢的望族，1908 年劉永耀於舉家移居新營，追溯其源流，可知劉家祖先來自福建漳州，因追隨鄭成功來臺而定居，而陳子善教授則參照國史館的資料簡介郭建英的生平略歷。郭建英來自同安，屬福建泉州，其臺灣經驗起使於戰後跟隨國民政府來臺定居，依照郭震川的口述[6]，其祖父郭左淇（郭建英之父）曾於日本當中華民國駐日本大使，娶日本女性為妻，這應該是郭建英擅長日語的主要背景，郭震川提到，「祖父駐日時間很長，從明治時代到大正年間，因為他為日中友好作出的貢獻，大正天皇贈送祖父許多勳章，而每年邀請祖父參加遊園會的大正伏見宮貞愛親王也賜予祖父皇家飲茶之杯[7]。

郭左淇育有一女三男，駐日期間結識臺南鹽水人黃朝琴（1897-1972）[8]，1920 年黃朝琴進入日本早稻田大學專攻政治經濟，1922 年，郭左淇將其長女郭佩雲（1902-？）嫁給黃朝琴，黃朝琴 1923 年畢業於早大，並於同年底赴美深造，進入伊利諾州立大學專攻政治，民國 1926 年取得碩士學位，1927 年春，黃朝琴夫婦正好到上海居留，住在江灣路林肯坊 29 號，劉吶鷗與黃朝琴為舊識，同樣畢業於臺南鹽水港公學校，從劉吶鷗 1927 年日記中的記載，即可瞭解他們的互動：

> 下午和黃君朝琴講了許多話。晚上用扠麻雀輸的錢六塊吃了十八晚福州大菜，八個人吃不了。上海特別市衛生部長江先生也

---

[6] 見紀子訪問報導〈侵華悲劇，十五年尋祖母〉，是文發表於「華域網」（網址：http：//www.ch-tw.com/lodge/078.htm），2002 年 7 月 4 日。

[7] 同註 6。

[8] 黃朝琴，曾任外交官、臺北市長、臺灣省議長，在政壇長達十七年之久，也是第一銀行董事長；臺南鹽水鎮上有一條「朝琴路」，就是為了紀念他，他的故居名為「思園」。

> 在，從前是在聖約翰教書。（〈劉吶鷗 1927 年日記〉，9 月 18 日）
> 晚上同黃郭兩君到 Lodge 從前的 P.P 去跳舞，又是一味，同逛窯子不同。（〈劉吶鷗 1927 年日記〉，12 月 6 日）
> 晚上去林肯坊黃宅坐。黃夫人英文比朝琴好，結婚數年無子，寂寞可知。（〈劉吶鷗 1927 年日記〉，12 月 12 日）
> 晚受黃大的邀請，本是送別林公堂的，非新、非舊，真沒趣。朝琴夫婦在席。（〈劉吶鷗 1927 年日記〉，12 月 13 日）
> 晚上澄水君朝琴君來談話，戴施們由松江來，幸今朝起得太遲沒有去。（〈劉吶鷗 1927 年日記〉，12 月 17 日）
> 晚上去林肯坊找黃君們談。（〈劉吶鷗 1927 年日記〉，12 月 19 日）
> 天氣很好。搬家，到江灣路林肯坊 31 號來……晚飯朝琴請。夜上無燈，點蠟燭。（〈劉吶鷗 1927 年日記〉，12 月 21 日）
> 晚上在朝琴那面，他們在扠麻將時，同朝琴倆胡鬧起樂來。（〈劉吶鷗 1927 年日記〉，12 月 27 日）
> 在二十九號朝琴君處開「芋泥會」會客（嘉蕙君）。會員以講廈門話的知友幾人，晚上六七人一隊（嘉蕙、李君道南，林百奏先生、清風等）去跳舞場巡探。（〈劉吶鷗 1927 年日記〉，12 月 31 日）

劉吶鷗提到「黃夫人英文比朝琴好」是可以理解的，原因是，郭佩雲畢業於東京虎之門高等女學校，與黃朝琴一同後赴美進修，也同樣畢業於美國伊利諾州立大學，但從劉吶鷗 1927 年日記中的記載，唯一較可能與郭建英的互動是 12 月 6 日的 Lodge（按：舞廳名稱）之行，而出生於 1907 年的郭建英，當時也才二十歲，正在念上海聖約翰大學。此外，劉吶鷗對於郭佩雲的描述也相當生疏且敬畏，因此，劉吶鷗應該是自 1927 年 12 月 21 日搬到黃朝琴家隔壁，成為他的鄰居之後，經由與黃家的頻繁才間接熟識郭建英。

另一方面，一個值得深思的問題是，雖然劉吶鷗與郭建英同被歸類為上海新感覺派的作家群，而施蟄存卻不曾於任何回憶錄中提及與郭建英的交往，可見得郭建英與施蟄存、杜衡、戴望舒之間，全然是透過劉吶鷗的從中牽線，才會一同發表作品或譯作在《無軌列車》及《新文藝》，郭建英甚至於幫《新文藝》等雜誌畫插圖，筆者曾經訪問過施蟄存先生「是否聽過劉吶鷗提到他的臺灣朋友們？」施先生的回答是：「這我不清楚，他也很少提，因為他的臺灣朋友、日本朋友，講的都是閩南話或日本話，我是聽不懂的[9]。」當然所謂的臺灣朋友，還包括黃朝琴及其他劉吶鷗日記中所提及的：講廈門話的知友。

就郭震川所言，昭和八年（1933），郭左淇因日本侵華之戰而被召回上海，又由於郭左淇的夫人是日本人而被罷官，受到各方的攻擊與責難，急病猝死於上海，而其夫人也於昭和 23 年（1948）過世。目前可知的資料是：1965 年 8 月到 1975 年 7 月之間，郭建英於臺灣第一商業銀行（今第一商業銀行）擔任第二任總經理，而黃朝琴擔任該銀行第一任董事長期間，則為 1947 年 2 月至 1972 年 10 月期間，至於第二任的第一銀行董事長，則為黃朝琴妹婿陳啟清，陳啟清來自高雄陳家[10]，娶黃朝琴之妹黃金川[11]，1972 年 10 月至 1976 年 9 月期間，由陳啟清擔任該銀行董事長[12]。

---

[9] 見筆者碩士論文「附錄三之甲」。

[10] 關於高雄陳家現況，可參考《今週刊》：李建興〈南和興產的土地操盤術——地產南霸天大解密〉，網址：http：//content.sina.com/magazine/42/00/8420048_1_b5.html?skin=magCenter。（至 2005 年 11 月 13 日止）

[11] 黃金川被譽為「三臺才女」，遺傳了母親的美麗與智慧，寫得一手好詩；黃金川後來嫁給高雄糖膠富商陳中和之子陳啟清，成為陳田錨的繼母，張豐緒的丈母娘。

[12] 可參見第一銀行網站：http：//www.firstbank.com.tw/eportal/fcbweb/index.jsp。（至 2005 年 11 月 13 日止）

依照郭建英來臺的資歷與任職第一銀行工作時間與黃朝琴的重疊性，不難發現他和姊夫黃朝琴的密切性，1940～1942 期間，郭佩雲因照顧罹病母親而留於上海未跟隨黃朝琴至加爾各答就任，因此黃朝琴在加爾各答娶了第二個妻子陳印蓮，直到 1948 年郭佩雲才到臺灣鹽水與黃朝琴會合，當時應該是與郭建英同行。

有關黃朝琴、黃金川、郭佩雲、郭建英，以及高雄陳家之間的關係，可見下圖所示：

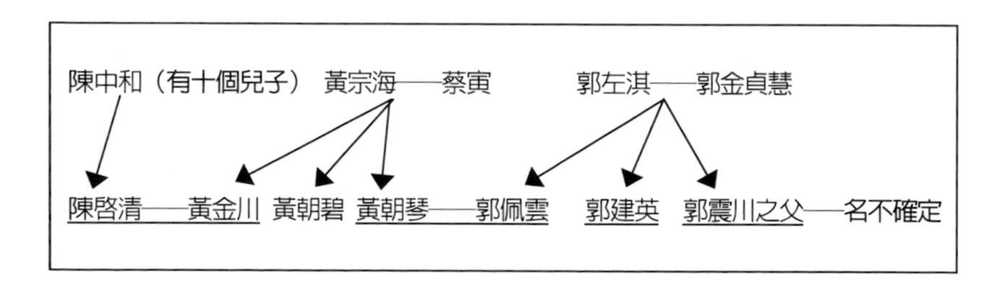

王融容曾於〈黃朝琴：叱吒金融廿五年、餘威綿延不絕〉[13]一文中，介紹過黃朝琴、黃玉堂（黃朝琴與陳印蓮之子）、郭建英、郭佩雲、陳印蓮、張豐緒（黃金川女婿）之間的關係，郭建英來臺後，應與南臺的陳家、黃家有密切的關連，陳子善教授出版《摩登上海——三〇年代洋場百景》時，曾於編後記提到：「由於種種困難，未能與本書作者後人取得聯繫，請本書作者後人見書後，致函廣西師範大學出版社，告知通訊處，以便寄奉稿酬。」（陳子善編：2001，編後記），因此，關於郭建英來臺後的活動與後續，目前所知有限，值得深入追朔。

---

[13] 王融容〈黃朝琴：叱吒金融廿五年、餘威綿延不絕〉，見《金融世家系列》第五十六期，1986 年 11 月，頁 63-67。

至於郭建英與劉吶鷗的文學歷程，則集中於 1928 年到 1934 年間，因此施蟄存曾提及 1931 年之後，劉吶鷗因轉向電影而鮮少與之互動應屬錯誤的記憶，1934 起，在郭建英所編輯的《婦人畫報》中，不乏新感覺派作家的作品（包括劉吶鷗、黑嬰、穆時英與施蟄存）。劉吶鷗與郭建英在文學上的交流，可透過下表的時間順序作一說明（《無軌列車》時代），約 1928 年 9 月至 1928 年 12 月期間：

<table>
<tr><th>日期、期別</th><th>篇名</th><th>作者</th></tr>
<tr><td>第一期（1928.9.10）</td><td>遊戲</td><td>吶鷗（劉吶鷗）</td></tr>
<tr><td>第二期（1928.9.25）</td><td>風景</td><td>吶鷗（劉吶鷗）</td></tr>
<tr><td>第三期（1928.10.10）</td><td>列車餐室（四則）</td><td>吶鷗（劉吶鷗）</td></tr>
<tr><td rowspan="3">第四期（1928.10.25）</td><td>保爾・穆杭論</td><td>B. Cremieux
吶鷗（劉吶鷗）譯</td></tr>
<tr><td>影戲漫想</td><td>莫美／夢舟（吶鷗）</td></tr>
<tr><td>列車餐室（二則）</td><td>劉吶鷗</td></tr>
<tr><td rowspan="3">第五期（1928.11.10）</td><td>生活騰貴</td><td>Pierre Valdagne
吶鷗（劉吶鷗）譯</td></tr>
<tr><td>影戲漫想</td><td>葛莫美（劉吶鷗）</td></tr>
<tr><td>列車餐室</td><td>劉吶鷗</td></tr>
<tr><td rowspan="2">第六期（1928.11.25）</td><td>深夜小曲（獨幕劇）</td><td>日／武者小路實篤
建英（郭建英）譯</td></tr>
<tr><td>影戲漫想（關於電影演員）</td><td>夢舟（劉吶鷗）
葛莫美（吶鷗）譯</td></tr>
<tr><td rowspan="2">第七期（1928.12.10）</td><td>一個經驗</td><td>日／片岡鐵兵</td></tr>
<tr><td>流</td><td>吶鷗（劉吶鷗）</td></tr>
<tr><td>第八期（1928.12.25）</td><td colspan="2">劉吶鷗（無）、郭建英（無）</td></tr>
</table>

從發表的順序及篇數看來，在《無軌列車》時代，劉吶鷗幾乎是每期參與，而郭建英一直到第六期，也就是 1928 年 11 底，才發表了一篇日本獨幕劇的翻譯，翻譯及創作劇本是劉吶鷗的主要興趣，我們

或可大膽推斷郭建英當時尚未正式展開他的創作生涯（尤其是郭建英 1931 年才從聖約翰大學畢業），因此該雜誌的封面與第一線書店的招牌，仍是由劉吶鷗一手包辦，而且在劉吶鷗 1927 年日記裡，所有關於文藝方面的討論、通信記錄，以及雜誌刊物上的構思，僅限於與施蟄存及戴望舒等人，郭建英在《無軌列車》上的初次嘗試，應該是經由劉吶鷗的引介或鼓勵，直到《新文藝》時代，對照施蟄存所言，該雜誌插圖多半由郭建英負責，可知當時郭建英才較正式的參與譯作與插圖創作，其譯作包含〈梅壽藝術家〉、〈煙草藝術家〉、〈藝術的貧困〉、〈現代人底娛樂姿態〉[14]等。

貳、「女性」——上海街頭風景線一瞥

> 你讀過茶花女嗎？——男
> 這應該是我們祖母讀的。——女
> 那麼你喜歡寫實主義的東西嗎？譬如說左拉的《娜娜》，杜思妥也夫斯基的《罪與罰》？——男
> 想睡的時候拿來讀著，對于我是一服良好的催眠劑。我歡喜讀保羅穆杭、橫光利一、崛口大學、劉易士。——女
> 在本國呢？——男
> 我喜歡劉吶鷗的新的話術，郭建英的漫畫，和你那種粗暴的文字獷野的氣息。——女
> 真是在刺激和速度上生存著的姑娘哪，蓉子！Jazz、機械速度、都市文化、美國味、時代美的產物集合體。——男[15]

---

[14] 其餘見本文附錄【一】所列。

[15] 穆時英〈被當作消遣品的男子〉，收錄《穆時英小說全編》（上海：學林出版社，1997 年 12 月），頁 104。

排除經典的永恆與價值，三〇年代女性依照個人的閱讀喜好開了書單如下：「劉吶鷗的新的話術、郭建英的漫畫」。可想而知的是當時的劉吶鷗、郭建英，甚至是穆時英（1912-1940），其人其文其畫作，已可稱得上是現代摩登的象徵，至少是「時代美的產物集合體」所推崇的現代，只有祖母級的人物還停留在《茶花女》的時代，而經典級的《娜娜》、《罪與罰》，僅能讓三〇年代的上海新女性昏昏欲睡，法國的現代文學作家保羅穆杭（Paul Morand）是劉吶鷗特別於《無軌列車》第四期所介紹的法國作家，嚴格說來，保羅穆杭（或保爾穆杭）是劉吶鷗的文學偶像，追溯其文藝思潮，事實上，上海新感覺派風潮正是來自於法國，再經由日本新感覺派而移植到上海，在歐洲大戰之後，人們生活於困頓、焦慮的無秩序的社會中，心理發生異常病態，達達主義（Da-Da）興起，而保爾穆杭以其做為世界人的立場，試圖表達現代人的生活體驗，撰寫了《不夜城》（Ouvert lanuit）、《樂城》（Ville de Plaisir）、《優雅的歐洲》（L Europe Galante）等作品，同樣的，日本橫光利一、崛口大學等人的創作，也是受到保羅穆杭的影響，因而新興了日本的新感覺派。

在穆時英筆下的上海新女性，儼然也是個道地的上海「新感覺派」，蓉子所開出的閱讀書單，竟與劉吶鷗進入震旦時引介給戴望舒、杜衡和施蟄存的「新興文學」不謀而合。穆時英是以這樣的角度書寫女性，其餘的像是「黑旋風」、「抽著 Craven A 的女性」，以及其她的女性，都是如此摩登與現代、神秘與高傲，而郭建英對於女性的詮釋，主要還是透過漫畫的摩登線條，無怪乎穆時英在小說中提到：

> 要是給郭建英先生瞧見了珮珮的話，他一定會樂得只要能把她畫到紙上就是把地球扔了也不會覺得可惜的。在他的新鮮的筆觸下的珮珮像是怎麼的呢？畫面上沒有眉毛，沒有嘴，沒有耳朵，只有一對半閉的大眼睛，像半夜裡在清澈的池塘裡開放的

> 睡蓮似的，和一條直鼻子，那麼純潔的直鼻子。可是嘴角的那顆大黑痣和那眼梢那兒的五顆梅斑是他不會忽略了的東西。（穆時英〈蔡珮珮〉之一速寫像：1997，313）

言下之意是，郭建英喜好「畫」美女，就穆時英的說法是，已經到達「不愛江山愛畫美女」的程度，有了郭建英的加入，新感覺派對於女性形像的描述與勾勒是更鮮明立體的。在郭建英的眼裡，女性「活躍著的青春」，正是「上海街頭風景線」的主要畫面：

〈上海街頭風景線〉

上海女人的青春是活躍著，是創造著。上海的街頭如果喪失了女人的青春，那麼變為多麼寂寞與枯澀的地方啊。

細膩的膚，纖弱的姿態，美麗的耳形——中國女子之美。

霞飛路的傍晚，迷暗中的法國少女，熱和力。Chic（別緻的）的衣服和色彩，柔和的感觸。

美國少女的感覺是亮快，直線的感覺。沒有淚，沒有憂慮，消滅吧，Sentimentalism（感情主義者）！

火酒般的情熱，阿布生酒般的性慾，祇能發現於你的身上啊，俄國的少女，你們的慾火，燃燒了男子的肉體。

島國的狂風，顯亮的海線，又雜在九州女子的心懷裡，她們的行動——粗野的魅力。

上海街頭的美是活躍著，不絕地創造著。一位中國新感覺派的作家曾對我說過：「上海的魅力是在街頭上。」[16]

至於把上海街頭當作風景來欣賞的「中國新感覺派作家」，理所當然不是施蟄存，至少就所有訪談者與他確認過之後，他僅承認自己的

[16] 郭建英〈上海街頭風景線〉，收入《建英漫畫集》，1934 年 6 月，頁 16。

創作是屬於「新意識小說」，從劉吶鷗日記中喜好對於上海街道做出一番欣賞及描述的習性，可以推斷最有可能說這番話的人，正是劉吶鷗：

> 在陽光微搖的街上跑，真是爽快得很，記得我初入震旦的時候，上海也是這樣的可愛……（〈劉吶鷗 1927 年日記〉，一月六日）
>
> 就是冷風也似乎帶點微溫，無力的陽光也好像帶著春的顏面了。上海啊！魔力的上海！你告他們吧，在大馬路上跑的他們，說：你所吹的風是冷的，會使人骨麻，你所噴的霧是毒的，會使人肺癆，但是他們怕不駭吧，從天涯地角跑來的他們，他們要對你說：你是黃金窟哪！你看這把閃光光的東西！你是美人幫哪！紅的，白的，黃的，黑的，夜光的一極，從細邀的手裡！橫波的一笑，是斷髮露膝的混種！（〈劉吶鷗 1927 年日記〉，一月十二日）
>
> 坐在搖動的車上，看見了街上的軟弱的陽光的時候，我真是好似發現了新的上海。（〈劉吶鷗 1927 年日記〉，一月二十九日）

根據翁靈文的回憶，劉吶鷗也曾說過自己是新感覺派第二代：「（劉吶鷗）曾笑著對朋友說，橫光利一是新感覺派第一代，他是第二代，穆時英是第三代，黑嬰是第四代。」[17]因此，對於「新感覺派」這個稱呼，劉吶鷗是樂於接受的。對於從小生長在臺灣的劉吶鷗而言，上海理所當然是個不夜城：男男女女方程式、舞廳、燈光、高樓大廈、高跟鞋……正是城市的象徵與騷動，就劉吶鷗小說〈遊戲〉的場景描述是如此，劉吶鷗的小說集名為《都市風景線》，而他所親繪的《色情文化》封面，的確就是他利用圖像所勾勒的「都市風景」，我們更可以窺知他所看到的城市世界：

---

17 〈劉吶鷗其人其事〉，翁靈文，1976 年 1 月 12-13 日，發表於香港《明報》。

圖像：《色情文化》封面

說明：屬於都會的高樓大廈、女性的臉頰、新型的汽車（飛撲）、高跟鞋與女性大腿，屬於夜晚的活動：薩克斯風、擁舞的男女、鎂光燈、酒杯、香菸、月光、星星，屬於休閒的帆船，屬於劉吶鷗式的法文……等。

劉吶鷗所見的上海城市風景，摩登、開放的女性顯然是一大重點，針對上海這個不夜城，在他的小說中最經典的文字表達為：

> 在這「探戈宮」裏的一切在一種旋律的動搖中——男女的肢體，五彩的燈光，和光亮的酒杯，紅綠的液體以及纖細的指頭，石榴色的嘴唇，發焰的眼光。[18]

歌頌女性、欣賞女性、閒談女性，甚至對於女性的品頭論足，應該是劉吶鷗日記所記與文字創作的特定素材，對劉吶鷗而言，所謂的現代女性的美，以及他所要求的摩登，是以「電影明星嘉寶．克勞馥或談瑛作代表」，筆者在訪問施蟄存時，他也曾告訴我：「他最欣賞的就是德國『ufa』電影，當日德國『ufa』電影的藝術性最高，他喜歡看藝術性的，他喜歡的幾個人，就是『嘉寶』，還有一個男的法國人，這幾個人演得好。」從《大飯店》的劇照，以及〈現代表情美造型〉一文，可知劉吶鷗眼中的「新型美女」為：

---

[18] 康來新、許秦蓁合編《劉吶鷗全集・文學集》（臺南：臺南縣文化局，2001 年 3 月），頁 31。

這個新型可以拿電影明星嘉寶，克勞馥或談瑛作代表。她們行動與感情的內動方式是大膽、直接、無羈束，但是在未發的當兒，卻自動地把牠抑制著。克勞馥張大眼睛，緊閉著嘴唇，向男子凝視著的一個表情剛好是說明著這般心理。內心是熱情在奔流著，然而這奔流卻找不到出路，被絞殺而停滯於眼睛和嘴唇間。男子由這表情所受的心理反動是：這孩子似乎恨不能一口兒脫下去一般地愛著我，但是她卻怪可憐地不敢說出來。這裡她有雙重心理享受。現代男子是愛著這樣一個不時都熱愛地尋找著一個男人來愛，能似乎永遠地找不到的女子。把這心理無停地表露於臉上，於是女子在男子心目中便現出是最美，最摩登。[19]（圖片見《現代電影》）

在《現代電影》中所刊出的「大飯店」劇照，可見嘉寶展現出摩登女性的豪放與大膽，正好符合劉吶鷗所列舉的條件：摩登的現代美女，她們的行動及感情的傳達方式必須「大膽」、「直接」、「無羈束」，反觀郭建英的畫作「現代女性的模型」，不正是摩登女性的最佳寫照嗎？

[19] 原文原載1934年6月8日之《婦人畫報》，此處引自康來新、許秦蓁合編《劉吶鷗全集．電影集》（臺南：臺南縣文化局，2001年3月），頁337-338。關於劉吶鷗評『瓊克勞馥照片』，可參考徐明瀚論文。

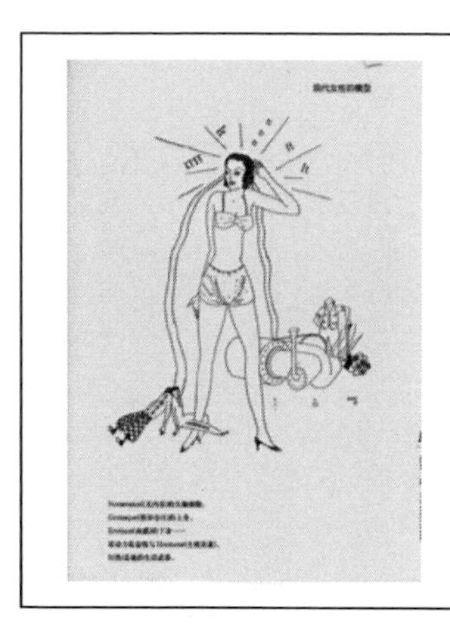

影像：郭建英繪「現代女性的模型」（說明：其內文為—Nonsensical
（無內容）的頭腦細胞，
Grotesque
（怪異奪目）的上身，
Erotique
（肉感）的下身—原動力是金錢與
Hormone（生殖元素），
It（熱）是她的生活武器。

資料來源：郭建英（1934：1）

參、都會與女性——新感覺派的詮釋系統

筆者對於劉吶鷗或新感覺派的詮釋系統，曾簡單的劃分為三條路線：其一為來自彼岸，以楊義、嚴家炎為主的「都市文化＋形式技巧」路線（見下表一），彼岸學者多半均沿用其材料與文本分析（其中吳福輝則加入「海派小說」的論述焦點），嚴家炎在討論劉吶鷗作品時，曾提到《都市風景線》是「中國第一本較多地採用現代派手法技巧寫作的短篇小說」，他認為劉吶鷗「採用了適應於現代都市生活快速節奏的跳躍手法、意識流手法、心理分析方法，以及不見得高明的象徵諷諭手法。」他和楊義的觀點相同，均認為上海新感覺派小說在運用新形式、技巧方面的意義，大於作品的思想意義。此後，彼岸的學者專家在談論該議題時，大多脫離不了這個路線。

表一

書（篇）名	編／作者	出版單位／出處	年份
《中國現代派文學引論》	趙凌河	遼寧：人民出版社	1990
《中國現代文學的主潮》	賈植芳主編	上海：復旦大學	1990
《二十世紀中國文學流派論綱》	朱德發	山東：教育出版社	1992
《1900-1949 中國現代主義尋蹤》	吳立昌等編	上海：學林出版社	1995
《中國現代文藝思潮史》	吳中杰	上海：復旦大學	1996
《中國現代派文學史論》	譚楚良	上海：學林出版社	1997
〈都市相與小說視角——中國現代都市小說文本分析〉	馬華	《浙江師大學報》	1991
〈城市與城市文學〉	丁永強	《上海文論》	1991
〈海派：源流與特徵〉	高惠珠	《上海師大學報》	1991
〈新感覺派文學及其在中國的變遷——中日新感覺派的再比較與再認識〉	王向遠	《中國現代文學研究》	1995
〈新感覺——上海和東京的差異〉	張國安	《中國現代文學研究》	1995
《中國新感覺派小說之研究》	王明君	臺灣：政大中文所碩士論文	1997
《論新感覺派》	黃獻文	武漢大學博士論文	2000
〈劉吶鷗與日本新感覺派〉	劉江萍	《嘉應大學學報》	2002
《劉吶鷗的都市書寫世界》	劉江萍	福建：華僑大學碩士論文	2003

其二，以海外學者李歐梵所開啟的「城市基調（或說上海摩登）＋尤物（femme fatale）」路線（見表二所列），學者如王德威、史書美、彭小妍等，則延續其觀點進行相關論述。李歐梵對於「上海新感覺派」的重新評價則給予更高度的包容，也特別點出以「女性／尤物」為中心的論述，之所以採取讚揚多於指責的評論，或許是因為李歐梵個人所在的位置並不是「鄉土中國」，因而能採取更多元、全面的觀照，而非採用「一元」的標準。

「上海新感覺派」之所以有別於中國其他現代小說中所傳達的女性形象，是因為他們在小說中刻意的塑造、瑣碎的描摩異國式的女性形象，而這些西化了的女性，按照劉吶鷗的說法，則是「近代的產物」（〈風景〉）而非「普通的國產」（〈方程式〉），這些在情感上獲得勝利的女性，正是「上海新感覺派」的靈魂人物，因此，李歐梵進一步提到劉吶鷗和穆時英的另一個相同點，則在於他們都熱中於描寫「尤物」（femme fatale），這些女性的特質包括：「富於異國情調」、「獨來獨往」、「玩弄男人於鼓掌之中」，並且略帶有「神秘感」，而彭小妍則延續了這樣的觀點，在李歐梵所建構的「上海新感覺派」基調下，進行上海都市文化與新女性之間的相關論述。

表二

書（篇）名	編／作者	出版單位／出處	年份
〈中國現代小說的先驅者——施蟄存、穆時英、劉吶鷗作品簡介〉	李歐梵	臺北：《聯合文學》	1987
〈中國現代文學的頹廢及作家〉	李歐梵	臺北：《當代》	1994
《現代性的追求——李毆梵文化評論精選集》	李毆梵	臺北：麥田出版社	1996
〈Gender, Race, and Semicolonialism：Liu Na'ou's Urban Shanghai Landscape.〉	Shu-mei Shih	《Asian Studies》	1996
〈「新女性」與上海都市文化——新感覺派研究〉	彭小妍	《中國文哲研究集刊》、《海上說情慾——從張資平到劉吶鷗》	1997、2001
〈浪蕩天涯——劉吶鷗 1927 年日記〉	彭小妍	《中國文史研究集刊》	1998
〈劉吶鷗 1927 年日記——身世、婚姻與學業〉	彭小妍	北京：《讀書》	1998
〈五四文人在上海：另類的劉吶鷗〉	彭小妍	中研院：《傳承與創新》	1999
〈上海：劉吶鷗〉	彭小妍	《天理臺灣學會年報》	2003

此外，部分論述則在論文的一部份提到新感覺派及女性論述，包括：陳依雯以「都會男女性愛新關係」來詮釋劉吶鷗以頹廢觀來詮釋女性，見陳依雯碩論《新感覺派的頹廢意識研究》[20]、邱孟婷碩論《「新感覺」的追尋——劉吶鷗、穆時英、施蟄存小說研究》[21]則以一節「女性形象」來詮釋新感覺作家群對於文學潮流的追求，而李黛顰《十里洋場的漫遊者——上海新感覺派的都市書寫》[22]則以「女性漫遊者（flâneurie）」為主題進行論述。

其三，則是以「臺灣觀點」、「海洋文人」為基調的劉吶鷗研究，與本文無關，此處不再贅言。

相對於中國現代小說的鄉土／寫實主流傳統而言，劉吶鷗的漫話、創作和郭建英的漫畫則是代表著另一個視野——上海摩登新女性的欣賞與讚揚——劉吶鷗與郭建英不約而同的進行並建構「上海女性風景」的詮釋系統。

肆、「我有什麼好看呢？」——劉吶鷗與郭建英的女性對照記

——我有什麼好看呢，先生？……

——對不住，夫人，不，小姐，我覺得美麗的東西是應該得到人們的欣賞才不失牠的存在的目的的，你說對不對？（劉吶鷗，1930：25）

---

[20] 陳依雯《新感覺派的頹廢意識研究》（高雄：中山大學中文所碩論，2003年）。

[21] 邱孟婷《「新感覺」的追尋——劉吶鷗、穆時英、施蟄存小說研究》（臺中：東海大學中文所碩論，2002）。

[22] 李黛顰《十里洋場的漫遊者——上海新感覺派的都市書寫》（新莊：輔仁大學中文所碩士，2003）

〈風景〉裡的燃青便在火車上遇見一位堪稱為「近代都會產物」的女子，看起來既不像「太太」，也不似「姨太太」，年紀上看來，更不像「女學生」，打量著眼前的尤物，找機會與上海摩登新女性攀談，是劉吶鷗小說中常見的情節發展模式，燃青對「她」的描述是：「自由和大膽的表現像是她的天性，她像是把幾世紀來被壓迫在男性的底下的女性的年深月久的積憤裝在她口裡和動作上的。」（劉吶鷗，1930：25）女人自己說了，已婚，在大機關當辦事員，丈夫在這條鐵路上將經過的某縣擔任要職，每週六會回上海相聚，這星期因丈夫有事無法回上海，便邀她到縣裡小聚並欣賞縣裡風光。原先她希望丈夫能就近在縣裡找個可愛的女人陪個一兩天即可（因為一切都是暫時和方便），卻因為丈夫對「縣裡的女人不敢領教」而作罷，在開放的性愛觀下，她主動問起燃青：「我若是暫在這兒下車，你要陪我下車嗎？」接著，他們走出車站，走上山丘：

> ——我每到這樣的地方就想起衣服真是討厭的東西。
>
> 她一邊說著一邊就把身上的衣服脫得精光，只留著一件極薄的紗肉衣。在素絹一樣光滑的肌膚上，數十條的多瑙河正顯著碧綠的清流。吊帶襪紅紅地噛著雪白的大腿。（劉吶鷗，1930：25）

同樣的，女性與大自然融合的影像，也可在郭建英的漫畫當中找到蛛絲馬跡，陳子善教授認為，要領略三〇年代中國現代城市文學，單單閱讀劉吶鷗等人的小說來感受五光十色的上海顯然不夠，還必須加上郭建英圖像版的「摩登上海」，原因是，郭建英最擅長的，正是描摩三〇年代十里洋場的女性眾生相，他筆下的上海摩登女性，不但風情萬種，更與劉吶鷗、穆時英小說中的女主角同樣活躍在情調迷人的舞廳、酒吧等公共休閒場所，這些新女性甚至大膽的將欲望投射在男性身上（如劉吶鷗小說〈遊戲〉、〈風景〉、〈殘留〉等）。因此，郭建英畫筆下那些生活在一九三〇年代的「現代女性」，顯然可與「新女性」、「摩登女性」畫上等號，善於搞怪的衣著，肉感的軀體，再加上生活在都會的金錢主義，似乎描摹出上海新女性的都會面貌，〈春之姿態美〉（郭建英，1934：38、39）之圖文，便可聯想到劉吶鷗的〈風景〉：

圖（一）： 春之姿態美……飛，飛，飛到青的地平線那面。旋轉了的肉體，在淺綠的後臺裡，呈著春之美麗的姿態！	圖（二）： 春——橫臥的季節。無涯的青空，清淡的白雲。女孩子，她肉體包滿著微笑，臥了，長長的，臥在綠色的絲絨上——一切都融化在童話的幻夢裡。高低的肉體之波浪，在淡紅色的感覺中，呈著春之美麗的構圖。

此外，同樣有著東洋經驗的魯迅，也曾以時髦與否來判斷在上海生活的差別待遇，他認為，無論是男女，衣著時髦、趕流行的人，總是比穿著土氣的人要來得佔便宜些，尤其生活在上海，時髦的女人尤其佔便宜：

> 然而更便宜的是時髦的女人。這在商店裡看得出：挑選不完，決斷不下，店員也還是很能忍耐的。不過時間太長，就須有一

種必要條件，是帶著一點風騷，能受幾句調笑。否則，也會終天引出普通的白眼來。慣在上海生活了的女性，早己分明地自覺著這種自己所具的光榮，同時也明白著這種光榮中所含的危險。[23]

關於「新女性」的形象，民國初年的《婦女雜誌》已然呈現出都會婦女的生活面貌，根據周敘琪的研究[24]，粧飾不但是婦女重要的生活面向之一，當時婦女的穿著打扮也以西化為時髦，尤其在五四運動之後，男女社交（甚至戀愛）的風氣逐漸擴大，而相較於中國其他地區而言，上海又是屬於風氣最開放的區域。因此，女性成為男性們欣賞的風景之一，也不足為奇了。

伍、漫話與漫畫——月份牌、電影工業、女性風景

日記書寫與漫畫線條之筆，皆屬與信手拈來之作，也同樣代表作者的視覺轉換，從劉吶鷗僅存的一九二七年日記中，我們可以發現一個有趣的現象：對於陌生女性的品頭論足，似乎也是劉吶鷗的習性與嗜好，我們必須瞭解時代背景的特殊性，才能理解為何對於劉吶鷗與郭建英而言，女性風景如此的吸引著他們。

其一，回到二、三〇年代，年僅二十來歲的男性，當然對於異性有著深刻的好奇與吸引力是可想而知的；再者，同樣有著東京／東洋

[23] 魯迅〈上海的少女〉，原刊於 1933 年 9 月 15 日《申報月刊》第 2 卷第 9 號，本文所引用者，乃結集於余之、程新國所編之《舊上海風情錄（上）》（上海：文匯，1998 年 9 月），頁 7。

[24] 見周敘琪《一九一〇～一九二〇年代都會新婦女生活面貌——以「婦女雜誌」為分析實例》（臺北：國立臺灣大學文學院，1996 年 6 月）。

經驗的郭建英與劉吶鷗，到了上海所見到的女性風景，與臺灣風、東洋風的女性，必定是大相逕庭，西化的上海、現代化的上海、租界的上海……，即使是女性的思想、衣著、表現、行為模式，必定是摻雜著東西方不同文化的刺激與形像思維；其三，五四後十年，新女性成為中國一股新興的力量，1927 年的劉吶鷗，看見的不是左翼的謝雪紅，而是時髦的「近代的產物」，至於郭建英最活躍於勾勒女性線條的年代，暫且以 1934 年前後來斷代，更是無聲片時代結束（1931），上海號稱「東方好萊塢」的時代，廣告成為女性展現魅力的重要場域，報章媒體的宣傳力量使得女明星相關資訊流動迅速，胡蝶、黎莉莉、嘉寶、克勞馥……東西方女明星幾乎是直接從月份牌裡走了出來，成為活靈活線的女體，時髦摩登的新女性不再僅是鑲嵌於一副平面的畫裡，再加上電影是新興的工業，劉吶鷗愛極了與電影事業為伍的生活，組織電影公司、重視影片宣傳[25]、籌備影片拍攝、力捧女明星，幾乎是今日電影事業的先行者：

說明：

《現代電影》中所刊出藝聯公司力捧的女星李玉真，十分符合於劉吶鷗的女性審美觀——看了那男孩式的斷髮和那歐化的痕跡顯明的短裾的衣衫，誰也知道她是近代都會的所產，然而她那理智的直線的鼻子和那對敏活而不容易受驚的眼睛卻就是都會裡也是不易找到的。肢體雖是嬌小，但是胸前和腰邊處處的豐腴的曲線是會使人想起肌肉的彈力的。若是從那頸部，經過了兩邊的圓小的肩頭，直伸到上臂兩條曲線判斷，人們總知道她是剛從德蘭的畫布上跳出來的。但是最有特長的卻是那像一顆小小的，過於成熟而破開了的石榴一樣的神經質的嘴唇。（劉吶鷗〈風景〉）

---

[25] 請參考附錄【二】有關「猺山豔史」的宣傳。

回到劉吶鷗 1927 年日記，那一年他所經之處除了返臺南奔祖母喪之外，經歷之處包括：上海、東京及北京，他習慣性的以一種男性（或說東洋男兒）的姿態，欣賞、閒談並記錄生活上所遇見的女性，筆者將這些幾乎不知名的女性紀錄依照出現的地點與劉吶鷗對女性的品評歸類如下：

一、上海

> 眼睛和眼睛，憎恨的火，洋鬼婆們啊，站得穩吧，不然，無名火在燒的東洋男兒就要把你們衝到電車底去了。(〈劉吶鷗 1927 年日記〉，1 月 19 日)
>
> 尤其是她三浦，那對不整齊而有魅力的眼睛！啊！我一閉眼就看見在眼前。(〈劉吶鷗 1927 年日記〉，1 月 24 日)
>
> 啊！是什麼的一天，不知道為了怎麼她們倆（和一枝）頻繁地喝起酒來了。我也喝了兩杯 Old Tom，同一個伊人講法語，他是個活潑的拉典型人，不好了她醉了，她哭了起來倒在我身上口裡講(〈劉吶鷗 1927 年日記〉，1 月 28 日)
>
> 在南京路 Brower，買了 E.V.Lucas 的「Zigzag in Frence」，不過是本小書，如果在東京一丹二十錢就買得東西，他們卻要了我四元半。上海的書肆差不多是土匪一樣。那個女人的"thank you"真的使我生起對白人的復仇心。(〈劉吶鷗 1927 年日記〉，2 月 1 日)
>
> 黃昏後同渡邊小姐說了許多得話，她完全是個好女孩的 type 的人！(〈劉吶鷗 1927 年日記〉，2 月 14 日)
>
> 晚上渡邊小姐來叫去二樓看他們戲歌留多，禁不住我也同她們戲了兩回，品川小姐真有兒氣。是個普通的好家庭的逸樂的日本人。(〈劉吶鷗 1927 年日記〉，2 月 17 日)

那個看護婦，男女的相牽力吧，好似不時都找著機會要來同我講話，今晚上談了個晌時，舌長！舌長！（〈劉吶鷗 1927 年日記〉，2 月 18 日）

品川醫院，啊到處都是 Fool，事務的，就是渡邊小姐，她心裡恐怕是好的，但是她的舉止以及講話，卻有事務的厭味，沒有點「人味」，好了！（〈劉吶鷗 1927 年日記〉，2 月 24 日）

下午初去找他們，暖得很，街上春風颺蕩，在海甯路上看了個美麗的女子跟二三的男子開玩笑。（〈劉吶鷗 1927 年日記〉，3 月 4 日）

下雨注射後被留住扠麻雀。我住的房間現在住了一個女人，是孫傳芳軍的第幾師團長的第二房妾，病著乳腺炎。她也來扠，雖沒有什麼 attraction，卻秀的很，指頭很纖細可愛。湖北人，話是南方近國語的。（〈劉吶鷗 1927 年日記〉，3 月 14 日）

昨天在尚賢坊邊看的兩個姊妹的姿影在眼前搖動，尤其是那種勁健而柔媚的近代的移步法。（〈劉吶鷗 1927 年日記〉，3 月 24 日）

在街上三天，看了許多中國女人。（〈劉吶鷗 1927 年日記〉，6 月 21 日）

二、東京

坐計程車到人形町跳舞跳到十點。遇到前幾天見到的那個溫順型的女子。她身穿淡杏仁色過膝洋裝，雖不是很時髦，只要穿得好，一定是個端莊的淑女。她的腿很美，身材苗條。問她用什麼香水，但我沒聽過那個牌子。沈醉吧，在她軀體的溫潤；血脈噴張吧，在她美好的溫柔鄉中。（〈劉吶鷗 1927 年日記〉，8 月 2 日）

晚上穿上中國衣衫，和夏目氏去千代田信託大樓、東京舞蹈研究所跳舞。由經理的介紹認識了三個女性，頭個白色西裝有Patron（護花者），名山根（聽說是菊池寬的妾流吧）hobbes。第二日本裝，是瀨川的妹妹，吃一驚。第三西裝，體姣好，聽說是大坂方面人——名忘記。（〈劉吶鷗1927年日記〉，8月9日）

搭車、夏目夫妻和阿津、讚勳開車一分前才到，夫人黛色的和服，後面一個人姍姍而來，秋娘半老，芙蓉猶鮮。夏目氏惚之可也，實在在現在的東京找她那樣的type可說不多，忽忽（編按：應為匆匆）幾句，車就開了。（〈劉吶鷗1927年日記〉，9月7日）

三、北京

到東安市場去，買本「北京繁昌記」，一幅京北地圖，二張慈禧太后和浦儀妻妾的影片，看了一個像宋美人畫上面的人物一樣的女兒了。理性的鼻子、肥滿的嘴唇、滿月的臉子、黑白兩色的單皮眼睛。（〈劉吶鷗1927年日記〉，10月22日）

今天看了兩個有魅力的女性，一在馬車中，二十來歲，很自然地用眼睛做著gesture說話的神氣，令人失神。一個在洋車上閃身過去，大又圓的眼睛裡雖隱在予文裡，卻看得出一種淫器。少女是比不上女人的，因為他們的視線閃爍，沒有美麗的強性慾的直線射線。（〈劉吶鷗1927年日記〉，10月24日）

下午去慶宵樓看牠的書目，將出來時看個姑娘——斷髮，腳小得可愛的半姑娘面對坐著一個娘姨在划小船——嬌喘和體香都被風送到橋上來。（〈劉吶鷗1927年日記〉，10月27日）

人家說北京女人很會說話，但我想不見得吧！會說不會那完全是教育的關係，他們或者把女人的饒舌當作會說話。但北京女人的話卻是人人願意聽的，因為她們的聲音真好了。在缺自然美的胡地理，女人的聲音真是男人唯一個慰樂了。說是燕語鶯啼未免太俗，但是對的。從前在詩裡讀過這兩句時，都以為一種美麗的形容形，卻不知道它是實感。聲雖好，身體，從現代人的眼光看來卻不能說是漂亮。那腰以下太短小了，可是纖細可愛，真北方特有的大男的掌上舞的。這樣 delicate 的女人跟大男睡覺。對啦，他們是喜歡看她酸養難當，做出垂死的愁容，啊好 cruel！唱時，那嘴真好看極了，唇、齒、舌的三調和，向過熟的拓榴裂開了一樣。布白衣是露不出曲線來的，大紅襪卻還有點 erotic 素。（〈劉吶鷗 1927 年日記〉，11 月 10 日）

那個瘦嬌的剪髮的新小姐跪在她的公公的面前哭著誓她守寡時，真令人好笑又笑不出。孝服也是一種很美麗的東西，尤其是死夫的青年女人的素裝，真再好沒有了。白色的誘惑！女人動哭時的胸肩部的律的運動！（〈劉吶鷗 1927 年日記〉，11 月 11 日）

換了間 Eastern 有中人 dancer 雰圍氣有點頹廢。一廣東人叫做 Grace，她的舉舉動動也像其名，還不染淫的逸色。一 Ruse，不錯，還 Modern，appreciate 就算有眼光，她自寫給我的紙片上是杜悰仙。廣東人，講上海話，國語不大懂。（〈劉吶鷗 1927 年日記〉，12 月 8 日）

筆者畫底線的部分，正是劉吶鷗對於女性（不論身在何處）的品評，日記的書寫心態只是為了抒發個人的看法，而文學創作中的女性形象，恐怕會多一些刻意刻畫的意圖，因此，從劉吶鷗 1927 年日記，我們可以看到他所談論的對象及女性形象，包括：舞女、路邊所驚鴻一瞥的女性、書店售貨員、朋友的妻子、看戲所見的戲子，甚至是醫院的看護婦或女病人……身為二十來歲的男性，劉吶鷗自己也坦承是因為「男女的相牽力吧」，視線所及多為女性，與文藝界好友的嗜好：逛窯子、看電影、吃大菜、跳舞……再加以五四以降新女性意識抬頭，十九世紀末男性的焦慮或者也可能是其中一個隱性因素，與劉吶鷗實際的夫妻關係不見得有直接的關連性，換言之，劉吶鷗為何不斷的「漫話」女性，遊走的觀察、當時的社會環境，以及女性成為街頭移動的街景等，理由可想而知。

反觀郭建英於 1934 年所漫話到的女性，已然比劉吶鷗小說創作中的女性更大膽、直接，舉例而言，在〈介紹〉一圖的文字說明部分是：「老黃，讓我介紹吧，這位就是陳小姐。」[26]陳小姐是一位專業的裸體模特兒，經由畫家介紹給老黃時，老黃呈現出尷尬、驚訝且驚豔不已，但陳小姐卻十分自然且落落大方的以裸體面對老黃，並擺出十分優雅的姿態，這樣的觀念開放與時代空氣彷彿在先行於潘玉良（1895-1977）的所追求的人體藝術（油畫《裸女》，1946）。

在劉吶鷗小說〈風景〉中，女主角已經要嫁給別人，卻還是堅持將初夜獻給與初戀情人步青，證明她是愛著步青的，但當步青十分疑惑她是否也愛對方時，女主角的回答是：

> 他？啊，我知道了。你這小孩子，怎麼在這會兒想起他來了？我對你老實說，我或者明天起開始愛著他，但是此刻，除了你，我是沒有愛誰的。你呢？你愛我嗎？（劉吶鷗〈遊戲〉）

如此開放的、遊移的情感，也發生在郭建英畫筆下的女性。

---

[26] 郭建英《建英漫畫集》（上海：良友圖書，1934 年），頁 21。

說明：郭建英漫畫〈愛〉之插圖
他（打著電話）：「嗨，你是否蜜司趙？」
她：「是的。」
他：「你仍然愛著我嗎？」
她：「是，親愛的，不過你是哪一個？」

對於蜜司趙而言，只要是男性，她都可以承認她是愛他們的，多情、濫情、視男性為寵物，郭建英甚至曾繪圖諷刺男性是「狗之進化」，而且男性是上海名產的摩登種，在〈時髦〉這個漫畫插圖中，先生匆忙的拿著一盒新買的禮物要趕回家，遇上朋友問他在趕什麼，他的回答是：「你看，我今天替我的妻子買了一個最新式的提袋，但是恐怕要失掉時髦性，現在我趕緊去給她看啊！」（郭建英，1934：20）。郭建英利用丈夫所購買的新提袋來暗示上海新女性的現代感、時髦性，以及在摩登都市中的高度物欲感，另一方面，也同樣展現了另外一層的男性焦慮：討好、疼惜、取悅女性，他更諷刺的以一段夫妻對話來公開〈做新衣服的秘訣〉：

> 妻：「親愛的，你是否再也不愛我了嗎？」
> 夫：「你為什麼要說這種話呢？」
> 妻：「但是，你想，像我這種老是穿著舊衣服的女子，你必定是愛不上的。」（郭建英，1934：35）

永遠無法滿足的物欲，是城市女性專屬的特權，如同張愛玲大方的暢談〈更衣記〉，如同月份牌裡的女性穿著新衣、抽著洋煙、握著香水、捧著粉盒……就連李香蘭都曾說，西化了的上海是物欲的搖籃。而大方、主動出擊也是身為摩登新女性的必備條件，除了劉吶鷗〈遊戲〉當中的女主角，主動獻身於男主角之外，〈風景〉中的女主角也主動邀約男性一同下車尋找一日情，〈熱情之骨〉的玲玉則是認為「拿自己貞操來向自己心許的對象換點緊急之用」，也不怎麼稀奇與離譜，反倒是那滿腦子詩歌和浪漫的比也爾，似乎是跟不上時代潮流與金錢走向的經濟時代。在郭建英漫畫〈機會難得〉中，女主角主動邀約一名男性到自己的住處，但男性一開始以「物理考試」推辭，但當女主角告知「爸媽、弟弟都不在家」時，男性的回答是：「唔……不過，物理……滾他嗎，好，我在 10 分鐘內來看你吧！」（郭建英，1934：35）同樣的，在劉吶鷗的〈遊戲〉中，女主角也是以電話攻勢及主動接男性的方式打破了男性原先的堅持與矜持。

至於一封〈現代情書〉的構思，便更有創意了：

〈現代情書〉：

她興奮地寫著給「他」的情書：我心愛的哥哥，我憧憬的騎士啊，明天晚上我們到 J 公園會面吧，噢——，月光下的擁抱，甜吻……你聽，我這纖弱的心臟已經強烈地鼓動著呢！你的小小的百合花。」（郭建英，1934：37）

有趣的是，當女子寫完情書之後，她把信紙放入信封裡，卻自言自語的說：「慢點，受信人的名字，到底寫密司脫王，還是密司脫趙？」最後，女子決定在信封的受信人上寫著：「密司脫林」。從女性角度出發，自主選擇約會的對象、主動邀約心儀的異性，這是一種女性情慾自主，也是身體自主的一大象徵。

就劉吶鷗而言，在他的 1927 年日記中，多數品評女性形象，少數評論女性性格，而在創作的部分，兩人的路線則更為接近（當然穆時英在女性性格與行為的描寫上應該是更擅長的，但本文不贅提）郭建英漫畫集裡的圖像與文字，多半也是朝向諷刺、讚揚、歌頌新女性的獨立思考，換言之，劉吶鷗與郭建英透過漫話女性與漫畫女性，明確地勾勒出一道獨特的上海女性風景線，兩人不約而同的在小說創作與漫畫畫作當中對與女性的性格作了一番反諷式的討論。

陸、結語——上海「新感覺」

透過以上的探討，我們可以確定，擅長寫作的劉吶鷗與熱中線條構思的郭建英，「女性」是他們在閒話家常的日記、文字與漫畫畫作不同形式的表達上所共同關注的主題，無論是當時馳名於上海的中外女明星，或是日常生活上所觀察到的上海女性，兩人均試圖透過畫作與文字給予細膩評比及鑑賞，從兩人漫畫／話女性的過程中，我們可窺知劉吶鷗與郭建英的女性審美觀，這是 1927 年到 1934 年之間，我們可以掌握的明確線索，一個是出身背景來自臺灣的劉吶鷗，一個是戰後來到臺灣的郭建英，兩人不約而同的流露出三〇年代身在上海的獨特的、有關女性的、文藝與藝術的「新感覺」。

柒、附錄

附錄一

劉吶鷗、郭建英在《新文藝》八期（1929.9.15-1930.4.15）所發表的篇章
創刊號（1929 年 9 月 15 日出版）

篇名	作者	譯者	備註
禮儀和衛生	劉吶鷗		創作
梅毒藝術家	秦豐吉	郭建英	譯作
Amour 與 Amore	迷雲（郭建英）		隨筆小品
藝術的貧困	日／片岡鐵兵	郭建英	翻譯短篇

第一卷第二號（1929 年 10 月 15 日出版）

篇名	作者	譯者	備註
殘留	劉吶鷗		小說
文藝漫談：一	迷雲（郭建英）		
文藝漫談：二	沫		

第一卷第三號（1929 年 11 月 15 日出版）

篇名	作者	譯者	備註
無			

第一卷第四號（1929 年 12 月 15 日出版）

篇名	作者	譯者	備註
方程式	劉吶鷗		小說
新藝術形式的探求	日／藏原惟人	葛莫美（吶鷗）	小說
掘口大學詩抄		白璧（劉吶鷗）	詩

第一卷第五號（1930 年 1 月 15 日出版）

篇名	作者	譯者	備註
無			

第一卷第六號（1930 年 2 月 15 日出版）

篇名	作者	譯者	備註
現代人的娛樂姿態	迷雲（郭建英）		詩和散文
煙草藝術家	郭建英		詩和散文

第二卷第一號（1930 年 3 月 15 日出版）

篇名	作者	譯者	備註
藝術之社會的意義	佛理契	洛生（劉吶鷗）	論著
無產階級運動與資產階級藝術	俄／蒲力汗諾夫	郭建英	論著

第二卷第二號（1930 年 4 月 15 日出版）

篇名	作者	譯者	備註
藝術風格之社會學的實際	佛理契	洛生（劉吶鷗）	
國際無產階級不要忘掉自己的詩人	洛生（劉吶鷗）		
關於馬雅珂夫斯基之死的幾行記錄	洛生（劉吶鷗）		
論馬雅珂夫斯基	克爾仁赫夫	洛生（劉吶鷗）	
詩人與階級	馬雅珂夫斯基	洛生（劉吶鷗）	
一條慘酷的故事	日／葉山嘉樹	郭建英	小說

資料來源：本研究整理（參考《新文藝》第一一八期／第一線書店）

附錄二

《現代電影》：中國影業的一條生路	《現代電影》：中國電影事業的里程碑，人類文明進化的金字塔

捌、參考資料

一、專書

郭建英《建英漫畫集》（上海：良友圖書，1934 年）

周敘琪《一九一〇～一九二〇年代都會新婦女生活面貌——以「婦女雜誌」為分析實例》（臺北：國立臺灣大學文學院，1996 年 6 月）

穆時英《穆時英小說全編》（上海：學林出版社，1997 年 12 月）

國史館編《國史館現藏民國人物傳記史料彙編. 第十六輯》（臺北：國史館，1998 年）

余之、程新國所編《舊上海風情錄（上）》（上海：文匯，1998 年 9 月）

康來新、許秦蓁合編《劉吶鷗全集・文學集》（臺南：臺南縣文化局，2001 年 3 月）

康來新、許秦蓁合編《劉吶鷗全集・電影集》（臺南：臺南縣文化局，2001 年 3 月）

郭建英繪、陳子善編《摩登上海——三〇年代洋場百景》（廣西師範大學出版社，2001 年 4 月）

王璜生《1930 年代混雜的個體記憶——試析郭建英漫畫中的個體意識及其相關問題》（廣西師範大學出版社，2004 年 07 月）

二、期刊論文

長風〈豐子愷的為人作文與漫畫〉，收入《文壇》第 33 期，1963 年 3 月，頁 20-25

莫一點〈豐子愷與張樂平的漫畫——略述漫畫「阿 Q 正傳」、「三毛流浪記」的創作〉，收入《明報月刊》第 83 期，1972 年，頁 53-55

翁靈文〈劉吶鷗其人其事〉，1976 年 1 月 12-13 日，發表於香港《明報》

王融容〈黃朝琴：叱吒金融廿五年、餘威綿延不絕〉，見《金融世家系列》第五十六期，1986 年 11 月，頁 63-67

許秦蓁〈「上海」新感覺派與「臺灣人」劉吶鷗〉（臺北：淡江大學【第二屆文學與文化研討會】，1998 年 5 月)

許秦蓁〈南國相思與現代洗禮：解讀劉吶鷗 1927 年日記〉（臺北：《臺灣風物》，1999 年 12 月）

黃蘭燕《豐子愷文人抒情漫畫研究——以 1937 年以前畫作為例》（中壢：國立中央大學藝術學研究所碩論，2002 年）

許秦蓁〈近代的產物：劉吶鷗的「女性風景學」〉（臺北：佛光大學【兩岸女性文學發展研討會】，2003 年 11 月）

許秦蓁〈文化臺商在上海——日據時期臺灣人劉吶鷗（1905-1940）〉（新竹：交通大學【去國・汶化・華文祭：2005 年華文文化研究會議】

三、學位論文

許秦蓁《重讀臺灣人劉吶鷗（1905-1940）：歷史與文化的互動考察》（中壢：國立中央大學碩論，1999 年）

陳依雯《新感覺派的頹廢意識研究》（高雄：中山大學中文所碩論，2003 年）

邱孟婷《「新感覺」的追尋——劉吶鷗、穆時英、施蟄存小說研究》（臺中：東海大學中文所碩論，2002 年）

李黛顰《十里洋場的漫遊者——上海新感覺派的都市書寫》（新莊：輔仁大學中文所碩士，2003 年）

邱士珍《豐子愷繪畫藝術之研究》（屏東：屏東師範學院視覺藝術教育學系碩論，2003 年）等。

四、網站資料

見紀子訪問報導〈侵華悲劇，十五年尋祖母〉，是文發表於「華域網」（網址：http：//www.ch—tw.com/lodge/078.htm），2002 年 7 月 4 日。

《今週刊》：李建興〈南和興產的土地操盤術——地產南霸天大解密〉，網址：http：//content.sina.com/magazine/42/00/8420048_1_b5.html?skin=magCenter（擷取日期：2005 年 9 月 1 日）。

第一銀行網站：http：//www.firstbank.com.tw/eportal/fcbweb/index.jsp（擷取日期：2005 年 9 月 1 日）。

附註：原文收錄於《劉吶鷗國際研討會論文集》（臺南：國家臺灣文學館出版，2005 年 11 月，頁 517-565），本文已進行局部修改與增補。

再現童年記憶的地理版圖
——細讀林文月〈江灣路憶往〉

壹、前言——值得細讀的豐富文本

在全球化的聲浪下，「城際網路」成為新的國界疆域概念，而臺北與上海之間的城市互動，也可化約為一種亞洲「雙城」的對照，事實上，早在一波波中國返鄉探親人潮及沸沸揚揚的臺商赴上海投資熱之前，林文月早已透過童年的雙眼，詳細記述了日據時期上海閘北日租界的生活面貌，〈江灣路憶往〉一文，更是林文月數篇童年記實之中的代表作[1]。

〈江灣路憶往〉分為七個部分，第一部份記錄了江灣路故居附近的活動區域及外祖父印象；第二部分描述北四川路上高大的法國梧桐及當時上學路程上的見聞；第三部分回憶與父親之間的互動；第四部分敘述記憶中的公園坊及少女懷春的曖昧滋味，以及模糊的國族意識；第五部分則是透過一個孩童的真實遭遇，表達強烈的國族差別待遇；第六部分在童年地理版圖上已進入較模糊的區域，在情感上卻透過外在環境的改變，覺悟到自己突然從「日本人」一夜之間變成「支

---

[1] 何寄澎在〈林文月散文的特色與文學史意義〉一文中曾表示，林文月《擬古》一書的擬古實驗有成功及仍待琢磨之處，他認為〈江灣路憶往〉雖堪稱佳作，卻與所擬的〈呼蘭河傳〉聯繫不大，何文後收錄於《林文月精選集》（臺北：九歌，2002 年 7 月），頁 21。然而從散文題材的角度來看，該文堪稱承載了林文月童年記實的各個面向，可說是聯繫了過去林文月童年話題的所有文本。

那人」的虛幻感；第七部分簡短地表達現實中的林文月對當時的一些疑問，一些永遠無法獲得證實的疑問，文末並附上一張林文月的手繪江灣路故居素描[2]。

〈江灣路憶往〉一文之所以值得細讀及深究，主要的原因是：其一，由於身份及成長經歷的特殊性，童年憶往或回憶性的篇章一直是林文月散文創作的重要主題，而以童年為題材的各個文本之間，則呈現環環相扣的交互作用[3]；其二，從近鄉情怯到回家幻滅，「上海」或「江灣路」一直是多年來林文月受訪的話題或散文創作的延續性題材，包括二〇〇二年七月號的《文訊》及二〇〇二年八月號的《聯合文學》，也分別刊登了林文月的專訪及收錄其返鄉之作〈回家〉；其三，即便在林文月的飲食散文創作中，亦曾多次提到童年的上海生活，可見得上海經驗對林文月的重要性；其四，林文月雖暌違上海多年，但該文在敘事結構方面，卻有著明確的方向感及清楚的移動路線，且能詳實細膩的敘述記憶中的童年活動範圍，讀者的確可透過文本的描述循線勾勒出其地理版圖及方位，誠屬難得；其五，在清一色書寫繁華、頹廢、消費的老上海時，林文月的上海書寫實屬獨樹一格，寫出上海的另一種風貌。

在文本分析的策略上，本文除實地考察林文月記憶中江灣路的今昔變遷外，仍透過史料對照林伯奏（林文月之父）友人劉吶鷗（1905-1940）一九二七年日記中的閘北區，進行細部的文本詮釋與解讀。

---

2 詳見「附圖一」，發表於《擬古》三版（臺北：洪範，1999 年 11 月），頁 65。

3 林文月曾發表過其他題材接近的文本，包括〈上海故宅〉、〈說童年〉、〈過北斗〉、〈迷園〉、〈關於秋天〉、〈記憶中的一爿書店〉等，其涉及的範圍或有重疊，或有互補之處。

貳、身份解碼——何處是家鄉？

> 我雖然是一個道道地地的臺灣人，卻不是一個土生土長的臺灣人。我出生在上海。我家八個兄弟姊妹當中，除了弟弟因避民國二十六年的「上海事變」而於東京出生外，其餘七人都誕生於上海[4]。雙親很早便從臺灣遷居於上海。抗戰結束以前，父親一直任職於日本「三井物產株式會社」的上海支店，所以我們幾個兄弟姊妹，先後都在上海市江灣路的家生長。（林文月《讀中文系的人．說童年》，1986：26）

每當被問及自己是「哪裡人」時，林文月總不免要大費周章的解釋一番，小時候在上海，和父母大部分以日本話及有限的臺灣話交談，同上海姨娘講上海話，外出時又不得不以日語溝通，生活文化與日本同學之間的差異，曾令童年的她百思不解，回到臺灣之後，由於語言腔調的不同，又使得老松國小的同學對她另眼相看，以「半山仔」稱呼她，因此，對於「身份」，林文月不只一次的解釋著：「我是彰化人，卻出生在上海，從小就在上海日本租界裡的小學唸書；明明我是臺灣人，卻成為日本公民，不住臺灣，住上海，接受日本教育，日文自然便成為我的母語。[5]」對於自己的身份，林文月雖認為自己是「道道地地」的臺灣人，卻不是一個「土生土長」的臺灣人，因為上海江灣路的家，深深的牽繫著她童年的成長記憶。

---

4 但在〈上海故宅〉一文裡，林文月卻說：「我家八個子女，自二哥以下，除弟弟因避上海事變舉家東渡而在東京誕生以外，餘六人都在此地出生。」此部分有待確認，可能是林文月記錯，或不確定，也可能是後出版的〈上海故宅〉有校正作用，詳見《午後書房》（臺北：洪範，1986 年 2 月），頁 79。

5 林文月採訪稿，林麗真採訪、劉玉燕整理〈盡一個「人」的本份〉，收於 2000 年 1 月號《福運雜誌》，頁 47。

特殊的成長經驗使得童年的林文月顯得有些與眾不同，事實上，民國二十二年出生於上海的林文月（1933.9.5-）有著道道地地的臺灣血統，父親林伯奏是彰化縣北斗鎮人[6]，在五歲時養父過世，由養母辛勤撫養成長，在貧困的環境中，林伯奏不斷自修且半工半讀，以優異成績獲得獎學金赴上海求學，進入日本人設立的東亞同文書院上海分校，成為該校第一位臺籍學生，畢業後林伯奏在日本三井物產株式會社的上海支店任職，同時從事房地產生意[7]；母親連夏甸是臺南人，也是臺灣通史作者連橫的長女，民國二十二年春，連橫夫婦在連夏甸的安排下從臺灣遷居到上海，住在林文月江灣路故居後方一排七棟兩層樓的小洋房內，以便就近照顧。

如果旅居一年的京都，是林文月「心靈的故鄉」[8]，那麼，上海江灣路、臺灣彰化北斗，對林文月來說，到底何處是家鄉呢？一九七九年二月，林文月在結束南下旅程的歸途中，堅持過訪她感覺「陌生」的家鄉──北斗鎮，出生於上海江灣路，在上海度過童年時光的臺灣少女林文月，心中也興起「何處是家鄉」的疑問：

> ……我曾住過上海而不是上海人；住過東京而不是東京人；住在臺北而不是臺北人。我到底應該算是哪裡人才對？心中忽然覺得很不踏實──到處是過客。（林文月《遙遠．過北斗》，1981：16）

[6] 林伯奏原出生於北斗鎮附近的一個更小的鄉村──溪州劉姓之家，後來為北斗鎮林家所領養。

[7] 「林伯奏（1897-1992），原名伯灶，後改名伯奏，1911 年 3 月自北斗公學校畢業，1916 年考入上海東亞同文書院，迄 1919 年 6 月畢業，是臺籍人士考取該校的第一人。畢業後任職日本三井洋行上海分行，終成為鉅富。光復後曾任華南銀行第一任總經理。」見秦賢次〈劉吶鷗日記中的舊雨新知〉，收入康來新、許秦蓁合編《劉吶鷗全集．日記集下》（臺南縣文化局，2001 年 3 月），頁 818。

[8] 見林文月〈京都，我心靈的故鄉〉，刊載於 2000 年 9 月《文訊雜誌》，頁 41-42。

甫回臺灣的幾年，林伯奏曾攜家帶眷返北斗掃墓，那也是林文月第一次來到北斗這個小鎮，當時林文月對於北斗這個「家鄉」的感覺是陌生的，甚至認為與其說是「鄉情」，倒不如說是一種好奇的心理更恰當些。第二次「返鄉」，是林文月考完大學的夏天，父親驕傲的向鎮上的親友介紹考上大學的林文月，在那純樸的小鎮上，考上大學的女孩應屬少數，也使得林文月有些許的驕傲感，而兩次短暫的「返鄉」經驗，讓林文月感覺人生地不熟的北斗，實在談不上「近鄉情怯」。反觀林文月對於上海故宅的情感，卻顯得更濃烈深厚一些，一九八一年初，林文月幾位藝文界的朋友結伴赴大陸遊覽，行經上海，林文月曾戲言：「如果有機會，請代為望一望我童年的舊居吧。」憑著三十餘年前的記憶，林文月寫下了老地址「江灣路五四〇號」，又憑印象大約畫了附近的地圖及重要指標，未料同年五月，林文月陸續收到友人寄來的照片，照片中的景象，正是林文月幾度夢回的上海故宅：

> 朋友們一字排列在一棟二層樓洋房之前。他們站立的位置大概是在鐵軌前方，所以做為背景的故宅在較遠處，看得見清晰的輪廓……然而門牌呢？照片裡的藍牌子上有幾個模糊的阿拉伯數字。待我用放大鏡仔細端詳，竟赫然還是五四〇……不能相信，怎能相信？戲言成真。一陣喜悅與興奮過去後，視覺漸漸矇矇，衷情萬感交集。（林文月《午後書房．上海故宅》，1986：78）

因此，就個人成長歷程看來，「上海」的確承載了林文月更濃厚的鄉情，無怪乎多年後當她依照夫婿郭豫倫的形容與分析，試做出上海城隍廟的「扣三絲湯」時，遲遲不敢去求證那湯的滋味：

> 然而多年之後，我仍沒有去過那個城隍廟。離開上海那一年我十一歲，我隨著父母家人回到從未來過的故鄉臺灣。日月飛

逝，我從年少成長而漸老，上海始終是我記憶中的故鄉。也曾有過幾多次可以回去的理由和機會，但我心中有一種擔憂與懼怕，不敢貿然面對我童年許多珍貴記憶所繫的那個地方。韋莊說：「未老莫還鄉，還鄉須斷腸。」日本的一位近代詩人說：「故鄉，合當於遙遠處思之。」城隍廟的「扣三絲湯」果真如我所烹調出來的色香味嗎？如是我聞，但我不敢去求證。（林文月《飲膳札記・扣三絲湯》，1999：94）

參、江灣路憶往——童年記憶的地理版圖

上海江灣路，是我童年記憶所繫的主要空間。我在那裏出生，上海事變時，為避亂曾舉家遷居於日本東京，但年餘又回去，直到抗戰勝利翌年返臺，所以可說童年的大部分都是與江灣路息息相關的。說息息相關，其實當時年少，家裏又管得嚴，我所認識的江灣路是極其有限的。（林文月《擬古・江灣路憶往》，1999：41）

跟隨著林文月童年的腳步，來到上海隸屬於「虹口區」[9]的江灣路，門牌號碼 540 號的「林宅」，是林文月父親林伯奏服務於日本三井洋行上海分行期間的住所，此區為當時日僑的居住專區，因而有「東洋街」之稱，也形成了所謂的「日租界」，其範圍為蘇州河以北，至「虹口公園」[10]的狹長地帶。

[9] 詳見「附圖二」之地圖所示區域。

[10] 根據熊月之等人所編的《老上海名人名事名物大觀》（上海：人民，1997：460）記載，虹口公園建於 1905 年，原為公共租界工部局所屬北四川路界外靶子場，

日據時期旅滬的日僑及來自臺灣的「日殖民」，或因為身份因素，或因為語言之便，或因為生活形態的相似性，亦多聚集於此區，以劉吶鷗為例，北四川路的「天狗湯」是他一九二七年日記中所記載經常光顧的澡堂，日人內山完造所開設的「內山書店」[11]，除了是他購得《旅行案內》、《月下的一群》、《站在音樂的十字路口》、《菊池寬戲曲集》、《改造》、《中央公論》、《文藝春秋》[12]等書籍雜誌之處，也是林文月小學一年級時放學路上常駐足的「一爿書店」[13]，因二二八而逃離臺灣的陳清金（曾任建中校長，又名陳文彬）一九二七年也正好住在虹口區北四川路口的「余慶坊 177 號」[14]，一九二七年九月十二日起，劉吶鷗曾短暫寄居於此，甚至與林文月之父林伯奏及「芋泥會」成員（講廈門話的知友），一九二七年晚上先聚集在黃朝琴住處，六、

1909 年建為公園，由著名園林設計師麥克利設計，以草坪和球場為特色，1988 年 10 月改名「魯迅公園」。

[11] 日人內山完造於 1913 年來到上海，當時北四川路一帶是旅滬日僑最集中的地段，而內山書店就開在北四川路余慶坊弄口旁邊的 1908 號，一開始主要經營日文期刊和關于基督教教義方面的書籍，後來擴展經營中文圖書，魯迅的不少著作也曾在內山書店銷售。二、三〇年代的北四川路是上海文化界人士居住最集中的地方（今規劃為多倫路文化名人街），1980 年內山書店作為「舊址」保護，見「附圖三」。

[12] 分別載於劉吶鷗一九二七年一月四日、一月十九日、十二月二十七日之日記，詳見康來新、許秦蓁合編《劉吶鷗全集・日記集下》（臺南縣文化局，2001 年 3 月）。

[13] 見林文月〈記憶中的一爿書店〉，收於《遙遠》（臺北：洪範，1986 年 6 月），頁 19-26。事實上，林文月一直不知道那爿書店的名字，也不曉得當時經營書店的店主姓名，而是後來發表該文之後，由日本學者橋立武夫與內山嘉吉先生一同考證推斷，才證實那正是當時有名的內山書店，全文於見林文月〈幻化人生〉，先後收於林文月《交談》（臺北：九歌，1988 年 2 月）及陳義芝主編《林文月精選集》（臺北：九歌，2002 年 7 月）。

[14] 參見「附圖四」，附近的多倫路目前被上海市規劃為「文化名人街」，許多二、三〇年代的文藝志士亦曾居於此區。

七人同赴上海「蒙地舞廳」送走一年的最後一刻[15]。此外，革命女烈士謝雪紅，一九二五年被調往上海參加救援工作時，第一個落點正是位於寶山路的「閘北商務印書館斜對面」，接著，謝雪紅又因命令搬遷至閘北接近江灣的地方，一棟位於虹口公園附近的小洋房[16]。

閘北日租界，對日據時期成年的臺灣人而言，是主要的居住及活動區域，根據劉吶鷗及謝雪紅所述，該區域呈現出開放的、自由移動的、完整的面貌，但對於年幼的林文月而言，上海江灣路雖是她生長的地方，也是她開始懵懂初步認識這個世界的地理版圖，但囿於一個幼童／小學生／少女在行動路線及視野上的限制，只能極其有限的認知這個區段，在停留的十餘年裡（1933-1946），林文月小小的心靈中存留著許多來不及解答的疑惑，離滬返臺時也匆匆的告別了她的江灣路，匆匆的為她的童年畫下了句號。

〈江灣路憶往〉一文，雖記錄了林文月自出生（1933）到舉家遷臺（1946）之間所牽繫的人事，時程從一個牽著外祖父的手邊散步邊摘花的無知幼童，到因仰慕小川君而臉紅心跳的懷春少女，但在時間的敘述脈絡上並不以年齡的增長而依序排列，反而採取了配合空間移動的跳躍式書寫，也就是從江灣路故宅對面的汽車加油站出發：

> 先說對面吧。我們家的門牌號碼是五四〇號，大門與一條鐵路軌道平行，鐵軌的正對面是汽油加油站，規模不小。（林文月《擬古．江灣路憶往》，1999：41）

接著，林文月採取「由近到遠」、「由右到左」、「由熟悉到陌生」的方式進行文字遊走，藉由童年地理版圖的認知、延伸及想像，訴說相關

---

15 見劉吶鷗一九二七年十二月三十一日之日記。

16 見謝雪紅口述，楊克煌筆錄《我的半生記》（臺北：楊翠華出版，1997 年 12 月），頁 173-176。

值得追憶的往事，其中離家最近，也令孩童時代的林文月深感興趣及充滿想像的地方，無非是從二樓窗口上往下望去，日夜盼望的「虹口游泳池」[17]：

> 加油站的右邊是虹口公園附設的游泳池。除了夏天以外的三季，門都鎖住，頂多有些賣臭豆腐乾啦，賣糖炒栗子的小販，在門前擺個臨時性的攤子，吸引一些過路喫客罷了。但我們家的孩子是沒有辦法買那些喫食的，因為家裏的規矩不作興給小孩零用錢。母親除了三餐以外，又每天給我們準備早晚的零嘴，她說外面賣的東西不乾淨。但我們倚在二樓的陽臺上，看街上行人在對過現買現吃，熱呼呼、香噴噴，羨慕極了。雖然隔著馬路隔著鐵軌，彷彿想像得出那味道。（林文月《擬古．江灣路憶往》，1999：42）

昔日的加油站至今已不復存在，但虹口游泳池仍屬於今日魯迅公園的一部份，根據林文月的童年記憶，夏天泳池賣票開放時，從江灣路故

---

[17] 根據熊月之等人所編的《老上海名人名事名物大觀》（上海：人民，1997：461）記載，虹口游泳池又稱第二游泳池或工局部游泳池，位於虹口公園北部，也就是今日的東江灣路 500 號，該游泳池於 1922 年 8 月 14 日正式啟用，禁止華人入內，1924 年增建酒吧間、機房及亭閣，1928 年對外開放，中外人士一視同仁，成為上海最早且唯一的公用泳池，1931 年添置跳臺、跳板和滑梯等，設有婦女、兒童專場。關於虹口游泳池現況，詳見「附圖五」。此外，值得附註一提的是，根據施蟄存（1905-2003）回憶，一九二八年暑假，劉吶鷗在虹口江灣路六三花園旁，一個日本人聚居的里弄內租了一棟單間三樓小洋房，當時劉吶鷗邀請詩人戴望舒同住，施蟄存到上海時也和他們住在一起，最初還沒開設第一線書店時，無聊的他們沒有事做，每天上午待在屋裡聊天、看書、寫文章、譯書，午飯及睡過午覺後約三點鐘，則一起到虹口游泳池去游泳。而他們所開設的兩家書店，分別在在北四川路、西寶興路口，以及北四川路、海寧路口，均屬虹口區。見施蟄存〈我們經營過的三個書店〉，是文收於《沙上的腳跡》（遼寧教育，1995：12）。

宅二樓往下看，除了誘人的小攤販之外，還有許多戲水的人，也因為泳池裡常常有大聲驚叫溢出門外，令她不斷的想像著泳池裡的世界一定十分的自由放任，好奇的林文月曾刻意跨越鐵軌，親自到泳池門前晃來晃去，趁機會偷覷內裏的情形，看到的景象是男男女女穿著花花綠綠的泳衣，熱鬧得很，當時母親為了顧及年幼孩子的安危，只准許林文月的大哥和二哥買票進去，因此林文月想著，假使等到自己長大些，到大哥、二哥那個年紀時，母親應該就會答應讓她買票進場了，而這樣的心願始終無法實現，因為來不及等到長那麼大，一九四六年二月，林文月一家已經匆匆離開上海，她終究只是徘徊在游泳池外面的一個孩子而已，事實上，林文月因「來不及長大」所造成的童年失落，還包括該文第三部份所提到，女童們可能偷偷許願，將來要考上位於加油站左後方，一所由日本人設立的女子中學：

> 現在再回到我家對面加油站的左邊。老實說，這個方向是我記憶比較模糊的一方。那加油站的後頭，有一條稍窄的馬路，可以通達一所也是日本人設立的女子中學。學生夏天都穿藏青色有細褶的長裙，上身是短短齊腰的水手服。這種制服太好看了，尤其是上了中學之後都不再用背包，人人右手提一個中型手提包，裏面裝滿書，走起路來非常神氣，也很有學問的樣子。每一個女童恐怕部會偷偷許願過，將來要考上那所女子中學。我的二姐比我大四歲，曾經在那所中學讀了幾個月的書，但我自己終於等不及長那麼大就離開了上海。（林文月《擬古．江灣路憶往》，1999：48）

同大哥、二哥一樣買票進虹口游泳池戲耍，與年長四歲的二姐同樣就讀那可以穿著神氣水手服的女子中學，是林文月當時的兩大心願，卻也是林文月深感「來不及長大」的深深遺憾吧。將地理位置回到虹口游泳池附近的虹口公園——「虹口游泳池，是在虹口公園的後門部分。從游泳池再向右方延伸的一大片空間，便是虹口公園了。」（林文月《擬古．江灣路憶往》，1999：42）。

虹口公園對於林文月而言，則是記憶外祖父的重要地標，林文月的外祖父是撰寫《臺灣通史》的連雅堂，晚年移居上海，就住在林文月上海故宅附近的衖堂，一棟同樣屬於林文月父親產業的小洋房內[18]，根據林文月所述，連雅堂晚年移居上海的生活雖由女兒可就近照顧，生活也算安定，卻因遠離詩文酬和的文友而顯得孤獨些，因此寫文章和逗弄外孫女林文月，成為連雅堂晚年生活的寫照：

> 我出生那年，外祖父與外祖母、姨母自臺南共赴上海定居。那時候，他的《臺灣通史》早已撰成刊行，《臺灣詩薈》發行二十二號後，因經費不足而告停刊，至於雅堂書局，也不是像他那樣子的文人所能經營的；而舅父母在西安，我的母親在上海，他才決心離臺赴大陸。他住在我們家隔壁衖堂裏的一間小洋房，那是我父親的產業之一。晚年和外祖母住在那裏，母親可以就近照顧，生活是頗安定的，但遠離了詩文酬和的文友，難免寂寞，所以除了讀書寫文章外，總愛逗弄我這個外孫女。（林文月《擬古．江灣路憶往》，1994：43）

---

[18] 林文月於該文第四部份詳細描述過小洋房的地理位置：「鐵路軌道這邊，靠近我家門前，也是左右伸長著一條乾淨的柏油路。向右邊走，過了我家的圍牆，有一扇鏤花的大鐵門，門內一條小衖堂，整齊的排列著七棟二層樓的紅磚小洋房，每家門前有一小方庭。那二號的房子，便是外祖父與外祖母住處了。其餘六棟房子是出租給日本人住的。」（《擬古．江灣路憶往》，1994：50-51），詳見「附圖五」。

晚年的連雅堂，在幼年林文月的眼中是個「瘦高的老人」，架一副深度的近視眼鏡，因長期的案牘生涯而背部佝僂，老少一同散步時，連雅堂總得彎腰遷就個頭更小的林文月，在追跑之間往往喊著林文月的小名「阿熊」，外祖父連雅堂乾乾瘦瘦的手，在林文月眼中雖不是帶孩子的靈活的手，但他關愛的呼喊和摟抱，卻奠定了祖孫兩人不朽的情誼，連雅堂五十九歲去世那年，林文月雖然只有四歲，但林文月卻以追憶逝水年華似的細膩情感，表達她與外祖父之間的祖孫情誼：

> 外祖父和我在虹口公園散步過多少次呢？我一天天長大，外祖父一天天衰老，直到他不再要我陪他去散步，永遠也不再能一齊去虹口公園散步、採蒲公英的花。一日，我被帶去外祖父的住所。許多大人哭泣流淚。我的阿公全身覆蓋著白布，不再喊我：「阿熊」。那一年，外祖父五十九歲，我四歲。（林文月《擬古・江灣路憶往》，1999：44-45）

連雅堂逝世時，年幼的林文月雖僅有四歲，但日後成為「讀中文系的人」，或可視為林文月延續連雅堂文人風範的一種方式，當舅舅連震東聽到林文月考取臺大中文系時，亦曾豎起大拇指誇讚：「了不起。讀中文系最好！你外公的學問有了傳人了。[19]」對於連氏家族而言，林文月幾乎成為連雅堂的文化傳人，因此連震東晚年甚至將連雅堂〈延平王祠古梅歌〉手筆鉛版送交林文月收藏，而非交由具有政治專長背景的獨子連戰，或可解讀為連震東十分肯定林文月走上外祖父的文人路線吧。

---

[19] 見林文月〈我的舅舅〉一文，收於《作品》（臺北：九歌，1993：116）。

如果虹口公園是林文月與外祖父連雅堂之間的重要地標，那麼加油站的左邊，也就是陌生的「江灣」，則存放著林文月對於父親任職三井物產株式會社期間的一些記憶。事實上，林文月從來沒有去過江灣，但由於父親每個週末會固定乘車到江灣打高爾夫球，使她對於未曾到訪的江灣產生了一些想像，在林文月的印象中，父親打球時的穿著和上班的模樣大不相同，顯得輕鬆自在許多，也換了一雙皮鞋，出發前，可以看見司機替父親扛著一袋球桿，放進後車廂內，每支球桿上還套著母親所編織的各色毛線套。林文月那時並不瞭解打高爾夫球是怎麼一回事，因為父親除了早出晚歸，臉上還曬得紅紅的，衣褲也都變髒，皮鞋上覆蓋一層土粉，襪子更是黏滿了芒草的細刺，這些印象加起來，使她認為那大概是花時間又耗費體力的一種運動，此外，自江灣歸來的父親，往往帶給林文月兩極化的記憶：替父親除去黏滿芒草細刺的記憶是令小孩子感到討厭的；父親所帶回的大包冰棒或玉蜀黍又是讓孩子們感到開心的：

> 因為父親脫下來的毛襪子，清洗之前都要先把那些細刺除去，母親經常把這個工作派給我做，有時同二姐一齊做，有時同四妹。拔芒草刺的工作是急不來的，須得耐心拔，往往耽誤老半天戲耍的時間，而且我們都曉得，拔除乾淨的襪子，下個星期父親打完球回來，準又會黏滿細細的刺……但是，父親去江灣打球回來，有時也會帶給我們一些驚喜。他常常順途買一大包冰棒回來。打開包裹的紙，紅色、綠色、橘色、白色的冰棒就露出來。於是，姐妹兄弟人手一枝，連娘姨（上海人稱女傭為娘姨）也有份，每個人都喜孜孜地舔著好看冰涼又甜甜的冰棒。有時父親買回的是一大布袋的玉蜀黍。娘姨在廚房裏剝殼皮，用水煮熟，連鍋一齊給端出院子裏來。那樣子的黃昏，我

> 們不遑吃晚飯，全家人在院內邊看夕陽邊吃玉蜀黍。（林文月《擬古・江灣路憶往》，1999：49）

冰甜的冰棒和香甜的玉蜀黍取代了拔芒草刺的不悅，但相較於牽著外祖父連雅堂的手一同散步於虹口公園而言，林文月在敘述父親種種的字裡行間，卻顯得有些距離感，也可能此時的林文月已稍年長，有著少女的矜持，與長輩的相處已不同於幼童時期與外祖父之間的肢體互動，也可能是家裡孩子多，父親又忙於事業的緣故，孩子們與父親相處的時間有限，就文字的敘述而言，不難發現林文月在書寫父親時，總是站在一個「觀看」的角度，包括她目送司機替父親扛著球桿，仔細觀看父親異於平時的衣著打扮，甚至在全家同享玉蜀黍及天倫之樂時，父親一個人坐在門前中央的藤椅上，孩子們則是鋪好報紙，隨便搬個木凳或索性坐在石階上，坐定位之後的林文月，又是這樣的看著父親：「父親吃得很多，也很快速，有時我看他吃玉蜀黍的樣子，像極了二哥吹口琴。」。（林文月《擬古・江灣路憶往》，1999：50。（林文月《擬古・江灣路憶往》，1999：49）對林文月而言，吃玉蜀黍的快樂記憶，以及替父親的毛襪子拔芒草刺的不快樂記憶，正好是她對於不曾見過的江灣的鮮活印象。

肆、告別童年——少女的成長

此外，自江灣路起，延伸到北四川路、虹口公園、內山書店一帶的地理版圖，林文月除了透過文字書寫再現其街道風貌外，對於國族意識也開始感到一知半解，秋天，北四川路上法國梧桐葉碰觸地面的聲響，也喚起了一個少女的綿密心思：

虹口公園的外側，是一條鋪著石板路的人行道，人行道外側種植著高大的法國梧桐樹……秋天，葉子始落，我最愛聽枯葉飄落碰觸石板路的聲音，十分清脆，也有一些些淒涼：雖然當時我還不真切懂得甚麼叫做淒涼，可是那清脆的聲音，總叫我心頭突然收緊，微微疼痛。（林文月《擬古‧江灣路憶往》，1999：45）

此部分的敘述牽涉了另一個文本〈關於秋天〉，林文月提到：

倒是不能忘懷北四川路那一排高大的法國梧桐樹，到了秋天，巴掌大的葉子總會隨風飄零。先是一片、兩片，零星的掉落……年少時關於秋天的印象大抵如此，總不脫與北四川路，以及那一長排的法國梧桐樹相關聯著。（林文月《午後書房‧關於秋天》，1986：43-44）

跟著林文月來到北四川路，事實上已經超過江灣路的範圍了，但那一長排法國梧桐[20]的鮮明印象，卻是林文月開始有著綿密少女心思的象徵，也暗示著一個少女成長過程中的心理變化，當時的林文月無法具體描述並解釋那種心頭突然收緊的微微疼痛的感覺，因此那種情感上的情緒牽動，一直到林文月長大後讀了一些文學書籍，才逐漸明白那種心頭微疼收緊的生理變化，就是所謂的「淒涼」。年長後已來到臺灣的林文月，回想起上海童年時光那一長排法國梧桐時，仍不免感嘆著梧桐樹難覓：

上海北四川路上拾取梧桐葉的時光，遂一去不復返矣。嘻笑無憂的童年，有如緊夾在舊課本中的葉片，雖然脈絡依稀可識，

---

[20] 關於北四川路（今四川北路）上的法國梧桐，詳見「附圖六」。

終究已色澤枯淡，是遙遠而美麗的記憶之殘葉。（林文月《午後書房．關於秋天》，1986：44）

似懂非懂、一知半解、對事物的看法與理解有著神秘色彩，屬於童年的認知範疇，波斯特曼（Neil Postman）表示「只要沒有秘密，當然，童年的概念也就不可能存在了。[21]」至於林文月，則認為童年「應止於中學生活的開始」[22]。雖然她認為自己跟許多人一樣，童年時發生了不少溫馨甜蜜的故事，但還是比別人多了一種複雜的徬徨感，她的解釋是，由於她生在一個變動的時間裡，她的家又處在幾個比較特殊的空間裡，時空不湊巧的交疊，在她幼小的心田投下了一層淺灰色的暗影，那種不好受的滋味，直到年長後仍舊無法忘卻。事實上，在林文月成長於江灣路的過程中，身份的質疑和國族意識的模糊或許是令她最感困惑之處，薩依德在〈創造、回憶與地方〉一文中也曾提過「回憶及其再現，這些與認同、國族主義、權力和權威等問題密切相關。[23]」在遊走於林文月童年記憶的地理版圖並聯繫著林文月上海童年時光的同時，幾個事件卻令她百思不解：

其一，原先念「第一國民學校」[24]的林文月，在二年級時重新分發到第八國民學校，該校全校都是來自日本各地的小學生，只有她和四妹是臺灣人，她有一個同班好友植田玲子住在鄰近的公園坊，是個品學兼優的模範生，常常都當班長。父親曾表示，只要林文月能當上

---

[21] 見 Neil Postman 著、蕭昭君譯《童年的消逝》（臺北：遠流，1994：88）。

[22] 見林文月《讀中文系的人．說童年》（臺北：洪範，1986：34）。

[23] 轉引自單德興〈流亡、回憶、再現——薩依德書寫薩依德〉，收入《鄉關何處：薩依德回憶錄》（臺北：立緒，2002 年 1 月初版三刷），頁 9，原文出處為：Said , “Invention, Memory, and Place” Critical Inquiry 26.2 (Winter 2000)：176。

[24] 關於日人在滬所興建的學校及其變遷，詳見薛理勇〈日本人在虹口的僑民學校〉一文，收於《上海舊影：老學堂》（上海：人民美術，1999 年 1 月），頁 50-51。

班長，便以「一雙溜冰鞋」獎勵她，然而無論她再怎麼努力，即使成績超出日本同學之上，仍然無法獲得一雙發光的溜冰鞋。林文月的成績雖與植田玲子在伯仲之間，但是只能「偶爾」做副班長。雖然林文月認為老師有點不公平，但終究卻想不出原因何在？

其二，公園坊裡後來又搬來一個有著兩兄弟的新家庭，名為小川滿洲國的哥哥和林文月同年不同班，小川君才轉入第八國民小學不久便成為全校最出風頭的人物，無論功課或體育幾乎樣樣行，即使升旗典禮，老師都愛指名由小川滿洲國喊口令。當時升上四年級的男生和女生漸漸不來往，也不交談，但女生聚在一起常常捕風捉影，講一些有關小川君的傳聞，無形中大家對他頗有些仰慕的傾向。有幾次林文月到公園坊找植田玲子，不經意在小衖堂裡碰見往跟小川君，有時小川君望著林文月，或者露齒一笑，便使她禁不住心跳臉紅，但她卻不明白那種臉紅心跳的感覺是為了什麼？小川君從來不曾和林文月說過一句話，直到有一天，小川君和他的弟弟忽然都不見了。後來林文月才由傳言中得知，小川君一家已經遷回日本去了。除了小川家，後來日本人紛紛離開了，林文月卻不知道她的好朋友是什麼時候走的？

其三，雖然林文月不記得第八國民學校在什麼街上，但途中經過的六三公園裡所曾發生一件令她感覺十分震撼的事，她猜想，六三公園大概是不准中國人進出的吧！因為某天早上在上學途中，公園門前一個日本兵用穿著大皮鞋的腳，踢打一個懷孕的中國女人。那女子雖然想逃，卻又被捉回，皮鞋正巧踢在她的大肚子上，痛得她哀嚎討饒，但日本兵卻不斷地罵她：「馬鹿野郎！」目睹這殘忍景象，林文月感到十分恐慌，但同行的男童卻異口同聲的歡呼著：「萬歲！萬歲！」甚至跟著日本兵一齊罵：「馬鹿野郎！」「支那人！馬鹿野郎！」，後來身旁的女童也跟著歡呼拍手，雖然感覺殘忍，身處於日本學童之列的林文月不知道自己為何也參加了歡呼和拍手。長大成人後回想起來，林文月才恍然發現：「支那人都是壞的。日本皇軍是代天行道。學校的老師如此教育我們，而我以為我自己當然也是日本小孩。」（林文月《擬古・江灣路憶往》，1999：54）

其四，太平洋戰爭爆發後，騎兵隊駐紮在學校，上課的情形也就不太正常，操場上常有軍隊的演習活動，甚至有著頻繁的空襲警報，有時，一天之內要跑兩次防空洞，在防空壕裏，除了學童，還有幾個軍人。一次，年輕的二等兵問大家的籍貫時，學童們紛紛自告奮勇的答「東京人」、「大阪人」、「熊本」……，問到林文月時，她遲疑吞吐回答「我是臺灣人」之後，換來的是：「那二等兵先是一楞，大概一時弄不清楚臺灣在日本的甚麼地方吧；隨後，彷彿又若有所悟，卻變得異常冷漠，不再理睬我。我像毛毛蟲嗎？我為甚麼跟大家不太一樣呢。我覺得羞恥、屈辱、憤怒：但是我一點反應都不敢有。」（林文月《擬古・江灣路憶往》，1999：59）

其五，在林文月的認知中，支那人是很壞的，曾經有一個特別懂事的同學告訴她，支那人時常藏手榴彈在水果堆裏頭，那位同學悄聲說話時還表現出一副極恐怖而又神祕的樣子，讓林文月聯想起她在家裏曾偶然聽見父親和母親悄聲講話，彷彿是在講哪一個飯店或酒樓裏頭有日本軍人被支那人暗殺的事件，那氣氛也是神祕恐怖的，沒想到，後來日本天皇在電臺廣播中宣布投降，不多久後臺灣人就轉變身分為中國人，門前掛上一面青天白日滿地紅的中國國旗，林文月一家雖不必像左鄰右舍的日本人那樣子慌張遷走，她卻突然覺悟到，自己突然變成「支那人」了，而支那人一夜之間卻也變得凶狠起來，林文月從二樓浴室的窗口可以清楚地俯瞰永樂坊衖堂裏，支那人瘋狂掠奪的行為：「從前看不起支那人的日本人，一個個低聲下氣，連討饒都不敢，全家人捲縮在一隅，眼睜睜看著自家的財物被人搬走。」（林文月《擬古・江灣路憶往》，1999：63）此外，這些掠奪者邊搶還邊罵：「東洋鬼仔！」雖然大人不許小孩子們趴在窗口看，但那前所未見的混亂景象卻令孩童們相當震驚，一切雖然真實地進行著，但卻又是那麼的虛幻。

關於這些似懂非懂的國家、民族、臺灣人、日本人、支那人……等，一直是林文月童年記憶中最難以理解與解釋的一部份，當十二歲的林文月隨著日本居民被召集到廣場上，聽取「天皇陛下」宣布日本戰敗的消息時，因為聽到此起彼落的啜泣聲、哀嚎聲而跟著悲傷哭起來時，她仍舊不明白為何大人們說著：「我們不再是日本人，我們現在是中國人了；我們沒有打敗仗，我們是勝利了。」（林文月《讀中文系的人·說童年》，1986：30）

類似的事件發生也在廖祥雄身上，與林文月同樣於一九三三年誕生的他，也在當了十二年的日本人之後，重生為中國人，出生於臺灣的廖祥雄，自六歲半到十二歲為止，也生活在上海虹口的日租界裡，在日人小唸到六年級的第二學期，他所面臨的「改朝換代」衝擊與林文月十分雷同：

> 突然之間迎接戰敗，挖苦的是，應為戰敗敗國民的我，卻變成了戰勝國民。這種突然的變化，無法讓我做立即的適應。尤其是當先母強迫我穿上中國衣服，把我帶到鄰近一所沒有運動場的中國人小學時，我忍不住演出了生平第一次男子漢的嚎啕大哭。（廖祥雄《日本人的這些地方很有趣》，臺北：稻田，1996：5）

不願意接受自己是「中國人」這個事實，廖祥雄對應這個變化的方式是嚎啕大哭，而十二歲的林文月同樣不明白為何會發生這天大的變化，也真的來不及明白這其中有何道理，後來上海本地流氓因林伯奏曾在日人公司任職，說他們是東洋鬼子的走狗、是漢奸，使他們不得不匆匆舉家渡海回到臺灣，但看著門口飄揚在風中的中國旗子，林文月相信他們究竟「還是與普通中國人不相同的吧。」（林文月《擬古·江灣路憶往》，1999：64）

伍、「回家」——從近鄉情怯到令人幻滅

> 江灣路的家，家後的那條弄堂，和那個曾經屬於我們的庭園一隅，都遺留在已然褪色的童年記憶裡。然而，我依稀記得，有些部分甚至還相當清晰地記得，雖然都是一些微不足道的瑣碎片段而已……在遙遠的記憶深處，有一座迷園，我沒有忘懷。（林文月《作品·迷園》，1993：106）

二〇〇二年四月，林文月終於回到了上海，回到了她幾度夢回的江灣路上海故宅，從兩岸開放探親、交流，到近年來一波波掀起的上海熱潮，「近鄉情怯」使她一直遲遲不曾再訪自己的出生地，就在姊妹的邀約下，總算鼓起勇氣踏出了第一步：

> 從虹橋機場駛向閘北虹口的高架橋道，兩旁時有不規則地矗立的高樓，以不同的樣式和色調雜陳著。暮春的黃昏，天空中瀰漫的不辨是晚霧還是塵埃。這景象多麼熟悉，彷彿是自桃園中正機場駛向臺北辛亥路途經的建國南北路高架橋。兩側也是新舊雜陳的高樓矗立，天空中時則星光閃爍，時或暮雲斑爛。那是回家的方向。無論歸自怎樣長遠的旅程，只要行經那一帶，心就有寧謐的感覺；是一種回家的感覺。其實，這也是回家的方向，雖然時隔半世紀；唉，竟延宕了半世紀才回來。心情是

> 遲恐的，還有些微的激動。就因為害怕這樣的激動和遲恐，才遲遲不敢回來的罷。[25]

一路上，林文月不斷的問自己：「家，還安然嗎？」即使是一碗來自上海城隍廟的扣三絲湯，林文月都沒有勇氣去證實那滋味是否依然，更何況是少小離開時，那印象深刻的出生地和童年記憶所繫之處，雖然早已聽過太多朋友談論上海的種種變遷，出門前也拜讀了李歐梵的《上海摩登》，在心理建設上應有足夠的準備了，但林文月還是難掩失落：

> 甫到上海，天色還亮，姊妹們一下飛機便趨車前往兒時的住處，剎時，果如預料：物，多半已不是，人，當然是全非了。離開上海時，她還是小學生，徒步上學行經的路，人、車、房子變多了，曾居住的虹口一帶也是如此，而當年的房子如今去掉了三分之一，院子則成了馬路，第一次返鄉的上海印象如何？林文月說，是相當令人幻滅的地方。[26]

回到上海，發現一切物換星移、人事已非，雖然一向牢記地址，卻聽說江灣路已被分割為東西兩段了。林文月的第一個質疑是：如果老家還存在，應歸屬東江灣路？還是西江灣路？心中忖度著：另一個牢牢未忘的地標「虹口公園游泳池」，還會存在嗎？不見虹口公園，不見虹口游泳池，不見永樂坊，不見花園前院，不見籬笆大門，映入林文月眼簾的江灣路五四〇號是：

> 沒有花園前院，也沒有籬笆大門。車停之處，是一幢兩層樓小洋房，樓上中央有一個半圓型小洋臺，依稀是舊日模樣兒。綠

---

[25] 林文月〈回家〉，刊載於 2002 年 8 月號《聯合文學》，頁 78-83。

[26] 見林麗如採訪稿〈文筆、譯筆與彩筆：專訪林文月教授〉，是文發表於 2002 年 7 月號《文訊》，頁 82-86。

> 色的門牌貼牆，橫書著阿拉伯數字 540，下面是較小的字：西江灣路。若非這一片門牌，委實不能相信眼前這個削去花園，除卻小徑，剷平石階，徒遺的屋殼，是我們的老家。「就是這裡嗎？」兩個妹妹顯然都有些失望。我退後幾步仔細觀看。從門牌號碼與外型格局看來，應當就是這裡；至於房子顯得比預期的小許多，大概是我們長大了，也可能是院子被削除的緣故。我也同時明白，最大的差異在於整個房屋被重新包裝過了。原來的房屋，一樓的部份是紅磚外牆，大約占三分之二的上半部則是嵌著石仔的黃色水泥牆。那紅與黃的鮮明對比，襯著白色的門窗櫺框以及紅瓦屋頂，當時在附近住宅區內是顯得十分醒目的。眼前的房屋，則全部被一層米白色的塑膠牆裹住，連屋頂都蒙著褪了色的紅塑膠瓦；許是原來的外牆過於老舊了罷，窗子也換成了單調乏味的鋁製，樓下的幾個窗外且架著防盜鐵欄。（林文月〈回家〉，2002：80）

若干年前，赴上海一遊的朋友曾幫林文月拍攝老家的照片，當時的故宅看來雖然古舊蒼涼，但仍保持往昔風貌，而林文月夢中重遊故宅已不知幾回了，等到真的返鄉時，面對著有如整容過的宅院，心中不禁百感交集，外觀已改，大門深鎖又不得其門而入，林文月心想，不能一窺究竟也好，以免因內裡完全改變不復當初而不知如何自處，反倒可以從容徘徊門外。雖然隔壁衖堂前的大型鐵花門已不存在，但幸而後段七棟小洋房卻依舊緊密毗連著，看似年久失修，有些紅磚甚至因遭受風雨浸蝕而顯得剝脫損壞，但有些牆面幾乎完整無損，只是增添歲月撫過的痕跡。重返暌違多年的上海故宅，林文月不禁提出這樣的疑問：

> 讓車窗外似相識又陌生的景象在眼前不斷浮現又不停退卻，我在心中自問：這樣子，算不算回家了呢？（林文月〈回家〉，2002：83）

陸、參考資料

一、文本（以臺灣出版創作散文為文本，畫底線者為本文所引用之版本）

《讀中文系的人》（臺北：洪範），初 1980 年 3 月，四版 1986 年 2 月
《遙遠》（臺北：洪範），初 1981 年 4 月，三版 1986 年 5 月
《午後書房》（臺北：洪範），初 1986 年 2 月
《交談》（臺北：九歌），初 1988 年 2 月
《作品》（臺北，九歌），初 1993 年 7 月
《擬古》（臺北：洪範），初 1993 年 6 月，三版 1999 年 11 月
《飲膳札記》（臺北：洪範），初 1999 年 4 月，五印 1999 年 10 月
〈回家〉，《聯合文學》2002 年 8 月號。

二、專書

Neil Postman 著、蕭昭君譯《童年的消逝》（臺北：遠流，1994 年）。
施蟄存《沙上的腳跡》（遼寧教育，1995 年）。
熊月之等編《老上海名人名事名物大觀》（上海：人民，1997 年）
謝雪紅口述，楊克煌筆錄《我的半生記》（臺北：楊翠華出版，1997 年）。
薛理勇《上海舊影：老學堂》（上海：人民美術，1999 年）。
康來新、許秦蓁合編《劉吶鷗全集‧日記集下》（臺南縣文化局，2001 年）。
陳義芝主編《林文月精選集》（臺北：九歌，2002 年）
Edward W. Said 著、彭淮棟譯《鄉關何處：薩依德回憶錄》（臺北：立緒，2002 年）。

三、期刊論文

林麗真採訪、劉玉燕整理〈盡一個「人」的本份〉，《福運雜誌》2000 年 1 月號。

林文月〈京都，我心靈的故鄉〉，《文訊雜誌》2000 年 9 月。
林麗如採訪稿〈文筆、譯筆與彩筆：專訪林文月教授〉，《文訊》2002 年 7 月號。

四、影視文本

上海地鐵旅遊地圖，附於《Mook 自由自在 No.73：摩登新上海》，2001 年 12 月出版。
上海地圖 2002 版，上海市測繪院編制，上海三聯書店出版發行，2002 年 1 月第六次印刷。
許秦蓁拍攝，2002 年 7 月 4 日實地於上海虹口區考察之相關影像，詳見附圖。

柒、論文附圖

附圖一　林文月上海故宅素描及現況對照

圖 1-1　江灣路故宅素描（江灣路 540 號，林文月繪）

圖 1-1　江灣路故宅現況（西江灣路 540 號，攝於 2002 年 7 月 4 日）

附圖二　〈江灣路憶往〉一文所描述的區域

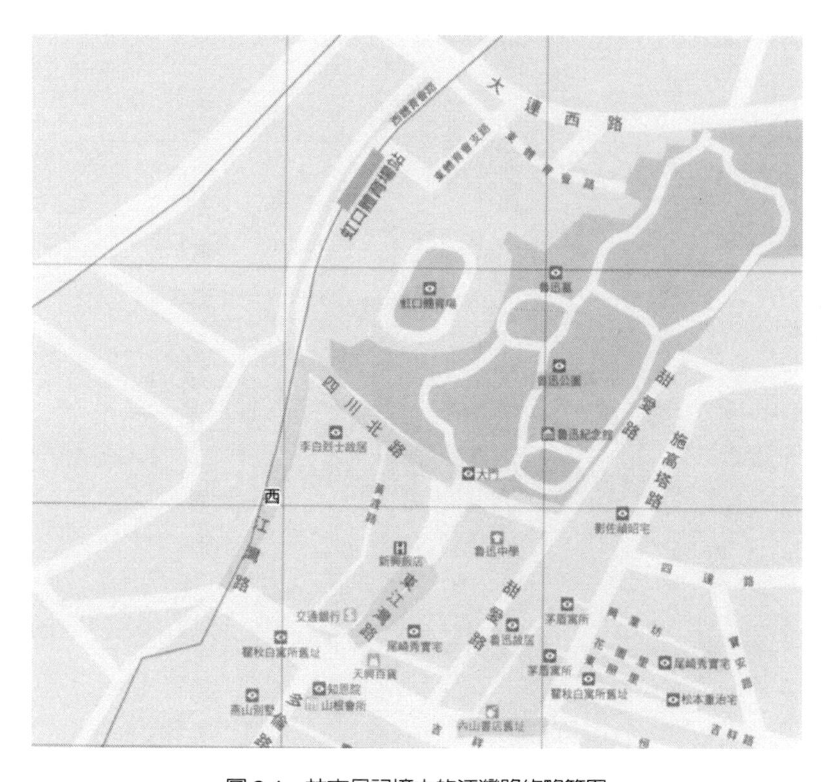

圖 2-1　林文月記憶中的江灣路約略範圍

（上海地鐵旅遊地圖，附於《MOOK 自由自在 NO.73：摩登新上海》，2001 年 12 月出版。）

圖 2-2　目前的鐵軌已改為明珠線輕軌電車（地鐵明珠線）

（上海地圖 2002 年版，上海市測繪院編製，上海三聯書店出版發行，2002 年 1 月。）

附圖三　內山書店今昔

圖 3-1　內山書店舊影（翻拍於內山書店舊址保護區二樓，2002 年 7 月 4 日）

圖 3-2　內山書店現況（2002 年 7 月 4 日攝於北四川路口）

附圖四　北四川路上的余慶坊

圖 4-1　今日的余慶坊外部（2002 年 7 月 4 日攝於上海）

圖 4-2　今日的余慶坊衖內，目前只保留到 171 號（2002 年 7 月 4 日攝於上海）

附圖四　虹口游泳池現況

圖 5-1　虹口游泳池售票口及入口販賣部（2002 年 7 月 4 日攝於上海虹口）

圖 5-2　虹口游泳池內景（2002 年 7 月 4 日攝於上海虹口）

附圖五　七棟二層樓小洋房（林伯奏產業）

圖 5-1　側面部分（2002 年 7 月 4 日攝於上海江灣路）

圖 5-2　後門部分，住著七戶人家（2002 年 7 月 4 日攝於上海江灣路）

附圖六　北四川路上的法國梧桐現況（2002 年 7 月 4 日攝於四川北路）

附註；原文 2002 年 11 月 8 日發表於文建會主辦、文訊雜誌社協辦的「第六屆全國青年文學會議」，本文已進行局部修改與增補。

III 另類觀點

——城市想像與消費文化

另類的上海書寫
——臺北人的上海攻略與城市想像

壹、「上海」——如此迫切想要認識的一座城市

相較於中國其他城市，上海的確是一個被世界高度關注的主角，眾多人急於揭開其神秘面紗，瞭解外地人在上海的生存之道，包括：經商、投資、旅遊，甚至是文化懷舊，上海有太多面向值得研究、探討，有多元的角度供外來者觀看，沒到過上海的人，一心想要加入戰場，為人生、為事業闖蕩，去過上海的人，更累積了許多獨特經驗與他人分享，甚至是人人一本「上海經」，不過，如同史家所言：「獨佔上海就像獨佔世界一樣地不可能。」[1]因此，前進上海之前，閱讀相關的書籍、資料、文獻，是很重要的前置作業與暖身活動。

有關上海的經濟發展，論者總是溯源於 1842 年 8 月 29 日鴉片戰爭爆發後，一紙「中英南京條約」簽訂，來說明這個城市西化、繁華、發展的歷史命運，也由於上海跟隨著中國門戶的開放，展開了與世界並進的速度，中國人看見了西方世界，上海也納入了世界城市的版圖，而就近代上海興起的歷史因素看來，「五口通商與上海開埠」是一個重要關鍵[2]，尤其上海是中國第一個在物質上接受西化、在文化上

---

1 見于醒民、唐繼無《上海：近代化的早產兒》(臺北：久大文化，1991 年 6 月)，頁 69。

2 見朱弘〈近代上海的興起：1843-1862〉，是文收於《上海：城市、社會與文化》(香港：中文大學，1998 年)，頁 3-13。

接受西潮的城市，因此，若說上海是西方文明在東方世界所創造的一個「奇蹟」[3]，一點也不為過。

自從 1845 年英租界設立後，上海正式走進了租界史，西方文明在上海有了發展的條件與空間，中西文化有了密切的互動、交流，混血的街景在上海街頭展開，如于醒民、唐繼無在《上海：近代化的早產兒》一書所描述：

> 自開埠以來，上海似乎一直在舉行大型的世界服飾展覽。蘇格蘭士兵穿著裙子、奏著風笛在馬路上大搖大擺，頭上裹著一層又一層白布的印度巡補在街頭逡巡。外來的觀察家對外灘的鏡頭大感興趣：修飾整齊的西方紳士，革履閃光，挽著夫人或女賓在南京路口以東的綠蔭下悠閒地散步，他們帶著倫敦或上海仿倫敦式樣而精緻的高帽，相遇時互相脫帽致意——就像在倫敦一樣。整個上海街市，也是短衫長袍與西服革履並行不悖，不以為怪。（于醒民、唐繼無，1991：72）

自此，上海率先於中國任何城市而國際化了，上海公共租界區名為（The international Settlement of Shanghai），所謂「國際居留地」，表達了當時上海的國際化，也因為上海對世界開放，成為國際關注的對象，無論是西方的冒險家、各國人士、中國的尋夢青年，都從各國、各地來到上海闖蕩天下、發展，這些闖蕩過的痕跡與歷史，也曾被想像、被書寫、被紀錄於文本，甚至被延伸為創作題材，舉例而言，日本新感覺派作家橫光利一（1898-1947）由於曾旅居上海，因而寫下長

---

[3] 從史家的觀點看來，上海這個東方城市的西化過程的確是一個「奇蹟」，相關論述見費正清主編《劍橋中國晚清史》（北京：中國社會科學，1985 年）。

篇小說《上海》（1931），該作品採用了多元的角度描寫動亂中的上海，尤其以 1925 年上海的反日民族運動為創作題材；再者，美國記者艾恩內斯特．霍塞（Earnest Hauser）於 1940 年撰寫了《Shanghai：City for sale》，該書是他個人的上海見聞錄，記錄了上海開埠到一九三七年浙滬之戰為止的百年上海發展，除了書寫個人的所見所聞之外，艾恩內斯特．霍塞（Earnest Hauser）在書中也提出了他個人對於來上海從商冒險的注意事項與見解：

> 凡是到中國來學習經商的青年，他首先應該知道的幾樁要件就是：中國的市場乃是一個極特別的市場，中國買主乃是一種極仔細的買主。他們都是異常守舊的……簡單的說法，外國商人到中國來做買賣，首先須化除自己的成見，他的靈機須十分敏捷，須能隨機應變，並需富於想像力。在這裡所需的心性是沒有出過國的外國人所完全不曉的。[4]

艾恩內斯特．霍塞（Earnest Hauser）提到中國的買主多屬守舊派，對於新產品、新品牌、新款式的接受度較低，他認為中國人習慣老樣式，這樣的觀察記錄，可作為他個人對於上海市場的觀察，而他試圖溝通與分享的對象，則是「凡是到上海來學習經商的青年」，可想而知，就他當時的環境所觀察，這樣的青年有一定的「數量」，他甚至認為半個中國的貿易都集中在上海，甚至以達爾溫教士《旅客指南》的內容來呼應、說明他眼中繁華及大都會的上海：「她們所穿的衣服都是五顏六色，非常之悅目，上海似乎成了時髦的中心。」（Earnest Hauser，2000：83）

---

[4] 見艾恩內斯特．霍塞（Earnest Hauser）《Shanghai：City for sale》，譯者為越裔，書名譯為《出賣上海灘》，上海書店，2000.1，頁 38。該書 1962 年曾由商務印書館出版中譯本，2000 年 1 月由上海書店出版社再版該書。

此外，他還為旅人／遊客進行外灘建築導覽：「你到了上海的第一天當然要到街上去走走，去認識認識這個大都市。你可以從黃埔灘的南端洋涇濱走起，就可以看到一所一所的高大房屋。」（Earnest Hauser，2000：170），他介紹的建築物，第一棟是「亞細亞公司」，接著是鄰近的上海總會，沿線而走，包括：日清汽船會社、大英銀行、通商銀行和輪船招商局，更詳細介紹前方的匯豐銀行與銀行門前的一對銅獅、中國海關及屋頂的大鐘，成一直線排列的交通銀行和中央銀行與臺灣銀行，字林西報館、麥加利銀行，直到匯中飯店。

艾恩內斯特·霍塞（Earnest Hauser）繼續帶領旅人／遊客搭著交通工具：電車、汽車、黃包車，這些大大小小的交通工具穿過南京路，來到了沙遜大廈、霓虹燈閃爍的華懋飯店、中國銀行，以及北邊的正金銀行、美國輪船公司、怡和洋行、昌興輪船公司，接著是揚子保險公司、滙理銀行、日本郵船會社，直到蘇州河邊的大英領事館。

對於上海外灘的建築物，艾恩內斯特·霍塞（Earnest Hauser）如數家珍的一一羅列，似乎是一個領航者，帶領一個異地的旅人／遊客進行一趟詳細的外灘建築之旅，他甚至告訴旅人／遊客，行經此地時，並不需要過鐵橋穿到虹口，觀望這座城市的角度，應該就在河岸邊——事實上，黃埔江兩岸，至今已是全世界公認屬「萬國博覽會」級的夜景——放眼望去是高大的百老匯大廈、禮查飯店與俄國領事館，建築本身就是一道絢爛的城市風景，結束了外灘之旅，艾恩內斯特·霍塞（Earnest Hauser）建議的路線是重回到南京路，離開西方建築世界，來到中國式熱鬧的市面，此時，首先映入眼簾的仍是洋行：中美圖書公司、惠羅百貨公司、科發藥房、沙利文糖果店，緊接著，穿著中式長袍男男女女出現在街頭、往來的黃包車、汽車、電車等絡繹不絕，離開黃埔灘約一哩，在南京路上最熱鬧之處，有著上海三大百貨公司：新新、先施和永安，他認為是世界上稀有的可供人遊覽的大公司，熱鬧的人群、琳瑯滿目的陳列商品，仍然襯托了這個城市的西化與繁華。

筆者認為艾恩內斯特・霍塞（Earnest Hauser）的上海導覽最精彩之處，則是他對於百貨公司的詳細描述，他提到：「這種公司裡邊，最下一層滿佈著櫃臺和櫥窗，裡邊陳列著全世界各地的物產，當中有法國的香水、蘇格蘭的威司格酒、德國的照相機、英國的皮件和千奇百怪的中國物品，如汗衫、香煙盒、玩具、睡壹、紙花、戒指、手鐲、絲織品之類。三樓是綢鍛部，專門陳列女人所用的衣料。」（Earnest Hauser，2000：173）這是一九三六年上海百貨公司的真實面貌，事實上，中國近代歷史上的百貨公司發展，就是在「上海」確立的[5]，而對於一個異國人而言，他甚至認為「上海的百貨公司裡邊是世界上聲音最吵雜喧嘩的聲音。」（Earnest Hauser，2000：175）在他眼中，中國人是喜歡熱鬧喧嘩的，同樣的，上海也是一個熱鬧喧嘩的城市，無論是百貨公司、店鋪、工廠、外灘等地，吵雜喧嘩的聲音是上海的一大特色。

由此可知，早在今日臺北人撰寫各種出版品來教戰如何進入上海市場，與世界各地菁英競爭之前，艾恩內斯特・霍塞（Earnest Hauser）已經將他的上海見聞與世人分享，該書 1940 年在紐約出版，1962 年由中國商務印書館出版中譯本，甚至到了 2000 年，上海書店再版其中譯本，可見半世紀以來，海內外想要、需要認識上海的人不在少數，外地來的旅人／遊客，甚至是尋夢者，皆如此渴望認識這顆「東方明珠」，上海是一個因「商」而興起的移民城市，許多人來到這充滿商機的城市尋找夢想，到十里洋場來冒險尋夢的各國富豪、中國青年，讓上海成為一個商機處處、充滿競爭的商業之城。

---

[5] 見詹宏志《城市人——城市空間的感覺、符號和解釋》（臺北：麥田，1996 年 6 月），頁 67。

貳、陳彬——紙上談「上海」，臺灣第一人

2000 年，上海臺商陳彬，以《我的上海經驗》，副標題：「從旅遊、投資到定居大陸的戰守策略」一書，開啟了紙上談「上海」的序幕，他透過書籍的出版，開展向臺北人推銷、出賣上海的模式，此後，有關上海導覽的各類出版品，其風格也從複製陳彬作品起始，延伸到主題自成一格，因此，在認識各種上海教戰手冊之前，有必要認識陳彬這個關鍵人物，在處女作出版時，陳彬向讀者如此介紹他自己：

> 輔仁大學經濟系畢業，在上海經營不鏽鋼廠、麵包廠、餐廳、快餐店、火鍋店等事業，有十年投資與定居上海經驗，連兒子都在上海受教育，從國中直到大學畢業。[6]

事實上，作者陳彬是一個道道地地的臺灣人，全家移居上海闖蕩經營事業近十年，他不自誇自己是個成功者，而是強調分享他的「失敗經驗」，透過親身經驗的舉例與描述，說明自己花了大筆學費卻越挫越勇的真實體驗，他曾投資兩座工廠、八個店面，個人從事製造、管理、行銷、服務等工作，這些輝煌的紀錄，僅僅只是讓他重新認識上海和大陸的經商環境罷了，他也一再強調，這本「過來人」寫的書，只是提醒後繼者「不再花冤枉錢、走冤枉路、浪費時間盲目亂撞……」（陳彬，2000a：7）

陳彬多次強調自己是一個失敗的生意人，成為臺商以來，兩千萬新臺幣血本無歸，由於各種因素，包括：誤信他人、錯誤的政策理解、

---

[6] 見陳彬《我的上海經驗》（臺北：商訊，2000 年 1 月），作者簡介。以下簡稱 2000a。

仿冒的環境、預期與實際的落差、錯誤的移植臺灣經驗，以及經驗值的不足等，讓他的各項事業均沒達到預期成果，有趣的現象是，轉行出書的陳彬，在《我的上海經驗》一書推出之後，倍受各界矚目，在臺灣所獲得的版稅讓他創造事業第二春，該書半年內銷售一萬冊，光是中正機場的書店，就賣了一千多本，可見要飛往上海之前，臨時抱佛腳的人也不少，讀者反應熱烈，短短三年內共出版七本書[7]，搖身一變成為「事業失敗」的「暢銷作家」[8]。

處女作《我的上海經驗》出版後，除了帶動相關出版品如雨後春筍般的問世，陳彬也開始密集的接受媒體採訪，書商推薦陳彬著作時，特別強調：「曾接受過國內外無數媒體的訪問，包括美國之音、英國國家廣播電臺、《華盛頓郵報》、《洛杉磯時報》、《亞洲週刊》、《遠東經濟評論》、中央電視臺、香港鳳凰衛視、上海衛視等。著有《立足上海》（本書榮登金石堂暢銷書排行榜前三名）、《上海商機》（本書榮登金石堂暢銷書排行榜前十名）、《我的上海經驗》、《移民上海》、《大陸教育商機》等書。」[9]，甚至因為書籍暢銷，陳彬擔任〈臺灣人在大陸〉節目顧問，第一波因陳彬而興起的「上海出版品熱」，便可從陳彬 2000 年到 2001 年，短短兩年透過兩家出版社（商

---

7 除了《我的上海經驗》之外，還包含《移民上海》（臺北：商訊，2000 年 11 月）、《立足上海》（臺北：時報，2001 年 3 月）、《上海商機》（臺北：時報，2001 年 6 月）、《大陸教育商機》、《立足上海新觀念》（臺北：時報，2003 年 6 月）和《大陸內需與邊貿》，該書與其他臺商合著，（臺北：商訊，2003 年 8 月）。

8 2004 年 3 月 8 日「華夏經緯網」的「海峽之聲」單元，曾由鳳章、玉龍訪問過陳彬，該文為〈上海臺商陳彬：從臺商到作家〉，詳見 http：//big5.huaxia.com/sw/zjts/00183950.html（擷取日期：2008 年 2 月 13 日）。在訪談中陳彬提到：「我並不認為自己是作家，我還是一個商人。為什麼這麼說呢，說實在的，後面幾本書也是被臺灣的讀者逼出來的。他們通過各種途徑來問我這問我那，我想那就乾脆出書。再說，出書對於我來說，也算是一個商機。我出書了，就等於抓住了商機。」

9 見陳彬《立足上海新觀念》（臺北：時報，2003 年 6 月），作者簡介。

訊、時報）密集出版的五本書（包括：《我的上海經驗》、《移民上海》、《立足上海》、《上海商機》、《大陸教育商機》）說起，陳彬甚至一度被譽為是「上海熱」的催化劑、代言人。

陳彬的作品及其訴求，廣的來說，應該看成是臺灣版的「出賣上海灘」，但更嚴格的標準來看，則應該是一系列的「上海教戰攻略」，從投資到買房，從就業到就學，從生活細則到定居上海，甚至是如何融入上海……，其作品的竄紅，筆者認為，其效應並不至於締造出一波波的「上海熱」，原因是，根據歷史的脈絡，以及從更寬廣的角度來看，上海熱的方興未艾，是時代趨勢與世界潮流使然，是網際網路、資訊社會時代來臨所帶動的雙城互動，甚至是兩岸歷史上分分合合的必然趨勢，因此，就筆者的觀察，陳彬的出版品，僅僅只是帶動了臺灣有關「上海出版品」市場的蓬勃，另一個觀看的角度是，根據 2001 年的統計數字，上海市已有超過三萬家以上臺商，在上海長期居住的臺灣人超過三萬人，每天在上海工作、生活的臺灣人至少有三十萬人[10]；到了 2004 年的初步統計，已知臺商在上海的投資項目已累積到 5100 多項，在上海居住、工作的臺灣人，已達到「數十萬」（正確數字仍有官方統計上的困難），當然，2000 年來，臺灣百大企業逾半數到上海投資，臺灣榮登上海第四大進口來源、第九大出口地的紀錄，應是兩岸商業環境變遷、交流所促成的結果，這些現象或者也是陳彬書籍暢銷的因素之一。

陳彬各類教戰攻略所鎖定的族群不斷擴大，在陳彬的處女作《我的上海經驗》（也是同類出版品的第一部）出版時，其試探性的讀者群，大方向當然是想要到上海去、想認識上海的人，過去我們總說「上

---

[10] 參考周啟東、黃惠娟（2001），〈三十萬臺灣人移居上海大調查〉，《商業週刊》723 期，pp.94-104，2001/10/1-10/7。

海」是冒險家的樂園，而陳彬常稱呼「上海」是「殺戮戰場」，不過，他總是在書序鼓勵大家認識上海：

> 上海是什麼地方？想賺大錢的人，想以小錢搏大錢的人——非去不可的地方。想第二次創業的人，想尋找第二春的人，想轉業的人——一個理想的地方。想躲掃黑的人，想倒債東山再起的人，想要富貴險中求的人——值得冒險的地方。想養小老婆，想善用青春體力，想過浪漫生活的人——一個便宜的地方。（陳彬，2000a：1）

在陳彬的觀念中，就「想要發財的人」[11]而言，上海似乎是「非去不可」。至於在第二本著作《移民上海》（該書副標題：我的臺灣經驗遇上海派作風），陳彬則大膽預言：「投資大陸、移民上海、福建、廣東，將會是上百萬臺灣人未來的發展方向……」（陳彬，2000b：自序）他甚至分析，前進上海第一步，是「到上海買房子」，因此他特別分享個人在上海的購屋經驗，甚至舉出其他臺商在上海購屋的案例來說明相關注意事項，最後整理出七項「買房原則」：「一、房價的走勢不樂觀；二、買房的目的要明確；三、向上海市政府買房子；四、爭取權益時六親不認；五、安全擺第一；六、交通的方便性非常重要；七、避免用臺灣經驗推算潛在收益。」（陳彬，2000b：16-23）以上這些大膽而明確、主觀而具實務面的經驗分享，就該書籍暢銷數字而言，的確獲得諸多讀者的青睞，然而值得思考的是，時至今日，多少臺灣人曾經根據這些守則到上海購屋買房，對有意到移民上海的臺商而言，這些守則又有多大的幫助呢？

---

[11] 陳彬《移民上海》（臺北：商訊，2000 年 10 月）。

參、前進上海——從認識「上海人」開始

早於陳彬之前，約在一九九六年，關切臺灣政經發展與走向的黃毓麟，已提出「雙成即將對決」的警訊：正式向臺北人宣告必須「正視上海」、「注意上海人」[12]，從經濟層面來看，他認為臺北人不能忽略「上海」這個已然存在的假想敵，他當時預估這一股來自上海強大的威脅力量，也將與臺北展開一場經濟存亡大戰，他希望能喚起臺北人正視問題，能對上海這隻即將出匣的「猛虎」有著警惕之心：

> 這隻猛虎何時出匣呢？筆者認為當浦東機場、外環道路、及地鐵二號線完工之日，也就是一九九九年前後。但是，一旦等到猛虎出了匣，下了山，臺北才緊張而群起迎戰，已然太遲……屆時，臺北將進入商業大蕭條的黑暗時期……依筆者淺見，臺北能因應的時間，最多只剩下兩年。兩年之中沒有起色，臺北市至少會有三分之一以上的貿易商、律師樓、會計師、財務公司、KTV、俱樂部、製造商陸續移至中國大陸，甚至多數離開「大臺北」後，直接移入上海。（黃毓麟，1996：153）

的確，黃毓麟已預言了臺北人即將大批前進上海的趨勢，甚至用即將出匣的「猛虎」來形容上海的蓄勢待發，無獨有偶的，陳彬也引用了「銅獅」來比喻上海的復甦與覺醒：

> 如今上海的地位就像另一隻張眼瞪人的銅獅，威嚇的眼神炯炯，沒有人趕質疑她萬獸之王的地位。上海只用了五年就彌補了半世紀的停頓，僅用五年就脫胎換骨，原本入夜後漆黑一片

12 黃毓麟《雙城對決：臺北 VS.上海》（臺北：書泉，1996 年 12 月）。

> 的上海灘現在徹夜燈火通明，十里洋場的光彩比半世紀前更炫更燦爛。（陳彬，2000b：242）

的確，想要深入上海，必先認識何謂上海人，陳彬不斷呼籲：「在上海，要尊重上海人」（陳彬，2000b：260），這是要在上海成功闖蕩的不二法門，所謂的「上海人」，或者說「臺灣人眼中的上海人」，陳彬也有一些考察：

> 「上海人」是一個模糊的說法，實際上包括原籍寧波、溫州、蘇州、東北……的各路菁英，統稱為上海人。老一輩的上海人歷經英、法、日、德……的洗禮教訓，聽得多，看得多，而現在的上海人眼界高傲氣足，只因他是上海人。（陳彬，2000a：33）

身為中國的第一城市的上海，第一可觀的當然是「人」，沈善增曾言：「是人口使上海坐了中國城市的第一把交椅，並躋身於世界最大城市的行列。」[13]，因此，從沈善增「城市即人」結論的延伸，「上海」作為一個城市的另一種詮釋，則是——「（城市）上海即上海人」，聚集來自不同方位、不同背景的各路人馬，是城市呈現多元面貌的重要條件，而吸納大量外來人口在城市中走動、流動，則是城市發展的不二法門，「人」作為奠定「城市」基礎的第一要素，「人」的質量直接影響了城市文化的特徵，聚集在城市裡的人，隨著不同的個性、文化心理、行

---

[13] 沈善增在〈上海第一景觀〉中提到，上海第一可觀的是「人」，因為他認為上海的一切景觀都是人工的產物，都打上了上海人的深深烙印，如：東方明珠電視塔、楊浦大橋、南浦大橋……等，此外，他提出一個了解上海、描述上海的進路——從研究上海人著手才是捷徑。他並套用文學上的術語「性格即命運」，提出「城市即人」的見解。見沈善增《上海人》（臺北：稻田，1997 年 11 月），頁 11-16。

為特徵、精神風貌……等因素的帶動下，形成了城市文化的多元風貌及其豐富性，這樣的說法呼應了城市人詹宏志的城市論述：「城市的價值是成分駁雜的，它們來自不同的人群，出自不同的階層；信仰再奇怪，行徑再詭異，城市也都能夠容納——城市裡，對價值觀的寬容是偉大的，人們在這裡訓練出不在乎別人的氣派來」（詹宏志，1996：170），因此他認為城市裡的文化不只是一個，而是很多個，並且能夠吸納大量的外來文化，孕育不同族群、人種，進而形成不同的族群特質、市民文化。

既然「上海」的構成元素是「上海人」，上海人的族群特質塑造了上海的文化樣貌，那麼，接續而來的問題是：「誰是上海人？」

回顧上海百年來的人口史，從數量來談，在鴉片戰爭以前，上海全縣的人口約五十萬多，二十世紀之初，上海人口已突破一百萬，到了二〇年代前夕，則是聚集了三百多萬人口，抗日戰爭爆發以後，上海人口數則接近四百萬，研究百年上海城的鄭祖安對於上海人口遽增現象的解釋是，租界經濟促進了人口數的增長，由於其特殊的體制及經濟社會的高度繁榮，促進了大量的人口向上海匯聚[14]。而早期這些流動人口的來源，則包括會說「夷語」的廣東人[15]，接續的是鄰近的浙江人，隨著租界的出現及貿易的發展，外國人口也陸續登陸上海，又因為外資企業所提供了勞動市場，大量的人口（包括當地的勞動階級、大批謀求生計的外來移民、來自上海郊區的勞力等）也湧向申城，因此租界時期的上海工人階級，可說是伴隨著近代企業而誕生且增長的，而親赴十里洋場從商的移動人口，則涵蓋了中國各地、臺灣及世界各地，租界時期的上海，也因為大量的外來人口而成為中國當時唯一的城市。

---

[14] 詳見鄭祖安《百年上海城》（上海：學林，1999年4月），頁230。

[15] 根據王韜的記載：「滬地百貨闐集，中外貿易，惟憑通事一言，半皆粵人為之，頃刻間，千金赤手可致……」，由此可知廣東人因語言之利，首先進入上海，見《瀛壖雜記・卷一》（臺北：廣文書局，1969年9月），頁20。

陳彬認為，要和上海人相處，除了尊重，還要經常動腦，否則很難用臺灣經驗來想像如何與上海人相處，尤其對於「海派作風」的認知，臺灣人的解釋顯然過於簡化，出手大方、講究排場是錯誤的理解。臺灣人想要揮別「巴子」的封號必須學會兩件事，第一、認識何謂上海人：

> 上海人聰明，而不精明。上海人會吵架搗漿糊，而不屑打架。上海人是人上之人，看不起民工和沿海暴發戶。上海人是會計較比較的人，得理不饒人的人。上海人是最重面子的人，排場一流。上海人是會生活的人，敢花錢的人，不排斥新鮮事的人。（陳彬，2000a：34）

此外，認知何謂「海派作風」，也有助於在上海生存，陳彬所歸納的「海派作風」，包括：

> 第一，面子第一、大於性命。第二，派頭第一、大於家計。第三，敢沾人、也願意被沾。第四，被沾不後悔、沾人不手軟。第五，審時度勢、能屈能伸大丈夫。（陳彬，2000b：183）

陳彬所傳授的這些注意事項，事實上也是引導臺人融入上海生活的第一步驟，先認識上海人並瞭解何謂海派文化、海派作風，才是進階「立足上海」、搶攻「上海商機」的重要基礎。

肆、把家搬到上海去——從淘金、工作到定居安家

陳彬在 2000 年的兩本大作，可說是炒熱了「出賣上海灘」的出版市場，事實上，就黯淡已久的臺灣書市而言，這兩本書的暢銷，的

確是託了「上海熱」的福，《我的上海經驗》、《移民上海》成為雙城交流的首席參考書，而陳彬在這兩本書裡所提供的上海教戰策略，採取第一人稱的口吻，非官方的語言，採主觀原則，走實用路線，強調真實案例分享及個人經驗談，的確造成書市的一波震盪。接續陳彬效應，緊接而來的 2001 年，則進入此類出版品的高峰期，書商緊追著這解嚴後的第一波上海熱，開始競邀相關人士（包括任何與上海可沾上一點關係的人）以「上海」為題，從各個角度切入來書寫、出版，就筆者的觀察研究，其中可分為三種主題：其一、搶攻上海金飯碗，談上海理財投資。其二、在上海工作的經驗分享。其三、定居上海的生活與心得。

有關雷同於陳彬風格的作品，第一本書是由萬瑞君所著的《搶攻上海金飯碗》[16]，該書於 2001 年 3 月出版，筆者認為該書並沒有達到向世人公布如何「搶攻上海金飯碗」的方法，僅僅只是書名聳動罷了，原因是，該書內容不多，在鬆散的排版下只有 152 頁，輕薄的內容，附上 10 頁的附錄「2000 年世界前五百大企業排名一覽」，對於真正要到上海搶灘的讀者而言，其訴求似乎不過是「鼓勵」臺灣 E 世代／白領階級到上海就業罷了，以及介紹哪些行業是高薪的選擇，其中較特別之處，是介紹並說明所謂「上海新移民」的組成份子：

> （一）來自全中國各省市的菁英份子。（二）在 1982 年中共恢復留學生出國以後，二十年來出國留學的大陸學生回國工作就定居在上海。（三）外國企業高階主管或高級職員。（四）在上海謀職創業的港澳臺胞。（萬瑞君，2001：58）

---

16 萬瑞君《搶攻上海金飯碗》（臺北：商智文化，2001 年 3 月）。

此一分析的重點是，萬瑞君要告知讀者，全球五百大企業紛紛到上海搶灘，因此「活在未來的上海」，當然是一顆璀璨的明珠，他預估自2000年開始的五年內，就業機會將大幅提升，對上海居民及新移民而言，是個好機會，他認為臺灣人到上海發展，基本上在語言溝通方面沒有隔閡，就距離而言，臺北和上海相近，兩岸文化背景相同，因此遇上求才若渴的時代，臺灣人應該有機會在上海大展身手。

此後，一系列的書籍都朝向第二及第三個主題發展，鄢然、汪祖徽合著的《把家搬到上海去》，副標題為「立足上海八大項生存要素與最新調查報告」，此八項生存要素包括：「居住、謀生、求學、養老、依親、置產、醫療、娛樂」，該書由褚士瑩推薦，當時的褚士瑩，正好居住在上海，他提到：「這樣一個城市，適合作夢。從五湖四海來到上海的各路人馬，都是比較浪漫的。」[17]在封面上，由出版社所做的促銷文字是：

> 本書是最新出爐，也是國內第一本嚴謹剖析上海生存要素的調查報告，能夠讓你逐一檢視前進上海的利弊得失與前景，充分瞭解上海的食衣住行育樂各方面資訊。（鄢然、汪祖徽，2001：封面）

該書提到，之所以有大量的臺灣人到上海投資、就業、定居，主要的關鍵在於臺灣人與上海人的「相容性極高」：「上海人的積極與聰明能讓臺灣人認同，上海的本幫菜極受到臺灣人喜愛，連上海人說普通話時的捲舌與不捲舌音不分，都與臺灣人非常像。」（鄢然、汪祖徽，

---

[17] 見褚士瑩推薦序〈上海——我看見力爭上游的決心〉，收入鄢然、汪祖徽合著《把家搬到上海去》（臺北：生活情報，2001年3月），頁2。

2001：17）該書獨特之處，在於它從生活層面出發，重視生活細節，比如「上海居，大不易」單元，便強調「教你如何找一個舒適的窩」，該書建議有小臺北之稱的「仙霞路商圈」，是臺灣人入住上海的第一選擇，原因是，臺灣小吃林立，臺式飲食文化近在眼前，就連 KTV 和 PUB，也跟臺灣大同小異。第二推薦為「古北新區」，該社區有方便的商店街、「正章乾洗店」、黑輪，也流露出些許熟悉感。第三推薦為「徐家匯住商合一區」，原因是，該區與上海本地人及本地文化較接近（陳彬上海寓所即在此區），商業中心、地鐵一號線、百貨公司林立、電腦商城、書城，提供住商合一的選擇。

此外，該書的真正訴求，則是引導讀者如何「移民」，也就是「把家搬到上海去」，作者提供八種移民身份供君選擇：「投資移民、婚姻移民、第三國護照移民、就業移民、就學移民、專業移民、依親移民與購屋移民」，所謂「移民」，指的是長期定居在上海，因此，該書鎖定的讀者群，是屬於計畫「移居上海」的人，因此，該書又提供讀者前進上海的攻略——駐居上海的必要條件：「算盤要精、心眼要細、文化要足、臉皮要厚、點子要多、財富要夠身體要好、膽識要強、自制要堅」（鄺然、汪祖徽，2001：62-64）由於強調該書強調八項生活要素，因此，舉凡地圖的提供、上海的夜生活、實用資訊一覽表（包含上海名人故居、十大夜景、十大建築、外灘簡介）、交通資訊、旅遊建議等，都是該書的兼具上海教戰攻略與深度導覽的豐富內容，對於上海文化、特色旅遊、購物及食衣住行，該書的確是一部深度、實用之作，也是此類書籍的初步示範。

繼《把家搬到上海去》出版後，商訊文化則進一步推出具有「上海生活面面觀」細節的《客居上海》[18]，作者金碧為筆名，作者簡介

---

[18] 金碧《客居上海》（臺北：商訊文化，2001 年 7 月）。

僅簡單介紹其背景：早年負笈美日，多年從事翻譯及文字工作，一九九七年舉家移居上海至今。金碧以散筆、生活化的描述，來介紹移居上海的現象，其中更重要的衣部分，是身為臺胞在上海所遭遇的文化衝突、適應及生活瑣事，身為女性，面對先生的事業、小孩的教育，金碧分享著她在上海的酸甜苦辣，若我們用更寬泛的角度來看，這是一本生活雜記，與先前的「教戰攻略」比起來，略帶一些文學性，雖稱不上經典的文學之作，但在題材與描述技巧上，可視為生活散筆之作。

從事翻譯及文字工作多年的金碧，在書寫該書的過程中，文思似乎較為細膩，舉例而言，當她提到臺灣人超強的適應能力時提到：

> 臺灣的企業和企業家們在上海開展新的事業，從不把自己設定為「外人」；臺灣的專業經理人憑著對外在世界的知識及本地文化的親近，以跨文化使者的身份，帶領跨國企業在上海闖天下；臺灣的球員以「內聯」而非「外援」的身份，在上海職業籃球隊中打球；臺灣的泡沫紅茶、婚紗禮服與上海一拍即合。從張忠謀的傳記到痞子蔡的小說，在上海熱賣的程度，並不下於臺灣。雖然沒有移民心態，臺灣人被包容在新上海中，自然地成為它的一部分，似乎比北京、廣東、西安來的新上海移民更像上海人。（金碧，2001：6）

她更從柴米油鹽、菜市場談起，告訴臺灣讀者如何跟上海人打交道，也不忘掉每日的食衣住行的細細碎碎，尤其是臺灣人與上海人不同的時間概念、距離概念，都是移民上海必須適應的部分，她更細部的透過親子對話反應出臺灣及上海教育的不同，醫療問題、生活適應，金碧的生活瑣記讓讀者真正深入瞭解上海這個城市，不再是主觀的分析敵情，也不只是一味的鼓勵臺灣人移居上海，金碧在書中的確反應出真實臺灣人在上海的酸甜苦辣，也擺脫侵略、攻略式的觀點去觀看上海，且屬於更精緻的上海書寫。

伍、結語——「臺北．上海」面對面

2001 年下半年，雖然仍有相關介紹上海的出版品，不過，主題與討論方向似乎已侷限於重複舊作的論述，筆者甚至認為，包含陳彬後續的出版品，有一大部分的內容仍然是「舊瓶裝新酒」，不過，相關出版品，也開始鎖定不同的族群而陸續出版。

Billy（洪濬成）的《Billy 遊上海》[19]與李俊明的《驚豔上海》[20]皆屬於旅遊叢書，鎖定讀者群為有意到上海旅遊者，甚至提供上海地鐵圖，以及彩色上海圖片，採圖文並茂方式印刷；陳婉瑜的《工作在上海》[21]，副標題「一位上班族西進成功的實戰經驗」鎖定的族群為小眾，該書討論的是到上海從事網路業成功的個案；柯耀明的《上海個體富》[22]的主要訴求對象也屬小眾，該書分享的是一個房屋仲介經紀人在上海成功的案例；翁蕙如《上海流行地圖：做衣服篇》[23]則屬於簡單的筆記、手冊，內容簡單、輕薄短小，採圖表多於文字的方式呈現，鎖定有意到上海訂作旗袍的讀者，顯然當時受到電影〈花樣年華〉的影響。

---

[19] Billy《Billy 遊上海》（臺北：新新聞，2001 年 7 月）。
[20] 李俊明《驚豔上海》（臺北：遠見，2001 年 7 月）。
[21] 陳婉瑜《工作在上海》（臺北：經典傳訊，2001 年 8 月）。
[22] 柯耀明《上海個體富》（臺北：匡邦文化，2001 年 12 月）。
[23] 翁蕙如《上海流行地圖：做衣服篇》（臺北：恆兆文化，2002 年 1 月）。

截至目前為止，各式各樣的上海出版品，仍以非密集的頻率繼續出版著，比較具有獨特性的，筆者首推黃百箬《對面：臺北・上海・面對面》[24]一書為代表，該書開啟了上海出版品的新面貌、新風格，作者採取邊走邊拍邊記錄的方式完成，左頁一律是上海，右頁一律是臺北，包含雙城郵筒的不同、交通安全標語的不同等，全書以豐富的圖文作為兩個城市的穿插比較，作者之所以決心走入上海，撰寫該書，其實也跟相關上海出版品有關：

> 到上海之前我在書店裡服務。檯面上陳列了很多針對上海的旅遊、投資和產業發展所撰寫的書籍，但是對上海充滿好奇卻不是臺商又沒有投資能力的我而言，這些書都距離「我想知道的上海」太遙遠。身為一介平民，在面對變幻莫測的兩岸局勢時，我想知道的除了「上海湯包很好吃」、「上海人很精明」之外，還有一些「最平常基本」的事。比如那些未來有可能成為我工作或情感對手的人是怎麼理解事情的？生活的喜怒哀樂是什麼？如果我將來可以選擇的工作或居住空間擴大了，那些地方和我現在所居住的城市有什麼不同？等等。或許是因為太日常了，所以大家都覺得不重要吧。（黃百箬，2003：序）

該書出版的背景，在於一個臺灣讀者找不到一本滿足他個人上海想像的書籍，身份既非臺商，也不想移居上海，更不願單純吃喝玩樂的城市飛行者於是呼之欲出，這些出版品證明了上海這個豐富的城市，從古到今不斷的被書寫著，無論是橫光利一的上海、劉吶鷗的上海、張

---

[24] 黃百箬《對面：臺北・上海・面對面》（臺北：大塊文化，2003 年 4 月），該書於 2003 年 7 月二刷出版。

愛玲的上海、白先勇的上海，或是陳彬的上海、Billy 的上海……，無關是不是上海人，可以肯定的是，在今日臺灣出版市場上，人人皆有一套上海經，透過書寫上海、出版上海來出賣／想像上海，而到了今日，更是從漫談大眾的上海，轉型為敘述個人的上海，上海充分吸引著臺北來的「哈海族」往前進已是歷史上不可改變的事實，而上海的城市性格具有獨特性與高度包容性，以及於臺北／臺北人的相互交融性，更可從出版品的百花齊放、各家一本上海經來實證了。

陸、參考資料

一、專書

王韜《瀛壖雜記・卷一》（臺北：廣文書局，1969 年 9 月）
費正清主編《劍橋中國晚清史》（北京：中國社會科學，1985 年）
于醒民、唐繼無《上海：近代化的早產兒》（臺北：久大文化，1991 年 6 月）
詹宏志《城市人——城市空間的感覺、符號和解釋》（臺北：麥田，1996 年 6 月）
黃毓麟《雙城對決：臺北 VS.上海》（臺北：書泉，1996 年 12 月）。
沈善增《上海人》（臺北：稻田，1997 年 11 月）
鄭祖安《百年上海城》（上海：學林，1999 年 4 月）
艾恩內斯特・霍塞（Earnest Hauser）《Shanghai：City for sale》，譯者為越裔，書名譯為《出賣上海灘》（上海：上海書店，2000 年 1 月）
陳彬《我的上海經驗》（臺北：商訊，2000 年 1 月）
陳彬《移民上海》（臺北：商訊，2000 年 11 月）
陳彬《立足上海》（臺北：時報，2001 年 3 月）
萬瑞君《搶攻上海金飯碗》（臺北：商智文化，2001 年 3 月）。
酈然、汪祖徽合著《把家搬到上海去》（臺北：生活情報，2001 年 3 月）

陳彬《上海商機》（臺北：時報，2001 年 6 月）
金碧《客居上海》（臺北：商訊文化，2001 年 7 月）
Billy《Billy 遊上海》（臺北：新新聞，2001 年 7 月）
李俊明《驚豔上海》（臺北：遠見，2001 年 7 月）
陳婉瑜《工作在上海》（臺北：經典傳訊，2001 年 8 月）
柯耀明《上海個體富》（臺北：匡邦文化，2001 年 12 月）
翁蕙如《上海流行地圖：做衣服篇》（臺北：恆兆文化，2002 年 1 月）
黃百箬《對面：臺北．上海．面對面》（臺北：大塊文化，2003 年 4 月）
陳彬《大陸教育商機》、《立足上海新觀念》（臺北：時報，2003 年 6 月）
陳彬等《大陸內需與邊貿》（臺北：商訊，2003 年 8 月）。

二、其他資料

朱弘〈近代上海的興起：1843-1862〉，是文收於《上海：城市、社會與文化》（香港：中文大學，1998 年）
周啟東、黃惠娟（2001），〈三十萬臺灣人移居上海大調查〉，《商業週刊》723 期，2001/10/1-10/7
〈上海臺商陳彬：從臺商到作家〉（2004 年 3 月 8，日擷取日期：2008 年 2 月 13 日），詳見 http：//big5.huaxia.com/sw/zjts/00183950.html。

附註：原文 2006 年 11 月發表於上海師大都市文化研究中心主辦的「都市文化——文學學術研討會」（論文題目：〈臺北哈海族的文化攻略與上海想像〉），本文已進行局部修改與增補。

文化臺商在上海
——談劉吶鷗的多元身份

壹、前言——多元身份、值得再思

> 母親說我不回也可以的，那末我再去上海也可以了，雖然沒有什麼親朋，却是我將來的地呵！（劉吶鷗日記，1927 年 7 月 12 日）

1926 年，當臺灣人劉吶鷗完成日本青山學院的學業來到上海時，進入震旦大學法文特別班，結識了戴望舒等中國文藝青年，次年，劉吶鷗於日記中有著矛盾的思索——在南國鄉愁的召喚與逐夢上海的追尋之間感到矛盾。然而，身為臺灣知識份子的劉吶鷗，在多方考量後，仍將上海當作他「將來的地」，如同一般來到上海的尋夢青年般，企圖在上海闖出一片新天地。

劉吶鷗（1905-1940），本名劉燦波，臺南柳營人，二、三〇年代寫下「臺灣人」於上海文壇、影壇活動的歷史扉頁，不但是將「日本新感覺派」仲介到上海的靈魂人物，實際帶動中國國寶級作家施蟄存（1905-2003）在小說創作技巧上的大膽嘗試，更影響了號稱「新感覺派聖手」穆時英（1912-1940）的創作風格，在當時形成「新感覺潮流」的寫作風氣。此外，1931 年之後，劉吶鷗從文學事業中淡出、轉而進入電影界，除了自己投資電影公司拍攝影片外，更與張道藩聯合編導中國電影史上第一部間諜片「密電碼」（1937），編撰龔稼農及胡蝶主演，由戴望舒為主題曲填詞的文藝電影「永遠的微笑」(1937)，是日據時期少數能同時活躍於大陸文壇、影壇的特殊個案。

以往學界對於劉吶鷗個人的論述與評價，多半出現基本資料錯誤百出、國族身份模糊不清的現象，以嚴家炎所編的《新感覺派小說選》為例，在介紹「新感覺派主要作家」時，便將其生歿年代錯誤記載為1900年到1939年，並描述劉吶鷗「年輕時在東京青山學院專攻文學，日本慶應大學文科畢業……抗戰爆發後，東南淪陷，汪精衛1939年準備建立南京漢奸政府。劉吶鷗也到上海，奉命籌辦漢奸控制下的《文匯報》，被任命為社長。報紙未出版，這年秋天就為人所暗殺」[1]，實際上，他不曾赴慶應大學求學，也並非在1939年接任《文匯報》，從現有相關資料得知，劉吶鷗是在1940年午后被槍殺的，當時他接任穆時英6月28日被暗殺後留下的《國民新聞》社長一職，也不幸在同年9月3日被暗殺，當時的《國民新聞》報中還詳細連載著劉吶鷗被刺殺的新聞[2]，包括劉吶鷗母親從臺灣來到上海處理後事的消息，以

1 嚴家炎編選《新感覺派小說選》(北京：人民文學，1985年5月)，頁7。

2 隸屬於南京汪精衛政權的《國民新聞》，在劉吶鷗遇刺後，以「渝方一再戕害本社社長」頭條〈劉吶鷗氏慘遭狙擊，又為和平運動殉難：昨在京華酒家遭暴徒襲擊不治殉命，各方聞訊咸表哀悼林部長來電唁慰〉(1940年9月4日)，並以「同人」名義，發表宣言〈我們決不為暴力所屈服〉(1940年9月4日)，其中提到劉吶鷗曾在穆時英被擊後，沈痛地勉勵大家「為宣揚和平運動而努力，並共同負起這一責任……在最近幾天他常常召集我們談話：談話的主題總是討論著怎樣努力使本報能成一張最理想的新聞紙，總是在事業上的打算著……」，第二天起則由「中華電影股份有限公司」與「劉吶鷗先生治喪委員會」名義刊登「報喪」，以社論〈徹底肅清潛伏租界區的藍衣社暴徒：我們對於不人道的暗殺毫不感覺畏懼恐怖〉(1940年9月5日)提及「南京」政府正開展和平運動，「重慶」獨夫卻還沈迷於抗戰迷夢，並唆使其鷹犬爪牙「藍衣社暴徒」任意屠殺和平運動的愛國志士作為連續暗殺事件的批判，連續三天，關於劉吶鷗被擊的後續消息，皆刊登於頭條「第一・新聞版」。《國民新聞》所刊登的劉吶鷗遇刺相關訊息，一直到一九四〇年九月九日發佈舉行公祭消息，九月十日發表公祭典禮結束為止。

及友人悼念他的篇章。在電影史上，更是將劉吶鷗生卒年誤記為1900年—1941年[3]，而他在電影方面的貢獻，也一向被正統的中國電影史排除在外。

至於國族身份的誤解也是劉吶鷗被邊緣化的主要因素，日殖民身份的他，一向不被時代理解，部分資料指出他的母親是日本人，實際上日據時期所有的臺灣人都是日本殖民，受過良好日本教育的他，能說得一口流利的東京腔，在彼岸的相關史料裡，劉吶鷗更是與胡蘭成同樣親日的大漢奸，尤其他接受了胡蘭成的邀請，擔任由汪精衛政府所主導的《國民新聞》報社長，讓他更是冠上了「為虎作倀」的歷史罪名。

在文學史評價方面，中研院學者彭小妍延續李歐梵對於新感覺派及劉吶鷗研究的基調，以波特萊爾般的「浪蕩子美學」定位劉吶鷗，而筆者碩士階段的劉吶鷗研究，則將他視為「日據時期的臺灣人」，還原他的臺灣身份，並以臺灣觀點重新評價其人其文，而2001年3月《劉吶鷗全集》在臺南縣文化局的出版，則宣告將劉吶鷗歸隊臺灣文學史，視其為不折不扣的「臺灣作家」。

近年來，由於筆者對於碩士階段劉吶鷗研究的重新審視，以及學術環境的多元開放，促使筆者重新評估劉吶鷗的身份定位，單以作家、影人或報人來評價劉吶鷗，都是有所偏頗的，原因是，從當時臺灣作家赴上海的其他個案看來（如張深切等），劉吶鷗所從事的藝文事業模式顯然更為複雜，而就臺灣人到上海投入電影工作的相關案例（如何非光、鄭超人等）得知，他所涉及的範圍其實更廣泛，包含電影雜誌的出版發行、電影理論的譯介、電影評論的撰寫、明星的挖掘

---

[3] 在大陸各版本的「中國電影大辭典」上，均將劉吶鷗生平資料紀錄為：「劉燦波，改名劉吶鷗，筆名洛生，新營人（一九〇〇～一九四一）」。至於臺灣葉龍彥《日治時期臺灣電影史》則引用黃仁說法（臺北：玉山社，1998年9月），頁143-148。

培養、編劇及導演、軍事演習紀錄片的拍攝，甚至參與電影論戰，以及電影事業的實際投資，對於在報社擔任社長一職，更是臺灣第一人，換言之，他是第一個在上海主持報社的臺灣人，接觸這份工作的時間雖然極其短暫，但就當時的政治環境與時代風氣看來，劉吶鷗無視於旁人的勸誡，執意投入當時人人自危，有著槍林彈雨風險的新聞事業，實際上是試著擺脫所謂的「論戰」，期望透過媒體的宣導力量來推廣作品，也特別強調必須以好的作品來感化人心，更是有著超越政治的立場。另一方面，房地產投資也是劉吶鷗在上海的重要規劃，就他死後妻子黃素貞為了處理他的遺產滯留上海近兩年的現象看來，劉吶鷗與同時代的臺灣人林伯奏（林文月之父）幾乎如出一轍，因而針對他的房地產投資行動，又多了一個「臺商」身份，二者的差別在於劉吶鷗所從事的行業，多半屬於文化事業，因而以「文化臺商」稱之，較能涵蓋他的活動範圍與事業屬性，而對照於今日臺商在上海投資的熱絡現象，劉吶鷗可說是時代先驅，堪稱為戰前少數以文化事業活躍於上海的臺商。

1937年，將近有一年的時間，劉吶鷗暫居南京擔任中央編導委員會主任兼編劇組組長，他的同事黃鋼在回憶劉吶鷗時提到，當時劉吶鷗即將離開南京，他們之間有一段對話：

> 「將來，你還是會幹電影麼？」他（按：劉吶鷗）問我。
> 「一定，」我答：「這是終身不改的了。你呢？」我轉問他。
> 「我也不會改，」他答說，把影片收拾好了，裝進圓鐵盒子裡。
> 「不過，我還會做生意……你知道我會做生意嗎？」[4]

---

[4] 黃鋼〈劉吶鷗之路報告（5）——回憶一個『高貴』的人，他的低賤的殉身〉，1941年2月3日發表於《大公報》。

就這段對話的內容得知，以生意人／商人來定位劉吶鷗，應當也是一個合宜的身份詮釋與定位，同時具備多重身份是劉吶鷗的特質，尤其是因為他有著多元又複雜的背景——臺灣人、日殖民、留學於日本、就讀英文科、精通英、日、法文、在上海發展藝文事業。包含他的藝文伙伴施蟄存，也認為由於劉吶鷗受到多元文化的洗禮，因而有著「三分之一是上海人，三分之一臺灣人，三分之一日本人」（施蟄存語）的多元背景，也因為如此，施蟄存認為他的人格特質很難一概而論或一言以蔽之。

1940年9月3日於上海公共租界福州路京華酒家被刺殺身亡的劉吶鷗，至今仍死因未明，其說法包括摯友施蟄存所堅持的，因賭場經濟紛爭而死於黃金榮、杜月笙等上海流氓手中[5]；肇因於「茶花女」影片的東渡事件、捲入國民黨的暗殺熱；臺灣親友口中謠傳的親日因素[6]；或者是因投靠南京汪精衛政權而成為出賣「甘心賣國，加入日本國籍，為虎作倀」的漢奸[7]……，都是刻意以客觀的時代因素與政治環境而強迫冠上的因素，單純以劉吶鷗個人的主觀志向而言，以「文化臺商」稱之，或許更能客觀的給予評價，以及適時的還原事件真相。

貳、藝文事業——翻譯寫作、雜誌出版、書店經營

關鍵的 1927 年，是劉吶鷗一在文學創作與現代思潮方面的啟蒙階段[8]，1927 年 1 月 4 日，劉吶鷗人在上海，當天晚上的聚會在天文

---

5 按：1998 年 3 月 30 日、4 月 1 日，筆者兩度探訪定居上海愚園路的施蟄存先生，談及劉吶鷗死因時，仍堅持此一說法。

6 此為臺灣說法，臺南劉家友人沈乃霖於 1998 年 10 月 10 日接受筆者訪談時指出，當時在臺灣謠傳的說法為「親日」而被暗殺或誤殺。

7 詳見〈劉逆吶鷗被擊殞命〉，載於《新華日報》，1940 年 9 月 4 日。

8 此部分筆者已曾專文討論，詳見〈現代洗禮與南國相思——劉吶鷗（1905-1940）

臺路，與會者包括戴望舒、施蟄存及杜衡，聚會討論的重點，包括未來書社的創立和旬刊發行的構想——「談談書社及旬刊到十一點才回來」（1 月 4 日）；過了半個月之後，日記上出現戴望舒和施蟄存來探訪劉吶鷗，繼續討論旬刊的紀錄——「戴君和施君來，講了好久關於旬刊的事才別了」（1 月 18 日）；事隔一天，劉吶鷗又到天文臺路去找戴望舒等三人，並將即將創刊的同仁雜誌定名為《近代心》——「飯後到天文臺路去，雜誌定名《近代心》了」（1 月 19 日）。

1927 年 1 月份，劉吶鷗與上海文友們密切的討論著即將開展的藝文事業，他的臺灣友人蔡愛禮、蔡惠馨替他取了「吶吶鷗」這個筆名，因而在 4 月 8 日時，劉吶鷗以「吶吶鷗」為名，印了個人的名片——「印名片吶吶鷗」（4 月 8 日），試圖在文學創作事業上闖蕩一番。

原本四人熱烈討論著的雜誌發行，因政局不安而有所延宕，《近代心》雜誌的計畫儼然胎死腹中，時局動盪甚至迫使劉吶鷗等人紛紛走避，一九二七年，對照於施蟄存的回憶，他們三人因走避草木皆兵的局勢，曾短期聚集在施蟄存松江老家廂樓[9]，時停留在上海的劉吶鷗，也因為四一二政變前後的社會動亂，再加上母親以電報通知祖母病危的消息而暫時返臺。

完成祖母喪事後，劉吶鷗又從臺南前往東京，每天的生活除了看書、訪友、看電影、逛舞廳之外，沒有什麼生活重心，因此，在東京待膩了，6 月 28 日，他寫信與家人溝通前往中國（上海）的事，也寄信通知施蟄存等人下半年的行動計畫，在得到母親的允許後，他一心一意嚮往著「將來的地」（7 月 12 日）——上海。

的文學啟蒙與憂國懷鄉〉，該文發表於《臺灣風物》49 卷 4 期（1999 年 12 月）。

[9] 見施蟄存〈最後一個老朋友——馮雪峰〉，收入《沙上的腳跡》（遼寧教育，1995 年 3 月），頁 122-130。

9 月 10 日午後兩點，劉吶鷗終於抵達上海，暫居東亞旅館，另外，也試著聯絡施蟄存等人——「寫信給松江施君（施蟄存）」；9 月 12 日，他從暫居的旅館搬到余慶坊 177 號陳先生住處；9 月 13 日，他印了新名片，並到「新月書店」看書，覺得書店很普通，不怎麼稀奇，甚至認為「不過胡適、徐志摩的名大而已」（9 月 13 日）。然而，當他在十五日收到施蟄存回信時，得知一個消息——「施君覆信說現在在松江當中學教員，上海不來了。」（9 月 15 日）。

無法齊聚上海，這群熱血沸騰的文藝青年也並非放棄文學創作，在當時政治局勢不穩定同的聲浪中，翻譯各國文學成為他們的重要工作，施蟄存回憶「四一二」前後的局勢時，提到：「我們閉門不出，甚至很少下樓，每天除了讀書閒談之外，大部分時間用於翻譯外國文學。記得最初的幾個月裡，望舒譯出了法國沙多布里安的《少女之誓》，杜衡譯出了德國詩人海涅的《懷鄉集》，我譯了愛爾蘭詩人夏芝的詩和奧地利作家顯尼志勒的《倍爾達・迦蘭夫人》[10]」

另一方面，我們亦可從劉吶鷗日記得知，當時他已經著手進行日本新感覺派小說的翻譯工作，在與戴望舒在往北京之行的途中，他清楚記載著自己正進行小川未明〈描在青空〉的續譯[11]，可知此時在外國文學的翻譯上，他們已計畫性的進行分工，此外，他們亦與光華書局接洽《文學工場》發刊事宜，直到排版工作完成後，發刊計畫卻因為光華書局老闆沈松泉覺得內容激烈而宣告作罷，而《文學工場》出版計畫的停擺，也是促使劉吶鷗願意出資成立第一線書店的主要原

---

[10] 見施蟄存《沙上的腳跡》（遼寧教育，1995 年 3 月），頁 122。

[11] 劉吶鷗於 1927 年 10 月 24 日之日記中紀錄著「同老戴到北海去，再續譯〈描在青空〉」。

因，一些夭折於《文學工場》的作品，此後亦被陸續發表於《無軌列車》[12]或專書出版。

1928 年夏天，劉吶鷗在虹口江灣路六三花園旁租了一棟單間三樓的小洋房，邀集戴望舒等人到他的住處討論著未來文學事業的規劃，劉吶鷗主動提議：「我們自己辦一個刊物罷！寫了文章沒有地方發表，只好自己發表。[13]」至於內容，劉吶鷗的想法是沒有一定的方向，有什麼文章就登什麼文章，於是，他為刊物取名為《無軌列車》，該雜誌的封面還是劉吶鷗所設計的。

＊ 劉吶鷗等編《無軌列車》，為半月刊，上海第一線書店出版，1928 年 9 月 10 日發行，至 12 月 25 日停刊，共八期，封面由劉吶鷗親筆設計。

＊ 《色情文化》由劉吶鷗所翻譯，為日本新感覺派短篇小說選集，1928 年 9 月，由第一線書店出版。

---

[12] 劉吶鷗等編《無軌列車》（上海：第一線書店，1928 年 9 月 10 日-12 月 25 日），共八期。

[13] 見施蟄存〈我們經營過的三個書店，收入《沙上的腳跡》（遼寧教育，1995 年 3 月），頁 13。

是年秋天，一心想在上海發展的劉吶鷗，以雄厚的財力邀集施蟄存等人加入競爭淘汰狀況如戰國時代的文學市場，他獨資與戴望舒、施蟄存等人創辦「第一線書店」於九月份開幕（1928 年 9 月至 1929 年 1、2 月間）[14]，並創辦同仁雜誌《無軌列車》，書店的位置在中國地界，招牌也是劉吶鷗親手設計製作的，開幕時僅出售《無軌列車》創刊號，雜誌出刊後，劉吶鷗發表了第一篇小說〈遊戲〉，而由他所翻譯的日本新感覺派小說（橫光利一等人的創作）《色情文化》[15]，也在書店開幕後出版。

第一份由劉吶鷗設計封面並取名的文藝刊物《無軌列車》於 1928 年 9 月誕生，而位於中國地界北四川路橫濱橋東寶興路口一四二號的「第一線書店」，也由劉吶鷗親自設計並掛起招牌開始營業，沒有固定方針與主義崇拜信仰的《無軌列車》誕生，如同第一次世界大戰後，羅馬詩人們聚集於咖啡屋裡所談論的「達達」（DaDa）一樣沒有任何意識型態與特定方向，或者如日本 1923 年關東大地震後，日本作家在重建社會體制與結構過程中對於「新感覺」的刺激與「新興文學」的渴望，《無軌列車》雖以「同仁雜誌」現身，卻有著這樣的理念：

> 新聞紙說柏林、北平、上海間將有航空路了，地球的一切是從有軌變無軌的時間中……[16]

由於有著多樣的地緣與廣泛的人脈，能夠有著遼闊的視野，對時代空氣轉換與社會腳步迅速變遷相當敏感的劉吶鷗而言，從有軌到無軌；

---

[14] 關於該書店之開設與歇業，請參考倪墨炎〈第一線書店的停業〉，是文收入《現代文壇災禍錄》（上海書店，1997 年 10 月），頁 23-26。

[15] 劉吶鷗譯《色情文化》（上海：水沫書店出版社，1928 年 9 月）。

[16] 劉吶鷗等編《無軌列車‧編後記》第三期，上海：第一線書店發行，1928 年 11 月。

從無聲到有聲；從世紀末到世紀初；從保守到前衛；從傳統到現代，正是劉吶鷗「第一線」性格與「無軌」生活的寫照。然而，由於不按牌理出牌的無軌方針，加以開幕之時不清楚申請營業登記的手續，開幕後即有警察前來巡察，由於所有補登記的手續都沒有獲得回應，第一線書店因有宣傳赤化嫌疑而被迫停業。

1929 年，劉吶鷗又出資與戴望舒、施蟄存等人成立「水沫書店」[17]，該書店以出版社的形式經營，位於北四川路、海寧路口公益坊內一棟單間二樓的石庫門房屋，第二個由劉吶鷗等人所主持的同仁雜誌《新文藝》[18]也隨之出版，劉吶鷗個人於該雜誌上發表了小說〈禮儀和衛生〉、〈殘留〉、〈方程式〉並翻譯〈新藝術形式的探求〉、〈掘口大學詩抄〉。

＊ 劉吶鷗等編《新文藝》，半月刊，上海水沫書店雜誌部出刊，1929 年 9 月 15 日創刊，至 1930 年 4 月 15 日停刊，共出過八期。該封面的設計以電影聚光燈的放射為主體，可見劉吶鷗對於文學與電影的雙重喜好。

＊ 《都市風景線》為劉吶鷗所創作的短篇小說，是上海文壇上第一本以新感覺派風格問世的小說集，1930 年 4 月由上海水沫書店發行出版。

---

[17] 水沫書店，由劉吶鷗出資開設，1929 年 9 月成立，毀於 1932 年「一・二八」戰火。

[18] 劉吶鷗等編《新文藝》（上海：水沫書店雜誌部，1929 年 9 月 15 日-1930 年 4 月 15 日），共出過八期。

水沫書店的經營顯然比第一線書店順利得多，在「水沫叢書」裡，出版了五種屬於他們的同仁刊物：（一）戴望舒詩集《我的記憶》、（二）徐霞村小說《古國的人們》、（三）施蟄存小說集《上元燈》、（四）姚蓬子詩集《銀鈴》、（五）劉吶鷗小說集《都市風景線》。此外，預計出版的「現代作家小集」系列與「新興文學叢書」，均屬於外國文學作品的翻譯，此外，「科學的藝術論叢書」也發行了五種，劉吶鷗所翻譯的《藝術社會學》，也是在水沫書店出版發行的。

經營了兩年，劉吶鷗所投入的資金已超過一萬元，但水沫書店的營運卻因應收帳款的回收困難而出現問題，劉吶鷗向同人們表示無法再繼續投入資金，因而整個出版業務呈現萎縮狀態，再加上當時上海在政治環境上的複雜，國民黨上海市黨部正策劃著查禁進步書刊，封閉某些書店，《新文藝》因而停刊，但「科學的藝術論叢」卻視為宣傳赤化的出版物，於是在被查封前，書店自行宣告停業，相關帳目則併入東華書店。

開設東華書店，是因為劉吶鷗等人打算改變經營方向，預計出版一些大眾刊物與書籍，但書還沒出，就遇上了淞滬抗日戰爭，閘北烽火連天，北四川路上秩序大亂，於是劉吶鷗逃入法租界，從此後轉向投入電影界。

參、生意眼——電影事業的發展

出生於海島臺灣，遊走於繁華城市東京與異調十足上海的劉吶鷗，在「舶來事業」——電影藝術與專業電影理論——方面亦有相當前衛的視野，不但與友人黃嘉謨發行具有軟性電影理論色彩的《現代電影》（1933．3-1934．6），與當時左翼電影工作者之間所擦撞出來的電影理論火花亦不亞於魯迅與梁實秋激烈的「文學論戰」[19]，然而，三〇年代的上海，在整體電影發展環境以左翼電影為主流的指標下，劉吶鷗所提倡的軟性電影論亦受到中國電影發展史的否定與質疑。[20]

＊ 劉吶鷗等編《現代電影》，於 1933 年 3 月出刊，1934 年 6 月停刊，共出七期，由現代電影社出版發行。

1931 年，劉吶鷗因九一八事變遷居法租界，同時也開始接觸電影業；一九三二年，水沫書店毀於一·二八戰火，劉吶鷗在文學方面也漸漸淡出，僅陸續翻譯〈日本新詩人詩抄〉，發表小說〈赤道下〉、〈棉被〉等，他的重心轉向電影事業，於是他的電影評論〈影片藝術論〉連載於《電影周報》，他更參與「藝聯影業公司」的拍攝計畫，由黃

---

[19] 請參考黎照編《魯迅與梁實秋論戰實錄》（北京：華齡，1997 年 11 月）。

[20] 在中國電影史上，劉吶鷗的電影理論及相關評論一向被貼上「軟性電影理論」的負面、低度評價，不過中國電影藝術研究中心研究員酈蘇元在撰寫《中國現代電影理論史》（北京：文化藝術出版社，2005 年 3 月）時，已將劉吶鷗所提出的電影理論分為「電影本質論」、「電影形式論」、「電影功能論」及「電影批評論」四個方向來探討劉吶鷗較為前衛的電影視野，詳見該書第二章第四部分「軟性電影論」，頁 221-231。此外，酈蘇元在「回顧與展望：紀念中國電影一百週年國際論壇」會議中，則提出專文〈審美觀照與現代眼光：劉吶鷗的電影論〉，該文在結論中提到：「劉吶鷗的電影研究，既是對電影的審美觀照，又是對電影的現代思考。他的許多理論觀點，是合理的正確的，甚至是頗具前瞻性，在當時並不多見。」（會議日期：2005 年 12 月 10 日-13 日，會議地點：北京，此會議資料由黃仁老師提供）。

漪磋領隊至廣西實地拍攝「猺山豔史」(楊小仲導演),就現今可以掌握的史料中得知,此一期間,劉吶鷗亦曾於臺南新營拍攝家庭影像[21]。

1933年3月,與黃嘉謨等人合辦《現代電影》,發表電影評論如:〈Ecranesque〉、〈中國電影描寫的深度問題〉、〈歐洲名片解說〉、〈論取材:我們需要純粹電影作者〉、〈關於作者的問題〉、〈電影節奏簡論〉等;《現代電影》於第三期〈編輯的話〉中提到[22],7月前後,劉吶鷗往返閩滬之間,12月,《現代電影》第六期記載,該期未出刊前,劉吶鷗與黃嘉謨已動身到廣州,率領「藝聯」影業公司滬粵二地的男女演員拍攝新片「民族兒女」,導演編劇工作由二人負責,此戲為「藝聯」黃漪磋和聯合電影公司合作拍攝之作品。

1933年,發表小說〈殺人未遂〉、影評〈銀幕上的景色與詩料〉[23]、劇本〈A Lady to Keep You Company〉[24]、翻譯小說〈青色睡衣的故事〉[25],電影雜誌《現代電影》停刊(1934年6月15日),並於郭建英主編之《婦人畫報》[26]以〈現代表情美造型〉一文討論如嘉寶、瓊克勞馥等知名外國女明星的表情審美。

---

[21] 劉吶鷗拍攝「持攝影機的男人——人間卷」、「持攝影機的男人——遊行卷」(臺北:電資館館藏影像),1998年9月參展「1998臺灣國際紀錄片雙年展——臺灣紀錄片回顧影片」(1998年9月20日)。

[22] 「本期在開始籌辦的當兒,炳洪為著替老太爺祝壽趕回香港,吶鷗僕僕於閩滬之途不知忙點什麼,嘉謨回到廈門,在《華僑日報》大過其總編輯的癮,編輯室的空氣頓時沈寂起來,幸賴各方朋友的幫忙和小眾同志的努力,本期尚能依時出版……」,《現代電影・編輯的話》第三期,1933年7月。

[23] 刊載於穆時英等編《文藝畫報》,上海文藝畫報編輯部,1934年10月。

[24] 劉吶鷗劇本〈A lady to keep you company〉,收入《文藝風景》創刊號,上海文藝風景編輯部,1934年6月。

[25] 日本・舟橋聖一原著,劉吶鷗譯〈青色睡衣的故事〉,刊載於《現代》,上海現代書局,1934年11月1日。

[26] 收入郭建英編《婦人畫報》第十八期,上海良友圖書公司,1934年5月出版,頁16。

1935年，與黃天始等人進入「明星」編劇科，完成劇本「永遠的微笑」後，進入「藝華」擔任導演；1936年，編導「初戀」（藝華）後赴南京「中央電影攝影場」擔任「電影編導委員會」主任及編劇組組長；1937年1月，「永遠的微笑」上映，編寫分幕劇本並聯導之「密電碼」推出，七七事變後，由南京辭職返回上海。

1939年6月，與黃天始、穆時英等人加入「中華電影股份有限公司」，擔任製片部次長，劉吶鷗對於電影事業的濃厚興趣，從他密切參與相關電影工作即可得知。

＊ 此照片為劉吶鷗所留存的，約1937年後拍攝愛國電影的拍片現場。

＊ 「永遠的微笑」拍片現場，此為該片電影演員與工作人員之合照，左一為女主角胡蝶。

就劉吶鷗所提出的電影見解中，最具爭議性，也更具有「生意眼」的說法，即在於電影所承載的教育意義，左翼論者將電影視為社會關懷、教化社會大眾的工具，而劉吶鷗等人卻提倡電影具有娛樂大眾的積極效果，他認為「電影，是眼睛吃的冰淇淋，心靈坐的沙發椅。」對於電影的意見，他也在《現代電影》中發表過如〈中國電影描寫的深度問題〉、〈關於作者的態度〉等電影評論，在當時曾一度引起左翼電影理論者的抨擊，甚至有左翼電影影評人如王塵無等在報上與劉吶鷗、黃天始、黃嘉謨等人爭論電影理論與電影藝術定位的問題，當時被定位為「軟性電影」理論家。劉吶鷗等人的軟性基調，符合了阿諾德・豪澤爾對電影藝術的詮釋：

> 在工作疲倦之後，踏進影戲院去，享受一兩小時間的貢獻。我要贊歎，我要歡欣。在我前面這塊方形的白布中，包含了整個世界，從東半球一直到西半球，從外表一直到內心裡──內心，一齊都從這塊白布中表現出來。[27]

早在 1927 年劉吶鷗日記中，便頻繁的出現「觀影紀錄」與「觀影心得」，而一九二八年，同時具有「文字創作」與「電影觀眾」雙重身份的劉吶鷗更認為，電影的確有其作為觀眾娛樂消費與身心放鬆的特質與使命。當劉吶鷗化身為觀眾身份的「我」，提出「我」要贊歎，「我」要歡欣，在「我」前面這塊方形的白布中，包含了整個世界的延伸時，實際上已經影射出「觀眾」對於「電影」應有「自我實現」層面的要求，因此，從文藝與社會的關係看來：

> 藝術活動的最終目是實現藝術的理想與職能，是為了滿足人民精神生活多方面的需要……[28]

至於電影觀眾在群體環境中進行消費活動，這一命題本身則象徵著，當觀眾出於一種滿足自己精神需求的共同目的，從各個方向走

---

[27] 可參考阿諾德・豪澤爾著，居延安編譯《藝術社會學》（臺北：雅典出版社，1991 年 11 月），頁 126-128。

[28] 劉崇順等著《文藝社會學概說》（北京：文化藝術出版社，1986 年 3 月），頁 102。

進同一家影院時，這一群體在觀看影片的過程中其心靈的流動已跟隨著影片由始而終。此外，就心理學範疇而言，人類的幾大需求之中——基本生理需求、渴望安全的環境與生活、人際拓展與社交的念頭、被社會大眾所尊重的期待以及自我實現的需求——排列順位最後的需求，換言之，便是指人類在各方面基礎需求都得到滿足之後才會考慮的，則是對於「自我實現的需求」，電影，作為一種精神文化，滿足於自我實現的想像與思考，事實上，也是人類在完成幾大需求之後，最後的慾望：

> 以往的不少電影理論者和社會學家把電影消費機制的結構說城市「中產階級對『白日夢』的需求」，這類觀點顯然有必要在現代社會中加以修正。倒是產業工人隊伍的介入和社會的精神財富的平均化，才使電影消費機制產生了適應當代社會的流行性質。這一改變較之音樂、舞蹈、戲劇等藝術樣式的普及而言，電影要先行半個世紀。[29]

劉吶鷗在文學上重視創作技巧，偏向純文學、重藝術的軟性基調，而軟性基調實際上只是試圖從「娛樂事業」與「大眾消費」的角度出發，原因是，大眾藝術作品——通過電影、廣播和電視的——不僅可以被複製，而且就是為了被複製而創作的。它們具有工業消費品的特徵，可以歸入被稱為「娛樂產業」的商業範疇內[30]。劉吶鷗認為，在新興藝術電影的偏好與走向，除了應該重視「取材」外，應有「純粹電影作者」並強調「影片美學與藝術」，其立場亦符應於黃嘉謨的「消遣

---

[29] 汪天雲等著《電影社會學研究》（上海：三聯書店，1993 年 4 月），頁 85。

[30] 可參考阿諾德．豪澤爾著，居延安編譯《藝術社會學》（臺北：雅典出版社，1991 年 11 月），頁 126-128。

娛樂品＋藝術綜合＋教育與宣傳利器＋文藝靈魂與科技骨骼的藝術結晶」：

> 電影不祇是一種消遣品。他是藝術的綜合——包括著文藝，戲劇，美術，音樂，以及科學——電學光學等。形成一種現代最高級的娛樂品。同時也是最普遍的教育和宣傳的利器。她以文藝思想為靈魂，科學機械為骨骼。是這二十世紀新興藝術的結晶。[31]

劉吶鷗與黃嘉謨等人對於創辦《現代電影》的創立與今後的責任，在於以「清白的立場」、「光明的態度」來面對當前電影界的諸多問題，申明不以任何機關為指導單位，刊物本身也不帶個人色彩，其中，《現代電影》的同人「預備給讀者的幾個貢獻」，包括肩負起當前中國電影界的問題，以集思廣益、互通聲氣的方式開放一個公開研討中國電影的園地。尤其是一般民眾，尤其是公認電影是他們生活上最大的慰藉的摩登男女，在享受電影為他們所帶來的樂趣之餘，也希望《現代電影》能夠成為一份完善的、定期的、具有觀影領導的、研究電影的，甚至評判當前中國電影界的刊物。

《現代電影》出刊不久，以「洋人」辦的雜誌自居的目的是提升該雜誌的水平，並以挑釁的姿態向讀者與反對黨宣言：「告訴你吧！以前的都不算，我們所要提供的還在後頭呢！刷清眼仁等著看未來的第四期吧！[32]」，此外，也聲勢浩蕩的提出長久維持發行的決心、擴大篇幅與贈品相送的「利多」消息，完全符合商業手法的促銷方式：

---

[31] 黃嘉謨〈「現代電影」與中國電影界〉，載於《現代電影》一卷一期，1933 年 3 月，頁 1。

[32] 《現代電影・編輯室》一卷三期，1933 年 5 月。

> 出了三期以後，同仁經過一番審慎的考慮，發見本刊在經濟、材料、使命各方面看來，都有長久維持下去的把握與決心，絕不致如別的刊物會突然地壽終正寢，請一班狹膽的仁兄們趕快摸出袋裡的兩元錢來訂閱吧！……為了進一步貢獻讀者起見，本期篇幅如約的由第三十二頁便到三十六頁了……訂閱則贈四吋明星照兩張。[33]

到了第四期，篇幅則又從36頁擴大為40頁，而《現代電影》號稱「六位一體」的編輯，有著都市人性格般時常為著各自的事物奔走於不同的城市中：

> 本期在開始籌辦的當兒，炳洪為著替老太爺祝壽趕回香港，吶鷗僕僕於閩滬之途不知忙點什麼，嘉謨回到廈門，在《華僑日報》大過其總編輯的癮，編輯室的空氣頓時沈寂起來，幸賴各方朋友的幫忙和小眾同志的努力，本期尚能依時出版，這一點，我們不得不引以為快慰的。[34]

或許也因為同人各忙各的，到了第五期出刊時，便出了「脫期」的小狀況，並向讀者提出致歉申明與說明「脫期」的主要原因是：

> 編者同仁流動無定，此起彼伏，吶鷗和炳洪先後回滬，同仁心中方在竊喜，不料炳洪不耐高熱，逃入醫院，至今尚未能健步，天始忙著辦理「藝聯」公司的新片的供應，雲夢新任南星大戲

---

[33] 《現代電影‧編輯室》一卷三期，1933年5月。
[34] 《現代電影‧編輯室》一卷三期，1933年7月。

院職務，惟賡滑入現代（大家都在大辦其公），還好嘉謨持續其總編輯之職，由廈回滬，現在大家又在交頭接耳，此後決定（六眾一心）前仆後繼……不再多言。[35]

有著「文人電影」特質的三〇年代電影生態，文人對於各領域的多觸角有助於其文藝事業的發展，除了對於解說「歐洲名片」，討論時下國片，介紹相關電影理論或外國文藝思潮[36]以作為其電影事業的基礎之外，劉吶鷗也獨立出資籌組「藝聯影業公司」，《現代電影》一卷期的〈編輯室〉中向讀者報告著「藝聯」公司的拍片訊息：

（雲夢）這次這中國電影既生氣蓬勃的年頭，每個有志於電影事業的人都有著躍躍欲試的興趣，而在這高潮中，竟把本刊的兩位編者也捲入漩渦去了，在本期赴印之時，劉吶鷗、黃嘉謨二君已動身到廣州去，率領著「藝聯」影業公司滬粵二地的男女演員拍攝一部「民族兒女」的新片，這片戲由藝聯黃漪磋和聯合電影公司合作拍攝，導演編劇的工作將由劉黃二君負責合作，我們希望他兩能有相當的成效。[37]

具有上海文人特質的劉吶鷗，能編能導，一手寫小說，一手翻譯外國作品，一手管理書店，一手又能出版文藝刊物，這些工作背後的意義

---

[35] 《現代電影》一卷五期，1933 年 10 月，頁 39。

[36] 即使劉吶鷗忙於電影拍攝事業，仍不忘向《現代電影》的讀者推薦法國超自然大師，（老劉）：「忙死了，還教我來寫點一編輯話，我只好寫一點編輯話了；但寫什麼呢？這一期雜誌的美觀似乎增加得多了，因為文字前後來了許多夠味兒的線畫，請大家別當作小事看，這些小事裡頭有一半是出自大名鼎鼎的法國超自然派大詩人 Jean Cocteau 手的，超自然派我是不太懂，不過聽說其風有如像上「美心」館吃桔汁煎生蠔。」《現代電影・編輯室》一卷六期，1933 年 12 月。

[37] 《現代電影・編輯室》一卷六期，1933 年 12 月。

在於，這些藝文工作對劉吶鷗而言，都是重要的「文化事業」，他不斷的出資投入文化工作，相信除了個人對於文化的嚮往之外，想要闖蕩出一翻事業、締造一片新天地，恐怕也是劉吶鷗最主要的目標罷！

值得深思的是，同樣早夭的《現代電影》也在短短的七期中落幕了，作為「軟性論者」發聲練習場域，《現代電影》只能提供小眾作短暫的發聲，在《現代電影》第七期中無法搜尋到即將停刊的任何氣息，或許，劉吶鷗與黃嘉謨、黃天始等人在投入電影實際拍攝上的濃厚興趣，遠勝於刊物繁雜與瑣碎的編輯工作上，一有機會，便陸續躍身為「第一線」的電影工作者。雖然捲入「軟硬論戰」的漩渦，劉吶鷗仍不失其個人對於電影的濃厚興致，在結束《現代電影》之後，便更積極於電影劇本編導與實際拍攝影片等工作，持續發揮其運動性格。

肆、結語——從新感覺派的製造到房地產的投資

新感覺派被視為「中國唯一自覺運用西方現代主義創作手法來描寫現代都市人生活和心理的獨立小說流派」[38]，實際上，該流派屬於西方的文藝思潮之一，發源於歐美而進駐日本，二、三〇年代透過劉吶鷗的引介來到上海，因而上海新感覺派可說是文化臺商劉吶鷗的上海製造。就新感覺派思潮的推動與其影響層面而言，文化臺商劉吶鷗透過個人的「新感覺式」的小說創作與「日本新感覺派」小說翻譯，以實際寫作、出版，結合文藝同仁製造「新感覺熱」，是第一個將「日本新感覺派」引進上海文壇的仲介者。

---

[38] 吳中杰、吳立昌主編《1900-1949 中國現代主義尋蹤》（上海：學林出版社，1995 年 12 月），頁 381。

另外，在房地產投資方面，從劉吶鷗妻子黃素貞所保存的相關資料亦可得知，他在虹口的確購置了不動產，臺灣人在上海置房地產的案例，還包括林文月之父林伯奏，林文月曾於多篇散文中憶及上海江灣路的故宅，而其宅院後的七棟小洋房，也是林伯奏的資產。根據翁靈文回憶，劉吶鷗所購置的房地產位於公園坊，當時公園坊、余慶坊、林肯坊，便是劉吶鷗臺灣友人聚集之處：

> 在上海虹口公園附近劉擁有一所三十多幢的弄堂房子「公園坊」私產，因為和劉的關係可能獲致多少便利，有些文化界人士便在此處作居停，如葉靈鳳、穆時英、戴望舒、姚蘇鳳，和現留在香港的黃天始、陸小洛等都住過這「公園坊」。[39]

由於對藝文事業的喜好，以及劉吶鷗喜愛結交中國文藝青年的海派性格，因而當時許多藝文青年曾短暫居留於他所購置的房屋，早期於水沫書店時代，劉吶鷗也曾邀請施蟄存、戴望舒同住。

翁靈文還提到，劉吶鷗自稱有四大嗜好，第一是手不釋卷，第二是看電影為樂，第三是邀朋友搓四圈衛生麻將，第四是跳舞，這四大嗜好正好同時說明了他的終身志業及當時的上海娛樂生活，與他短暫的一生也可以說是息息相關。

劉吶鷗一生中最短暫也最匆促的事業則是新聞事業，他汪偽政府國民新聞社社長一職，也結束了他正發光發熱的活動力，隨初於〈我所認識的劉吶鷗〉提到「當初他接任國民新聞社社長的時候，他是懷抱著一種理想。他希望該報能夠減少牠的政治意味，而注力於新中國

[39] 翁靈文〈劉吶鷗其人其事（上）〉，1976年2月10日發表於香港〈明報、自由談〉。

文化的重建工作。他嘗謂：論戰是沒有用的，作品，好的作品是最有效的利器」。

換言之，對於藝術有著永恆追求、希望在新聞工作上藉由作品減低政治意味的另類臺灣作家劉吶鷗，卻在 1940 年 9 月 3 日下午喪命於無情的槍下，從事新聞工作的理想與預期的計畫，便伴隨著許多令人不解的疑問而畫下句號。

伍、相關參考書目

一、專書

劉吶鷗等編《無軌列車》（上海：第一線書店，1928 年 9 月 10 日至 12 月 25 日）。
劉吶鷗譯《色情文化》（上海：水沫書店出版社，1928 年 9 月）。
劉吶鷗等編《新文藝》（上海：水沫書店雜誌部，1929 年 9 月 15 日至 1930 年 4 月 15 日）。
嚴家炎編選《新感覺派小說選》（北京：人民文學，1985 年 5 月）。
劉崇順等著《文藝社會學概說》（北京：文化藝術出版社，1986 年 3 月）。
汪天雲等著《電影社會學研究》（上海：三聯書店，1993 年 4 月）。
施蟄存《沙上的腳跡》（遼寧教育，1995 年 3 月）。
吳中杰、吳立昌主編《1900-1949 中國現代主義尋蹤》（上海：學林出版社，1995 年 12 月）。
倪墨炎《現代文壇災禍錄》（上海書店，1997 年 10 月）。
黎照編《魯迅與梁實秋論戰實錄》（北京：華齡，1997 年 11 月）。
葉龍彥《日治時期臺灣電影史》（臺北：玉山社，1998 年 9 月）。
阿諾德・豪澤爾著，居延安編譯《藝術社會學》（臺北：雅典出版社，1991 年 11 月）。
酈蘇元《中國現代電影理論史》（北京：文化藝術出版社，2005 年 3 月）。

二、期刊／會議論文

劉吶鷗等編《現代電影》，1933年3月至1934年6月。

郭建英編《婦人畫報》第十八期，上海良友圖書公司，1934年5月。

劉吶鷗劇本〈A lady to keep you company〉，《文藝風景》創刊號，上海文藝風景編輯部，1934年6月。

穆時英等編《文藝畫報》，上海文藝畫報編輯部，1934年10月。

劉吶鷗譯〈青色睡衣的故事〉，《現代》，上海現代書局，1934年11月1日。

《國民新聞》（1940年9月4日至1940年9月10日）

〈劉逆吶鷗被擊殞命〉，《新華日報》，1940年9月4日。

黃鋼〈劉吶鷗之路報告（5）——回憶一個『高貴』的人，他的低賤的殉身〉，1941年2月3日《大公報》。

翁靈文〈劉吶鷗其人其事（上）〉，1976年2月10日發表於香港〈明報、自由談〉。

許秦蓁〈現代洗禮與南國相思——劉吶鷗（1905-1940）的文學啟蒙與憂國懷鄉〉，《臺灣風物》49卷4期（1999年12月）。

酈蘇元〈審美觀照與現代眼光：劉吶鷗的電影論〉，2005年12月10日至13日，發表於北京「回顧與展望：紀念中國電影一百週年國際論壇」

陸、劉吶鷗生平重要事蹟

作家 年份	劉吶鷗生平重要事蹟
1905 年	¤ 9 月 23 日出生於臺南柳營（原查畝營），取名燦波
1908 年	¤ 舉家遷居新營，興建明治時期仿文藝復興八角樓
1912 年	¤ 入臺南鹽水港公學校（臺南鹽水國小前身）
1918 年	¤ 入臺南長老教中學校（臺南長榮中學前身）
1920 年	¤ 轉入日本東京青山學院中學部
1922 年	¤ 與表姊黃素貞結婚
1923 年	¤ 入日本青山學院高等部文科
1926 年	¤ 自青山學院文科畢業，赴上海插讀震旦大學法文特別班
1928 年	◆ 與施蟄存等人於上海創辦「第一線書店」並發行《無軌列車》 ◆ 小說〈遊戲〉發表於《無軌列車》創刊號 ◆ 9 月，翻譯小說《色情文化》（原作：日本・橫光利一等）由上海第一線書店出版
1929 年	◆ 與施蟄存等人創辦「水沫書店」並發行《新文藝》 ◆ 小說〈禮儀和衛生〉發表於《新文藝》創刊號 ◆ 小說〈殘留〉發表於《新文藝》第一卷第二號 ◆ 小說〈方程式〉、翻譯〈新藝術形式的探求〉、〈掘口大學詩抄〉發表於《新文藝》第一卷第四號 ◆ 5 月 15 日，以「葛莫美」之筆名在《引擎》月刊創刊號上發表一篇譯文〈歐洲新文學底路〉（匈牙利，瑪差原作）。
1930 年	◆ 4 月，小說集《都市風景線》由上海水沫書店出版 ◆ 翻譯〈藝術之社會的意義〉、〈藝術風格之社會學的實際〉、〈論馬雅珂夫斯基〉、〈詩人與階級〉與評論〈國際無產階級不要忘掉自己的詩人〉、〈關於馬雅珂夫斯基之死的幾行記錄〉發表於《新文藝》第二卷第一號 ◆ 10 月，翻譯理論《藝術社會學》（原著：俄・弗里契）由水沫書店出版
1931 年	◆ 遷居法租界並接觸電影業
1932 年	◆ 發表翻譯〈日本新詩人詩抄〉於《現代》第一卷第四期 ◆ 發表小說〈赤道下〉於《現代》第二卷第一期

	◆ 評論〈影片藝術論〉連載於《電影周報》 ◆ 出資成立「藝聯影業公司」
1933年	◆ 與黃嘉謨等人合辦《現代電影》 ◆ 發表評論〈Ecranesque〉於《現代電影》第一卷第二期 ◆ 發表評論〈中國電影描寫的深度問題〉、〈歐洲名片解說〉於《現代電影》第一卷第三期 ◆ 發表評論〈論取材：我們需要純粹電影作者〉於《現代電影》第一卷第四期 ◆ 發表評論〈關於作者的問題〉於《現代電影》第一卷第五期 ◆ 發表評論〈電影節奏簡論〉於《現代電影》第一卷第六期 ◆ 接受「矛盾出版社」邀請，主編《矛盾叢輯》 ◆ 翻譯短篇小說〈復腥〉（日，齋藤杜口原作）於《矛盾・革新號》月刊 ◆ 導演作品「民族女兒」（藝聯影業）推出
1934年	◆ 發表小說〈殺人未遂〉、評論〈銀幕上的景色與詩料〉於《文藝畫報》第一卷第一期 ◆ 發表劇本〈A Lady to Keep You Company〉於《文藝風景》創刊號 ◆ 發表翻譯〈青色睡衣的故事〉（原作：日本・舟橋聖一）於《現代》第六卷第一期 ◆ 6月8日，發表〈現代表情美造型〉於《婦人畫報》第十八期 ◆ 發表〈開麥拉機構——位置角度機能論〉、〈作品狂想錄〉於《現代電影》第一卷第七期 ◆ 10月25日，發表小說〈棉被〉於《婦人畫報》第廿三期 ◆ 5月，於葉靈鳳、張光宇合編的《萬象》月刊創刊，發表〈電影形式美的探求〉。
1935年	◆ 與黃天始等人進入明星公司編劇科，完成劇本「永遠的微笑」 ◆ 進入「藝華」擔任導演 ◆ 5月起，劉吶鷗翻譯電影理論家安海姆原著的《藝術電影論》在《每電》上連載有三個月之久 ◆ 8月25日，《婦人畫報》推出《電影特大號》，劉吶鷗在《中國電影當面的諸問題》專輯上，發表〈導演踐踏了中國電影〉一文 ◆ 10月10日，於戴望舒主編的《現代詩風》創刊號（終刊號）上表譯作〈西條八十詩抄〉
1936年	◆ 於《六藝》第一及第三期譯有藝聯著名導演愛森斯坦的電影劇本《墨西哥萬歲》（未完）

	◆ 赴南京「中央電影攝影場」擔任「電影編導委員會」主任及編劇組組長
1937 年	◆ 1 月，編劇「永遠的微笑」（明星公司出品，吳村導演）在新中央、中央、新光三家大戲院同時上映，創下廿五年度出片的最高票房紀錄。 ◆ 編寫分幕劇本並聯導之「密電碼」（中電）於 1937 年 2 月初旬拍成，4 月中旬在上海「大光明」、「新光」等一流戲院公映 ◆ 編導「初戀」（藝華公司）推出 ◆ 1937 年 8 月 9 日，辭職離開「中電」，由南京回到上海
1938 年	◆ 1 月 29 日，「中華全國電影界抗敵協會」經過三次籌備會議後，在武漢成立，劉吶鷗等 71 人當選為第一屆理事 ◆ 1938 年春，與日本「東宝」映畫株式會社合作，借沈天蔭名義，在上海創辦了「光明影業公司」，迄 1940 年夏止，利用「藝華」公司片場，前後拍了下列四部影片：〈茶花女〉、〈王氏四俠〉、〈薄命花〉、〈大地的女兒〉
1939 年	◆ 6 月，與黃天始、穆時英等人加入「偽中華電影股份有限公司」並擔任製片部次長
1940 年	◆ 接（兼）任「國民新聞社」社長職位 ¤ 9 月 3 日，於上海京華酒店被刺身亡

附註：原文 2005 年 1 月 8 日曾發表在由中華民國文化研究學會、交通大學社會與文化研究所主辦的「去國・汶化・華文祭：2005 年華文文化研究會議」（論文題目為〈文化臺商在上海——日據時期臺灣人劉吶鷗（1905-1940）〉，之後做局部修改後投稿《清雲學報》，以〈再探劉吶鷗（1905-1940）的多元身分〉為主題刊登於 2007 年 3 月出版的《清雲學報》（中壢：清雲科技大學出版），頁 185-200，本文已進行局部修改與增補。

後記

自揮別商業背景，轉型踏入中文學門以來，我非常慶幸且感恩在文學研究路程的漫漫長道上有著諸多幸運和寬容，也因自己人格塑型中的正面思考一向多於消極逃避，使得過程中所遭遇的困境與麻煩就顯得那麼的微不足道，曾經有一段不算短的時間，我因疾病所擾而進入研究休止符狀態，那段時間在人際互動上，對於困擾自己的小病痛卻不曾是我和他人討論或求助的重點，也不是期望被特別寬待的護身符，我十分清楚遭逢疾病最好的態度正是低調處理且積極面對，於是我暫停腳步重新思考評估自己人生中的輕重緩急，這其實也是另一種獲得。

從現在雨過天晴的位置再回頭看看，也深刻理解到一個自己喜愛的研究主題對一個研究者來說是最重要的，過程中的困難與挫折，也會因為面對自己全心且有意投入的議題而把難度降到最低，把意志力提升到最高，也因如此，發覺能夠長期追尋一個自己能進入且深入的研究議題，是身為人文研究者的最大幸運。

在構思本論文集中的每個單篇如何能被「結集」的過程中，我最主要的考量是論文主題的相似性，尤其是我歷年來有關城市議題的關注，因此我將「新感覺派」、「作家與城市書寫」、「我城／他城」、「城市與消費文化」的相關論文，以「時／空」的重組與再現作為主軸框架，這同時也是我研究生涯的「時／空」記憶重組，藉此除了勉勵自己細心回顧過去的點滴紀錄之外，也期望自己能開展研究之路的下個階段性任務。

許秦蓁
2009年春初　謹誌於臺北

國家圖書館出版品預行編目

時／空的重組與再現——臺灣文學與城市論述 / 許秦蓁著. -- 一版. -- 臺北市 : 秀威資訊科技, 2009.03

面 ; 公分. --(語言文學類 ; AG0107)

BOD 版

含參考書目

ISBN 978-986-221-192-2(平裝)

1. 臺灣文學 2. 文學評論 3. 文集

863.07 98003791

語言文學類 AG0107

時／空的重組與再現

——臺灣文學與城市論述

作　　者 / 許秦蓁
發 行 人 / 宋政坤
執行編輯 / 賴敬暉
圖文排版 / 郭雅雯
封面設計 / 蕭玉蘋
數位轉譯 / 徐真玉　沈裕閔
圖書銷售 / 林怡君
法律顧問 / 毛國樑　律師
出版印製 / 秀威資訊科技股份有限公司
臺北市內湖區瑞光路 583 巷 25 號 1 樓
電話：02-2657-9211　　傳真：02-2657-9106
E-mail：service@showwe.com.tw
經 銷 商 / 紅螞蟻圖書有限公司
臺北市內湖區舊宗路二段 121 巷 28、32 號 4 樓
電話：02-2795-3656　　傳真：02-2795-4100
http：//www.e-redant.com

2009 年 3 月　BOD 一版
定價：280 元

讀者回函卡

感謝您購買本書，為提升服務品質，請填妥以下資料，將讀者回函卡直接寄回或傳真本公司，收到您的寶貴意見後，我們會收藏記錄及檢討，謝謝！

如您需要了解本公司最新出版書目、購書優惠或企劃活動，歡迎您上網查詢或下載相關資料：http:// www.showwe.com.tw

您購買的書名：____________________

出生日期：______年______月______日

學歷：□高中（含）以下　□大專　□研究所（含）以上

職業：□製造業　□金融業　□資訊業　□軍警　□傳播業　□自由業

□服務業　□公務員　□教職　□學生　□家管　□其它______

購書地點：□網路書店　□實體書店　□書展　□郵購　□贈閱　□其他

您從何得知本書的消息？

□網路書店　□實體書店　□網路搜尋　□電子報　□書訊　□雜誌

□傳播媒體　□親友推薦　□網站推薦　□部落格　□其他______

您對本書的評價：（請填代號　1.非常滿意　2.滿意　3.尚可　4.再改進）

封面設計____　版面編排____　內容____　文／譯筆____　價格____

讀完書後您覺得：

□很有收穫　□有收穫　□收穫不多　□沒收穫

對我們的建議：____________________

____

____

____

請貼
郵票

11466
台北市內湖區瑞光路 76 巷 65 號 1 樓
秀威資訊科技股份有限公司 收
BOD 數位出版事業部

(請沿線對折寄回，謝謝！)

姓　名：＿＿＿＿＿＿＿＿　年齡：＿＿＿＿　性別：□女　□男

郵遞區號：□□□□□

地　址：＿＿＿＿＿＿＿＿＿＿＿＿＿＿＿＿

聯絡電話：(日)＿＿＿＿＿＿＿＿　(夜)＿＿＿＿＿＿＿＿

E-mail：＿＿＿＿＿＿＿＿＿＿＿＿＿＿＿＿